JN112339

ルイスと不思議の時計

6

オペラ座の幽霊

ジョン・ベレアーズ 作

三辺律子 訳

THE DOOM
OF
THE HAUNTED OPERA

ほるぷ出版

THE DOOM OF THE HAUNTED OPERA
by John Bellairs & Brad Strickland (completed)
Copyright © The Estate of John Bellairs, 1995

Published in agreement with the author,
c/o BAROR INTERNATIONAL, INC., Armonk, New York, U.S.A.
through Japan UNI Agency. Inc, Tokyo

もくじ

主《おも》な登場人物《とうじょうじんぶつ》

ルイス・バーナヴェルト

両親《りょうしん》を自動車事故《じどうしゃじこ》で亡《な》くし、おじと暮《く》らしている少年《しょうねん》。

ローズ・リタ・ポッティンガー

ルイスの親友《しんゆう》。勇敢《ゆうかん》で利発《りはつ》な少女《しょうじょ》。

ジョナサン・バーナヴェルト

ルイスのおじ。魔法使《まほうつか》いだが、少《すこ》したよりない。

ツィマーマン夫人《ふじん》

ジョナサンの隣人《りんじん》で、料理上手《りょうりじょうず》のよい魔女《まじょ》。

アルバート・ゴールウェイ

ローズ・リタの祖父《そふ》。〈ニュー・ゼベダイ・オペラ座《ざ》〉設計者《せっけいしゃ》。

モーディカイ・フィンスター

〈ニュー・ゼベダイ・オペラ座《ざ》〉支配人《しはいにん》。

インマヌエル・ヴァンダヘルム

オペラ歌手《かしゅ》。

ミルドレッド・イェーガー

力《ちから》の弱《よわ》い魔法使《まほうつか》い。

第《だい》1章《しょう》　魔法使《まほうつか》いからの手紙《てがみ》

「わざわざきてもらってすまなかったな、フローレンス。それからおまえさんたちもここにいて聞《き》いてくれ」ジョナサン・バーナヴェルトは言《い》った。寒《さむ》い冬《ふゆ》も終《お》わりに近《ちか》い土曜《どよう》の朝《あさ》のことだった。ジョナサンはいつになく真剣《しんけん》なようすだったけれど、ほかはなにひとつ変《か》わっていなかった。赤《あか》いひげは相変《あいか》わらずもじゃもじゃだし、いつものカーキ色《いろ》のウォッシュパンツと青《あお》いシャツと赤《あか》いベストというでたちも変《か》わらない。書斎机《しょさいづくえ》のうしろに手紙《てがみ》を持《も》って立《た》っていたが、ミシガン州《しゅう》ニュー・ゼベダイのハイ・ストリートにある古《ふる》いバーナヴェルトの屋敷《やしき》に四人《にん》が集《あつ》まったのはその手紙《てがみ》のためだった。

バーナヴェルト家《け》の書斎《しょさい》に集《あつ》まったのは、隣《となり》に住《す》むフローレンス・ツィマーマン夫人《ふじん》と、ジョナサンの甥《おい》のルイス、それからルイスの親友《しんゆう》ローズ・リタ・ポッティンガーだった。ツィマーマン夫人《ふじん》はこざっぱりした身《み》なりの老婦人《ろうふじん》で、くしゃくしゃの白《しろ》い髪《かみ》としわくちゃの人《ひと》なつこい笑顔《えがお》の持《も》ち主《ぬし》だった。紫《むらさき》のセーターに紫《むらさき》のウールのスカート、それから紫《むらさき》のオーバーシューズをはいている。ツィマーマン夫人《ふじん》はたまたま魔女《まじょ》だったけれど、よい魔法使《まほうつか》いで、邪悪《じゃあく》な魔女《まじょ》ではなかった。

さらにツィマーマン夫人《ふじん》はすばらしい料理人《りょうりにん》でもあった。さっきルイスが走《はし》って呼《よ》びにいったときも、ちょうどブルーベリーパイを作《つく》っている最中《さいちゅう》だった。今《いま》は鼻《はな》の横《よこ》に小麦粉《こむぎこ》をつけたまま、いぶかしげな表情《ひょうじょう》を浮《う》かべて、背《せ》もたれの高《たか》いイスに座《すわ》っている。金髪《きんぱつ》のずんぐりした十三歳《さい》のルイスはその横《よこ》に立《た》っている。さらにその横《よこ》には、ローズ・リタがいた。ローズ・リタは生《う》まれたのはルイスより一年近《ねんちか》く早《はや》かったけれど、学年《がくねん》は同《おな》じだった。書斎《しょさい》の外《そと》では、三月《がつ》の風《かぜ》が吹《ふ》きすさび、黒《くろ》い裸《はだか》の木々《きぎ》がギシギシと鳴《な》って、屋根《やね》の上《うえ》に積《つ》もった雪《ゆき》の表面《ひょうめん》がさっと吹《ふ》き飛《と》ばされていった。暗《くら》い灰色《はいいろ》の空《そら》のようすからすると、さらに雪《ゆき》かみぞれが降《ふ》りそうだ。けれども、今《いま》のところは激《はげ》しい風《かぜ》が吹《ふ》き荒《あ》れているだけだった。「さあさあ、ひげじいさん」ツィマーマン夫人《ふじん》はからかうような調子《ちょうし》で言《い》った。「もったいぶるのはやめて。あなたが受《う》けとったたっていう、謎《なぞ》の手紙《てがみ》の内容《ないよう》を教《おし》えてちょうだいな」

ジョナサンおじさんはため息《いき》をついた。そしてバターのような色《いろ》をした、かしこまったようすの分厚《ぶあつ》い便箋《びんせん》を開《ひら》いて言《い》った。「ルキウス・ミクルベリーのことは覚《おぼ》えているだろう？」

ルイスとローズ・リタはぽかんとして顔《かお》を見合《みあ》わせた。そんなおかしな名前《なまえ》は聞《き》いたこともない。ツィマーマン夫人《ふじん》がくすくすと笑《わら》った。「もちろん覚《おぼ》えていますよ——たぶんあなたよりもね」そして、ルイスとローズ・リタに向《む》かって説明《せつめい》した。「ルキウスはニュー・ゼベダイでも指折《ゆびお》りの魔法使《まほうつか》いだったんですよ。少《すく》なくとも戦争《せんそう》が終《お》わってすぐに、引退《いんたい》するまではね」

「一九四七年《ねん》にフロリダに引《ひ》っ越《こ》したんだ」ジョナサンが言《い》った。

ツィマーマン夫人《ふじん》はにっこりしてたずねた。「で、あの変《か》わり者《もの》のじいさまは元気《げんき》なの？」

ジョナサンは悲《かな》しそうな顔《かお》でツィマーマン夫人《ふじん》を見《み》た。「この手紙《てがみ》を読《よ》んだほうが早《はや》いだろう」ジョナサンはそう言《い》うと、座《すわ》って、古《ふる》めかしいピューター製《せい》の台《だい》と乳白《にゅうはく》ガラスの半球形《はんきゅうけい》のおおいのついたランプのスイッチを入《い》れた。やわらかな光《ひかり》が机《つくえ》の上《うえ》にあふれ、なんとなく部屋《へや》が暖《あたた》かくなったような気《き》がした。ジョナサンは茶色《ちゃいろ》いべっこうの老眼鏡《ろうがんきょう》をかけると、コホンと咳《せき》ばらいをして読《よ》みはじめた。

親愛《しんあい》なるジョナサン

おまえさんがこの手紙《てがみ》を受《う》けとったということは、わしは死《し》んだということだ。この先《さき》を読《よ》むまえに、まずフローレンス・ツィマーマンを呼《よ》んできてほしい。彼女《かのじょ》にもぜひ手《て》を貸《か》してほしいことなのだ。

「まあ」ツィマーマン夫人《ふじん》は動転《どうてん》して言《い》った。「ルキウスが死《し》んだですって？　あの人《ひと》が病気《びょうき》だってことすら知《し》らなかったわ。その先《さき》はなんて書《か》いてあるんです？」

ジョナサンは顔《かお》をあげたが、その表情《ひょうじょう》にはいらだちの色《いろ》が浮《う》かんでいた。「わたしにわかるわけないだろう、くしゃくしゃ頭《あたま》どの。手紙《てがみ》に書《か》いてあるとおり、先《さき》を読《よ》むまえにおまえさんを呼《よ》びにやったんだから」ジョナサンはむっとしたように言《い》った。

「なら、さっさとお読《よ》みなさいな、ひげもじゃさん。時間《じかん》の無駄《むだ》ですよ」言葉《ことば》は相変《あいか》わらずきつかったけれど、ちょっと涙声《なみだごえ》になっていることにルイスは気《き》づいた。ツィマーマン夫人《ふじん》はセーターのポケットからティッシュを出《だ》すと、涙《なみだ》をふいて鼻《はな》をすった。

ジョナサンの目《め》も涙《なみだ》ぐんでいた。またコホンと咳《せき》ばらいをしてからジョナサンは先《さき》を読《よ》んだ。

さて、おまえさんたち二人《ふたり》とも、わしのことを気《き》の毒《どく》だと思《おも》わんでほしい。わしは十分《じゅうぶん》生《い》きたし、寿命《じゅみょう》をまっとうした。ほんとうのことを言《い》って、最後《さいご》の何年《なんねん》かはわびしいもんだった。動《うご》きは鈍《にぶ》くなったし、すっかり衰《おとろ》えてよぼよぼになっちまった。じっさい、あっちの世界《せかい》にいくのが楽《たの》しみなくらいだ。今《いま》は心安《こころやす》らかで、あっちが気《き》に入《い》ることを願《ねが》っとる。

さて、用件《ようけん》に移《うつ》ろう。わしの孫娘《まごむすめ》がこのセント・ピーターズバーグにいるのは知《し》っとるだろう。孫《まご》は、申《もう》し分《ぶん》のないまったくもってふつうの男《おとこ》と結婚《けっこん》しておって、自分《じぶん》のじいさんが魔法使《まほうつか》いだなんて夢《ゆめ》にも思《おも》っとらん。そこでおまえさんたちの登場《とうじょう》となるわけだ。ジョナサン、遺言執行人《ゆいごんしっこうにん》におまえさんを指名《しめい》させてもらった。おまえさんの仕事《しごと》は、わしの死《し》んだあとの財産《ざいさん》の分配《ぶんぱい》だ。魔法《まほう》の本《ほん》はすべておまえさんに遺《のこ》す。おまえさんなら、扱《あつか》いを心得《こころえ》とるだろう。おまえさんには、仕事《しごと》を片付《かたづ》けるためにセント・ピーターズバーグまできてもらわにゃならん。旅費《りょひ》は遺産《いさん》から出《で》るから、ただで休暇《きゅうか》を楽《たの》しめるとでも思《おも》ってほしい。

まだほかにも仕事《しごと》がある。わしはお守《まも》りや護符《ごふ》のコレクションを持《も》っておる。なかには非常《ひじょう》に強力《きょうりょく》なものもあるし、邪悪《じゃあく》な力《ちから》を持《も》つものもあるから、よい魔法使《まほうつか》いのもとで引《ひ》き続《つづ》き安全《あんぜん》に保管《ほかん》しないとならん。そういったこまごましたものを鑑定《かんてい》することにかけては、フローレンス・ツィマーマン夫人《ふじん》（やあ、フローレンス、今《いま》でも紫《むらさき》が好《す》きかい？）が適任《てきにん》だから、どうか彼女《かのじょ》を説得《せっとく》して連《つ》れてきてほしい。フローレンスの旅費《りょひ》も遺産《いさん》から出《で》るし、おまえさんたち二人《ふたり》にはちょっとした形見《かたみ》もある。わしの弁護士《べんごし》の名刺《めいし》を同封《どうふう》しておいた。この男《おとこ》が、わしが死《し》んだらこの手紙《てがみ》をおまえさんに送《おく》り、その先《さき》のこともいろいろ指示《しじ》してくれるから、電話《でんわ》してくれ。細《こま》かいことはすべてやってくれるだろう。

これでぜんぶだ。あっちの世界《せかい》にいってさびしく思《おも》うことがあるとすれば、それはおまえさんたちみたいな友人《ゆうじん》たちと交流《こうりゅう》できなくなることだな。たまに思《おも》い出《だ》して、いつまでも友人《ゆうじん》と思《おも》ってくれ。

ルキウス・ミクルベリー

ジョナサンおじさんは手紙《てがみ》を読《よ》み終《お》わるとたたんで、机《つくえ》の上《うえ》に置《お》いた。そしてポケットから赤《あか》いバンダナをひっぱりだすと、チーンと大《おお》きな音《おと》をたてて鼻《はな》をかんだ。「これが弁《べん》護士《ごし》の名刺《めいし》だな。電話《でんわ》するかね？」

「そうね」ツィマーマン夫人《ふじん》は言《い》って、ため息《いき》をついた。「ルキウスが安《やす》らかに眠《ねむ》れますように。ほんとうにいい友人《ゆうじん》だった。さびしくなるわ」

「どんな人《ひと》だったの？」ローズ・リタがたずねた。

ジョナサンはむかしをしのぶように悲《かな》しげな笑《え》みを浮《う》かべた。「まず、彼《かれ》は約《やく》三十年《ねん》のあいだ、〈カファーナウム郡《ぐん》魔法使《まほうつか》い協会《きょうかい》〉の会長《かいちょう》をしておった。数多《かずおお》くの魔法《まほう》を使《つか》ったが、とくに天気《てんき》をあやつるのが専門《せんもん》だった。そしてそれよりもなによりも、人物《じんぶつ》がすばらしかったんだ。まだわたしがほんの若《わか》ぞうだったころ、まさにこのニュー・ゼベダイで、ルキウスはおそろしい悪《あく》の魔術《まじゅつ》をしりぞけた。そのことを知《し》る者《もの》はいない——仲間《なかま》の魔法《まほう》使《つか》いたち以外《いがい》はな。まったくルキウスらしいよ。この町全体《まちぜんたい》をおそろしい運命《うんめい》から救《すく》い出《だ》したというのに、なんの報酬《ほうしゅう》も名誉《めいよ》も要求《ようきゅう》しなかったんだから。だがそれは長《なが》い話《はなし》になる。また別《べつ》のときに話《はな》してあげよう」

「ジョナサンおじさん」とつぜんルイスが言《い》った。「魔女《まじょ》とか魔法使《まほうつか》いとか魔術師《まじゅつし》ってそこらじゅうにいるの？」

ツィマーマン夫人《ふじん》とジョナサン・バーナヴェルトは面白《おもしろ》そうに顔《かお》を見合《みあ》わせた。それからジョナサンが口《くち》を開《ひら》いた。「そうだな、他《ほか》の場所《ばしょ》に比《くら》べて大勢《おおぜい》いる場所《ばしょ》というのがあるんだ。鬼《おに》ばあさん、説明《せつめい》したいかね？　おまえさんは本物《ほんもの》の魔女《まじょ》だからな。わたしはしょせん、手品師《てじなし》に毛《け》の生《は》えたようなもんだから」

ツィマーマン夫人《ふじん》は最後《さいご》にもう一度《いちど》涙《なみだ》をぬぐった。それからあごに指《ゆび》をあてて言《い》った。「そうね、ルイス。魔法《まほう》っていうのは金《きん》や銀《ぎん》にちょっと似《に》ているわ。どこにでもあるというわけじゃないの。金《きん》や銀《ぎん》の鉱脈《こうみゃく》のある場所《ばしょ》が存在《そんざい》するように、魔法《まほう》の鉱脈《こうみゃく》が走《はし》っている場所《ばしょ》があるんですよ。たとえばアメリカには、そうね、ほかよりも強《つよ》い魔力《まりょく》が流《なが》れ出《で》ている場所《ばしょ》がおそらく十カ所《しょ》くらいはあると思《おも》う。そしてなんと、たまたまこのミシガン州《しゅう》ニュー・ゼベダイにも、その豊《ゆた》かな魔法《まほう》の鉱脈《こうみゃく》のひとつがあるというわけ」

「でも、それってちょっとおかしくない？　だって、じっさいに魔法《まほう》を掘《ほ》り出《だ》すわけじゃないでしょ」ローズ・リタが言《い》った。黒髪《くろかみ》を長《なが》く伸《の》ばし、大《おお》きな黒《くろ》ぶちのメガネをかけひどくまじめそうに見《み》える。ローズ・リタは冷静《れいせい》で、論理的《ろんりてき》な女《おんな》の子《こ》だった。

「そうね」ツィマーマン夫人《ふじん》は笑《わら》ってうなずいた。「たしかにつるはしとシャベルを持《も》って探《さが》しにいったりはしないわね。だけど、魔法《まほう》の力《ちから》はここに、言《い》ってみれば空気《くうき》のなかにあるんですよ。ああ、誤解《ごかい》しないでね。本物《ほんもの》の魔法使《まほうつか》いはどこにいたって魔法《まほう》を使《つか》うことができる。でも、まわりに魔力《まりょく》の強《つよ》い流《なが》れがあれば、よりうまく魔法《まほう》をかけることができるわけ。呪文《じゅもん》はさらに力《ちから》を得《え》て、効果《こうか》も大《おお》きくなる。生《う》まれながらに魔法《まほう》の才能《さいのう》がある人《ひと》たちもいるし、もちろんそうでない人《ひと》もいるわけだけど……」

「おい、そこまでだ、紫《むらさき》ばあさん」ジョナサンは怒《おこ》ったふりをしてどなった。「おまえさんが本物《ほんもの》の魔法《まほう》を使《つか》えて、わたしが幻想《げんそう》を創《つく》り出《だ》すだけでせいいっぱいだとしても……」

「ここにお集《あつ》まりの方々《かたがた》のことを言《い》ったんじゃありませんわよ、ひげもじゃさん」ツィマーマン夫人《ふじん》はジョナサンに答《こた》えてから続《つづ》けた。「ともかく、ある人《ひと》たち、つまりルキウスのような人《ひと》たちはこのニュー・ゼベダイでは非常《ひじょう》に力《ちから》の強《つよ》い魔法使《まほうつか》いになることができる。一方《いっぽう》で、あの気《き》の毒《どく》なミルドレッド・イェーガーのような人《ひと》は、どうしてもうまく魔《ま》法《ほう》が使《つか》えないけれど、それでもニュー・ゼベダイのように魔力《まりょく》の集中《しゅうちゅう》している場所《ばしょ》にいれば、ちょっとした呪文《じゅもん》くらいは使《つか》うことはできる。それが意図《いと》したとおりに働《はたら》いてくれるかは別《べつ》だけれどね。これだけ多《おお》くの魔法使《まほうつか》いや魔術師《まじゅつし》がこの町《まち》にひきよせられる理由《りゆう》はそれよ。そして、ルキウス・ミクルベリーのおとうさんが百年以上《ねんいじょう》も前《まえ》に〈カファーナウム郡魔法使《ぐんまほうつか》い協会《きょうかい》〉を結成《けっせい》した理由《りゆう》も同《おな》じ。つまり、もしよい魔法使《まほうつか》いがその力《ちから》を利用《りよう》することができるなら、当然邪悪《とうぜんじゃあく》な魔術師《まじゅつし》も同《おな》じことができる。だから、わたしたち協会《きょうかい》のメンバーは一種《いっしゅ》の護衛役《ごえいやく》というわけ。超自然的《ちょうしぜんてき》な力《ちから》が安全《あんぜん》かつ公正《こうせい》に利用《りよう》されるように見張《みは》り、邪悪《じゃあく》な魔術師《まじゅつし》にニュー・ゼベダイの魔力《まりょく》の流《なが》れを悪用《あくよう》させないようにしているんです」

「そしてその合間《あいま》に」ジョナサンが口《くち》をはさんだ。「集《あつ》まってトランプをしたり、どんなに自分《じぶん》たちが偉大《いだい》かほらを吹《ふ》きあったりするというわけさ。全体的《ぜんたいてき》に見《み》りゃ、とてもうまくいっている。邪悪《じゃあく》な魔術《まじゅつ》から地球《ちきゅう》を守《まも》りながら、同時《どうじ》にポーカーでちょいと小銭《こぜに》をかけたり、鬼《おに》ばばあどののとびきりうまいファッジブラウニーを食《く》ったりできるんだから」

「おほめいただけるとは光栄《こうえい》ですわ」ツィマーマン夫人《ふじん》はにやっとして言《い》った。それから声《こえ》を低《ひく》くして聞《き》いた。「弁護士《べんごし》にはいつ電話《でんわ》するつもり？」

「そうだな、今日《きょう》は土曜《どよう》だが、名刺《めいし》には家《いえ》の電話番号《でんわばんごう》も書《か》いてある。善《ぜん》は急《いそ》げ、だ」ジョナサンは電話《でんわ》に手《て》を伸《の》ばした。数分後《すうふんご》、ジョナサンは電話《でんわ》を切《き》って、ハアッと大《おお》きなため息《いき》をついた。「ばあさんや、弁護士《べんごし》たちは実際《じっさい》、すぐにこの手紙《てがみ》を送《おく》っていたよ。あさってがルキウスの追悼式《ついとうしき》だそうだ。できれば参加《さんか》したいと思《おも》う」

「ええ、わたしも」ツィマーマン夫人《ふじん》は言《い》った。

「でも、飛行機《ひこうき》でいかないとならないが？」ジョナサンは言《い》った。

ツィマーマン夫人《ふじん》は顔《かお》をしかめた。魔女《まじょ》であるにもかかわらず、ツィマーマン夫人《ふじん》は飛《と》ぶのが嫌《きら》いだった。「わかりましたよ」ツィマーマン夫人《ふじん》はあきらめたように言《い》った。「手《て》配《はい》してちょうだい。だけど、空港《くうこう》まではわたしが運転《うんてん》していきますからね。あなたのおんぼろ自動車《じどうしゃ》はとうてい信用《しんよう》できないもの。ついでに言《い》うなら、あなたの運転《うんてん》もね」

「ぼくはどうなるの？」ルイスが小《ち》さな声《こえ》で言《い》った。「ぼくもいくの？」

おじさんはやさしく微笑《ほほえ》んだ。「いいや、ルイス。この仕事《しごと》は片付《かたづ》けるのに数週間《すうしゅうかん》はかかりそうだ。そんなに学校《がっこう》を休《やす》むわけにはいかんだろう」

「わたしの家《いえ》に泊《と》まればいいわよ」すぐにローズ・リタが申《もう》し出《で》た。

「ありがとう、ローズ・リタ」ジョナサンは答《こた》えた。「だが、おまえさんのご両親《りょうしん》は困《こま》るかもしれん。わたしだって招《まね》かれざる客《きゃく》は好《す》きじゃない。ご両親《りょうしん》にむりやりお願《ねが》いするわけにはいかんよ。実《じっ》のところ、問題《もんだい》はないんだ。ホルツ夫人《ふじん》なら喜《よろこ》んで泊《と》まりにきてくれると思《おも》う。そしてすべてに目《め》を光《ひか》らせてくれるはずだ」ハンナ・ホルツは、真《ま》っ赤《か》な頬《ほお》をした小柄《こがら》なおばあさんで、週《しゅう》に二回家事《かいかじ》を手伝《てつだ》いにきていた。陽気《ようき》でにぎやかで、家《いえ》を破壊《はかい》する危険《きけん》でもないかぎりルイスに自由《じゆう》にさせてくれた。ほかのニュー・ゼベダイの住人《じゅうにん》と同《おな》じように、ホルツ夫人《ふじん》もジョナサンが魔術師《まじゅつし》らしいということは知《し》っていた。けれども鏡《かがみ》のトリックを使《つか》ったり、袖《そで》のなかにちょっとした仕掛《しか》けを隠《かく》したりしているのではなくて、本物《ほんもの》の魔法《まほう》を使《つか》うのだと知《し》ったら仰天《ぎょうてん》したにちがいない。ホルツ夫人《ふじん》は前《まえ》にもジョナサンが用事《ようじ》で数日《すうじつ》アッパー半島《はんとう》にでかけたときに、ルイスの家《いえ》に泊《と》まってくれたことがあった。「ホルツ夫人《ふじん》に電話《でんわ》してみよう。ルイス、おまえさんがよければだがな」ジョナサンは言《い》った。

ルイスはにっこりした。ルイスがおじさんと暮《く》らすのが好《す》きな理由《りゆう》はたくさんあったけれど、こういうところもそのひとつだった。ジョナサンはけっしてルイスを子《こ》ども扱《あつか》いしなかった。「うん、それがいい。ローズ・リタもプロジェクトで組《く》む相手《あいて》を新《あたら》しく探《さが》さなくてすむね」

ツィマーマン夫人《ふじん》は眉《まゆ》をあげた。「へえ？　あなたたち二人《ふたり》で、なにか怪《あや》しげな実験《じっけん》でもやろうとしているの？　なにをしているわけ？　月《つき》にいくロケットを組《く》みたてているとか？」

ローズ・リタはしかめ面《つら》をした。「そんなんじゃないの。この土地《とち》の歴史的《れきしてき》な場所《ばしょ》とか人物《じんぶつ》とか出来事《できごと》について調《しら》べるっていう退屈《たいくつ》な宿題《しゅくだい》なのよ。面白《おもしろ》そうなのはぜんぶ、もうほかのグループにとられちゃったの」

ジョナサンの目《め》が輝《かがや》いた。「南北戦争《なんぼくせんそう》の英雄《えいゆう》とか、第《だい》一次世界大戦《じせかいたいせん》で撃墜王《げきついおう》になったニュー・ゼベダイ出身《しゅっしん》のジミー・マーゲートとか、第二次世界大戦《だいじせかいたいせん》のときにここにあった爆撃照準器工場《ばくげきしょうじゅんきこうじょう》のことかい？」ジョナサンは、ローズ・リタが好《す》きそうなものをよく知《し》っていた。

「ニュー・ゼベダイが州都《しゅうと》になりそうだった時代《じだい》のことでもいいの」ローズ・リタはつけくわえた。「だから調《しら》べるのに少《すこ》しでも面白《おもしろ》いものを探《さが》してるわけ」

「なるほど。手伝《てつだ》えたらよかったんだが、これからいろいろ手配《てはい》や準備《じゅんび》で忙《いそが》しくなるからな」ジョナサンは言《い》った。

「だいじょうぶ。二人《ふたり》でなにか考《かんが》えるから」ローズ・リタはにっこりした。

ツィマーマン夫人《ふじん》がイスから立《た》ちあがった。「そろそろいかないと。パイは勝手《かって》に焼《や》けませんからね。二人《ふたり》ともがんばってね。太陽《たいよう》の照《て》るフロリダで祈《いの》ってますよ」

外《そと》では風《かぜ》がうなり声《ごえ》をあげ、雪《ゆき》まじりの雨《あめ》がピシピシとフランス窓《まど》にうちつけた。その冷《つめ》たい不安《ふあん》をかきたてるような音《おと》に、ルイスはぶるっと震《ふる》えた。

第《だい》2章《しょう》　オペラ座《ざ》

ジョナサンは旅行《りょこう》の手配《てはい》をすると、その日《ひ》の午後《ごご》にツィマーマン夫人《ふじん》と、ベッシイという名前《なまえ》のあざやかな紫色《むらさきいろ》の一九五〇年型《ねんがた》プリマス・クランブルックに乗《の》ってでかけた。そしてハイ・ストリートのバーナヴェルト家《け》のお客用《きゃくよう》の寝室《しんしつ》には、ホルツ夫人《ふじん》がやってきた。ホルツ夫人《ふじん》は、知《し》りもしないミクルベリーさんのことを、お気《き》の毒《どく》だわと言《い》ってため息《いき》をついていた。ふつうにそうするものだから同情《どうじょう》しているのかな、とルイスは思《おも》った。

月曜《げつよう》の午後《ごご》になっても、ルイスもローズ・リタも調《しら》べるのによさそうなものは思《おも》いつかなかった。二人《ふたり》はひざにノートを広《ひろ》げてソファーに座《すわ》っていたが、そのときルイスはふと、むかしおじさんがニュー・ゼベダイのまんなかに、今《いま》ではすっかり忘《わす》れられた劇場《げきじょう》があると言《い》っていたのを思《おも》い出《だ》した。大通《おおどお》りにある店《みせ》はどれも古《ふる》く、凝《こ》った飾《かざ》りがついていて、ほとんどが二階建《かいだ》てだった。二階《かい》に、写真館《しゃしんかん》や保険仲介《ほけんちゅうかい》や職業紹介所《しょくぎょうしょうかいじょ》のような小《ちい》さな会社《かいしゃ》が入《はい》っているものも数軒《すうけん》あったけれど、雑貨屋《ざっかや》と〈ファーマーズ飼料《しりょう》・種子販売《しゅしはんばい》〉という店《みせ》の入《はい》っている建物《たてもの》は、大通《おおどお》りにあるほかのどの建物《たてもの》よりも高《たか》くて、一街区《がいく》の半分《はんぶん》を占《し》めていた。ジョナサンが言《い》うには、その建物《たてもの》の上《うえ》の二フロアが〈ニュー・ゼベダイ・オペラ座《ざ》〉だったけれど、ずっと前《まえ》に閉鎖《へいさ》されてしまったのだそうだ。ルイスは、ローズ・リタにそのオペラ座《ざ》を研究課題《けんきゅうかだい》にしよう、と提案《ていあん》した。

「うーん」ローズ・リタは考《かんが》えこんだ。「どうかなあ。なんだかすごく退屈《たいくつ》そうに思《おも》えるけど」ローズ・リタにとって興味《きょうみ》をそそる課題《かだい》というのは、大砲《たいほう》やら騎兵隊《きへいたい》の突撃《とつげき》やらに関《かか》わることだった。

ルイスは決定打《けっていだ》を用意《ようい》していた。「あのさ、ジョナサンおじさんが話《はな》してくれたんだけど、その劇場《げきじょう》を設計《せっけい》して建《た》てたのはきみのおじいさんなんだって。となれば、どうだい？」

ローズ・リタはそれを聞《き》いてにっと笑《わら》った。ローズ・リタの母方《ははかた》の祖父《そふ》アルバート・ゴールウェイはもう九十近《ちか》くだったけれど、いまだに元気《げんき》でぴんぴんしていて、ローズ・リタはこの祖父《そふ》のことが大好《だいす》きだった。ゴールウェイさんは長《なが》い人生《じんせい》のあいだ、実《じつ》にさまざまな仕事《しごと》をしてきた。測量技師《そくりょうぎし》、船乗《ふなの》り、建築家《けんちくか》、工事請負人《こうじうけおいにん》、まだまだたくさんある。今《いま》は引退《いんたい》して、シカモア通《どお》りの小《ちい》さな家《いえ》で自由気《じゆうき》ままに暮《く》らしていた。「ほんとう？　そんな話《はなし》、初《はじ》めて聞《き》いた。いいわ、ルイス。あんたの勝《か》ちよ。なにからはじめる？」

ルイスはその答《こた》えも用意《ようい》していた。「きみのおじいさんにインタビューしよう。だけどその前《まえ》に、劇場《げきじょう》を一目見《ひとめみ》ておかなきゃ。街《まち》へいかない？」

ローズ・リタは顔《かお》をしかめた。「外《そと》は凍《こご》えそうな寒《さむ》さよ」

「月《つき》にいこうってわけじゃないんだから」ルイスはちょっとむっとして言《い》った。「厚着《あつぎ》していけばいいじゃないか。それに急《いそ》げば十分《ぷん》でいかれる。さあ、どうする？」

ローズ・リタは腕時計《うでどけい》を見《み》た。四時《じ》十五分前《ふんまえ》だった。「わかった」ローズ・リタはため息《いき》をついた。「だけど、肺炎《はいえん》になって死《し》んだら、化《ば》けて出《で》てやるから」

ルイスがホルツ夫人《ふじん》に街《まち》にでかけていいか聞《き》くと、思《おも》ったとおりすぐに許《ゆる》してもらえた。ホルツ夫人《ふじん》はやさしくて人《ひと》のいいおばあさんだったけれど、なにしろ自分《じぶん》にも数《かぞ》え切《き》れないくらい孫《まご》がいたから、たまにはひとりになりたかったのだ。ローズ・リタとルイスはコートを着《き》こむと、外《そと》へ出《で》た。みぞれはもうやんでいたが、刺《さ》すように冷《つめ》たい風《かぜ》が顔《かお》に吹《ふ》きつける。二人《ふたり》は足早《あしばや》にハイ・ストリートを街《まち》のほうへくだっていった。吸《す》いこむ息《いき》は凍《こお》りつくようだったし、冬《ふゆ》の空気《くうき》はひどく冷《つめ》たくて二人《ふたり》は目《め》を細《ほそ》めた。

〈ファーマーズ飼料《しりょう》・種子販売《しゅしはんばい》〉の店内《てんない》はだだっ広《ぴろ》くて、トウモロコシや革《かわ》やタマネギのにおいがたちこめていた。種《たね》の入《はい》った大箱《おおばこ》や樽《たる》が床《ゆか》をふさぎ、壁《かべ》には馬具《ばぐ》や馬《ば》ろくや農具《のうぐ》がかけられている。飼料店《しりょうてん》と隣《となり》の雑貨屋《ざっかや》を経営《けいえい》しているのは、プファイファーさんという人《ひと》だった。かっぷくがよくて、ごま塩頭《しおあたま》のてっぺんは禿《は》げあがり、大《おお》きな赤《あか》い鼻《はな》をまるで熟《じゅく》しかげんを調《しら》べるみたいにしょっちゅうギュッとつまんでいる。ルイスとローズ・リタが店《みせ》をのぞくと、プファイファーさんは黒《くろ》いだるまストーブの横《よこ》の背《せ》もたれの高《たか》いイスに座《すわ》ってお客《きゃく》さんと話《はな》していた。すっかり話《はな》しこんでいて、立《た》ちあがるようすはなかった。

ルイスがなんの用《よう》できたか説明《せつめい》すると、プファイファーさんはギュッと鼻《はな》をつまんで言《い》った。「ああ、いいとも。あんたがたが上《うえ》を見《み》てまわったところで危《あぶ》ないことはないだろう。だが、ひどく寒《さむ》いぞ。あと、懐中電灯《かいちゅうでんとう》を持《も》っていきなさい。あそこの棚《たな》にある。上《うえ》の階《かい》の電源《でんげん》はスイッチを切《き》ってあるんだ。それをつけるために、わざわざ階段《かいだん》を半分《はんぶん》のぼるのは面倒《めんどう》なんでな」そしてズボンのポケットをごそごそと探《さぐ》ると、オペラ座《ざ》の鍵《かぎ》を取《と》り出《だ》した。「下《した》に戻《もど》ってくる前《まえ》に必《かなら》ず鍵《かぎ》を閉《し》めるんだよ」プファイファーさんは念《ねん》を押《お》した。

ルイスとローズ・リタは懐中電灯《かいちゅうでんとう》を持《も》って外《そと》にでると、イーグル通《どお》りの角《かど》を曲《ま》がって、古《ふる》いオペラ座《ざ》に通《つう》じる暗《くら》い階段《かいだん》をあがっていった。ローズ・リタが鍵《かぎ》を入《い》れてまわすと、風雨《ふうう》にさらされて灰色《はいいろ》になったドアがさっと開《ひら》き、さびた蝶番《ちょうつがい》がギィーと鳴《な》った。その音《おと》を聞《き》いて、ルイスは首《くび》のうしろの毛《け》が逆立《さかだ》ったけれど、ぐっと歯《は》を食《く》いしばった。

ルイスはローズ・リタのうしろについて、薄暗《うすぐら》い入《い》り口《ぐち》ホールへ入《はい》っていった。細長《ほそなが》い窓《まど》からかすかに光《ひかり》が差《さ》していたけれど、クモの巣《す》がかかってほこりだらけなうえに、外《そと》は曇《くも》っていたから、たいした明《あ》かりにはなっていない。足《あし》もとの厚《あつ》いじゅうたんも、灰色《はいいろ》のほこりが厚《あつ》く積《つ》もっているので、何色《なにいろ》かわからない。左手《ひだりて》に、カウンターとチケット売《う》り場《ば》があった。「きっとあそこに女《おんな》の人《ひと》たちは毛皮《けがわ》を預《あず》けたのよ」ローズ・リタは懐中電灯《かいちゅうでんとう》でカウンターを照《て》らした。「男《おとこ》の人《ひと》たちはオーバーとシルクハットね」

「なるほど。ニュー・ゼベダイの住人《じゅうにん》がシルクハットを持《も》っていたとは思《おも》えないけどね」ルイスは皮肉《ひにく》っぽく言《い》った。

「あら、むかしは持《も》っていたはずよ」ローズ・リタは言《い》いはった。「見《み》て、入《い》り口《ぐち》がふたつある。どっちから入《はい》る？」
「近《ちか》いほうから。あと三十秒《びょう》もしたら、ほこりでくしゃみが出《で》はじめそうだ」
「ここにきたいって言《い》ったのはそっちでしょ」ローズ・リタは指摘《してき》した。二人《ふたり》はよごれたじゅうたんの上《うえ》を、カビくさいほこりを巻《ま》きあげながら、暗闇《くらやみ》に向《む》かってぽっかりと口《くち》を開《あ》けている通路《つうろ》のほうへ歩《ある》いていった。少《すこ》し先《さき》にも、まったく同《おな》じアーチのついた通路《つうろ》があって、やはり観客席《かんきゃくせき》へと続《つづ》いていた。

劇場《げきじょう》のなかに入《はい》ると、ルイスも自分《じぶん》の懐中電灯《かいちゅうでんとう》のスイッチを入《い》れた。ここには光《ひかり》の入《はい》る窓《まど》がひとつもなくて、ホールから差《さ》すわずかな光《ひかり》も入《い》り口《ぐち》から数歩《すうほ》なかへ入《はい》ると届《とど》かなくなった。ルイスはヒュウッと口笛《くちぶえ》を吹《ふ》いた。「思《おも》っていたより広《ひろ》いな」ルイスはあちこちを照《て》らしながら言《い》った。

目《め》の前《まえ》に客席《きゃくせき》がずらりと並《なら》んでいた。大《おお》きさのちがう三つのセクションに分《わ》かれていて、左右《さゆう》は幅《はば》のせまいくさび型《がた》、まんなかはそれより広《ひろ》いくさび型《がた》になっている。そのあいだを、舞台《ぶたい》に向《む》かって幅《はば》の広《ひろ》いじゅうたんの通路《つうろ》が二本《ほん》伸《の》びている。客席《きゃくせき》は豪華《ごうか》な赤《あか》いベルベットのカバーがかかっていたけれど、ほこりやクモの巣《す》のせいで光沢《こうたく》は失《うしな》われていた。

イスの鉄枠《てつわく》には凝《こ》った渦巻《うずまき》や輪《わ》の飾《かざ》りがついている。観客席《かんきゃくせき》はうしろから前《まえ》に向《む》かってゆるやかな段差《だんさ》がつけられていて、舞台《ぶたい》に近《ちか》い席《せき》からうしろにいくにつれ少《すこ》しずつ高《たか》くなっていた。上《うえ》を見《み》ると、蹄鉄型《ていてつがた》のバルコニーがあって、教会《きょうかい》の信徒席《しんとせき》のようなベンチが並《なら》べられていた。「何席《なんせき》あると思《おも》う？」ローズ・リタが聞《き》いた。

「千席《せき》くらい」ルイスは答《こた》えた。

ローズ・リタはふんと鼻《はな》を鳴《な》らした。「ニュー・ゼベダイに、オペラにいく人《ひと》がそんないるはずないじゃない」そして言《い》った。「数《かぞ》えてみましょ」

ルイスの歯《は》がカチカチと鳴《な》った。暗《くら》い劇場《げきじょう》のなかは寒《さむ》くて、懐中電灯《かいちゅうでんとう》の光《ひかり》で自分《じぶん》の吐《は》く息《いき》が見《み》えた。「そんなの、時間《じかん》のむだだよ」

ローズ・リタは面白《おもしろ》がって言《い》った。「いい、天才《てんさい》さん、席《せき》をひとつひとつ数《かぞ》える必要《ひつよう》はないのよ。それぞれのセクションで一列《れつ》に何席《なんせき》あるか数《かぞ》えて、列《れつ》の数《かず》をかければいいんだから。フォガーティ先生《せんせい》は、わたしたちの作文《さくぶん》には詳《くわ》しい記述《きじゅつ》が足《た》りないっていつもぶうぶう言《い》ってるじゃない」

「細《こま》かく書《か》いたってしょうがないこともあるけどね」ルイスはぼそっとつぶやいたけれど、

言《い》い争《あらそ》いになるのがいやだったのでローズ・リタを手伝《てつだ》って座席《ざせき》を数《かぞ》えることにした。舞《ぶ》台《たい》の近《ちか》くまできたときには、劇場《げきじょう》は四八〇人収容《にんしゅうよう》でき、バルコニーも入《い》れればあと一二〇人《にん》は入《はい》るだろうということがわかった。ルイスは懐中電灯《かいちゅうでんとう》を舞台《ぶたい》に向《む》けてみた。両側《りょうがわ》にカーテンのついたアーチがあって、ひざの高《たか》さくらいの手《て》すりがついている。壁《かべ》はあせたピンク色《いろ》で、黄色《きいろ》と赤《あか》の複雑《ふくざつ》な模様《もよう》が舞台《ぶたい》を縁取《ふちど》っていた。左手《ひだりて》の長円形《ちょうえんけい》のなかに笑《わら》っている喜劇《きげき》のお面《めん》が、右手《みぎて》には悲《かな》しみにくれる悲劇《ひげき》のお面《めん》が描《えが》かれていたが、その金色《きんいろ》もあせていた。

ルイスとローズ・リタはいちばん前《まえ》までやってきた。乗《の》り出《だ》してオーケストラボックスを懐中電灯《かいちゅうでんとう》で照《て》らすと、さびた譜面台《ふめんだい》や、旧式《きゅうしき》のすばらしいグランドピアノや、黄《き》ばんでネズミに食《く》われた譜面《ふめん》が散《ち》らばっているのが見《み》えた。

「ほら、ここから舞台《ぶたい》にあがるみたい」ローズ・リタは階段《かいだん》をのぼると、舞台《ぶたい》のまんなかまで歩《ある》いていった。そして懐中電灯《かいちゅうでんとう》の光《ひかり》を顔《かお》にあてて、大《おお》げさなポーズをとった。「ああ、ロミオ、ロミオ、なぜあなたはロミオなの?」ローズ・リタは芝居《しばい》がかった声《こえ》で叫《さけ》んだ。

ルイスは懐中電灯《かいちゅうでんとう》を持《も》っているせいでうまく拍手《はくしゅ》できなかったので、へたくそな役者《やくしゃ》にしぶしぶと喝采《かっさい》をおくる観客《かんきゃく》よろしく、足《あし》を数回踏《すうかいふ》み鳴《な》らした。「《七《なな》つのベールの踊《おど》り》（リヒャルト・シュトラウス作曲《さっきょく》の《サロメ》のなかの踊《おど》り）をしてよ」ルイスは大声《おおごえ》で言《い》った。

ローズ・リタはルイスに向《む》かって舌《した》を突《つ》き出《だ》した。「幕《まく》はロープで動《うご》かせるようになってる。舞台裏《ぶたいうら》を見《み》てくるね。楽屋《がくや》とか、剣《けん》や鎧《よろい》なんかが置《お》いてある道具部屋《どうぐべや》があるかもしれないから」

ルイスはオーケストラボックスのなかにおりていた。「わかった。ぼくはここを見《み》てる」

舞台《ぶたい》がかすかにきしんで、ローズ・リタが向《む》こうへ歩《ある》いていった。ひとりになってみると、ルイスは急《きゅう》に不安《ふあん》になりはじめた。周囲《しゅうい》の闇《やみ》がぐっと迫《せま》り、懐中電灯《かいちゅうでんとう》から円錐形《えんすいけい》に出《で》ている光《ひかり》が弱《よわ》くなったような気《き》がする。呼吸《こきゅう》が速《はや》くなった。ルイスはもともとちっとも勇《ゆう》敢《かん》ではなかったし、いつもありとあらゆるおそろしいことを想像《そうぞう》しては、そんなことになったらどうしようとこわがっていた。現《げん》に、今《いま》もそうだった。死《し》に物狂《ものぐる》いになった巨大《きょだい》ネズミが向《む》かってくるかもしれないし、冬《ふゆ》を越《こ》そうと忍《しの》びこんできた毒《どく》ヘビの住《す》みかに足《あし》を踏《ふ》み入《い》れてしまうかもしれない。うっかり毒《どく》グモのうじゃうじゃいる巣《す》につっこんでしまうかもしれないのだ――そういえば、そこいらじゅうからクモの巣《す》がゆらゆらと垂《た》れ下《さ》がっている。そうじゃなければ……

だめだ、しっかりするんだ。ルイスは自分《じぶん》に言《い》い聞《き》かせた。すぐにでもオーケストラボックスを飛《と》び出《だ》してローズ・リタを探《さが》しにいきたい気持《きも》ちにかられたけれど、ローズ・リタにこわくなったことがばれて、笑《わら》われるかもしれない。ルイスは、ローズ・リタに笑《わら》われるのが大嫌《だいきら》いだった。そこで歯《は》を食《く》いしばって、懐中電灯《かいちゅうでんとう》を色《いろ》あせてがたがたになったピアノの鍵盤《けんばん》に向《む》けてみた。ピアノの前《まえ》に、いかにもぐらぐらしそうなイスが置《お》いてある。座面《ざめん》は傾《かたむ》いて、綿毛《わたげ》のようなほこりでおおわれていた。ルイスは楽器《がっき》のほうに歩《ある》いていくと、おずおずと一本指《ぽんゆび》でひいてみた。そして小《ちい》さな声《こえ》で歌《うた》った。ラジオで耳《みみ》についたコマーシャルソングだった。

ペプシコーラは最高《さいこう》！
三六〇ccたっぷり入《はい》って
今《いま》なら五セント玉《だま》で倍《ばい》飲《の》める
さあ飲《の》もうよ、ペプシコーラ！

ゴツ！　最後《さいご》の音《おと》はひどく調子《ちょうし》はずれで、鈍《にぶ》くこもっていた。ルイスは眉《まゆ》をひそめて、低《ひく》い音《おと》のほうの鍵盤《けんばん》をたたいてみた。いくつかの鍵《けん》が、同《おな》じようなこもった音《おと》を出《だ》した。まるでピアノのなかになにかがあって、弦《げん》を押《お》さえてしまっているようだ。ルイスはピアノのわきに回《まわ》って、ふたを持《も》ちあげ、なかを懐中電灯《かいちゅうでんとう》で照《て》らしてみた。

鍵《けん》から音《おと》がでないのも当然《とうぜん》だった。弦《げん》の上《うえ》にぶあつい紙《かみ》の束《たば》が載《の》っている。端《はし》がまくれあがって、懐中電灯《かいちゅうでんとう》の光《ひかり》で黄《き》ばんで見《み》えた。ルイスは手《て》を伸《の》ばして、紙束《かみたば》をとった。ぼろぼろの落《お》ち葉《ば》のように、もろくカサカサしている。長《なが》いあいだピアノのなかに入《はい》っていたために、ほこりはほとんどついていなかったから、表紙《ひょうし》の細《ほそ》い古風《こふう》な書体《しょたい》の字《じ》を読《よ》むことができた。

最後《さいご》の審判《しんぱん》
英語《えいご》によるオペラ
インマヌエル・ヴァンダヘルム

うしろからローズ・リタの足音《あしおと》がした。「ねえ」ルイスは言《い》った。「こんなものを見《み》つけたよ。ものすごく古《ふる》いものにちがいないよ——」

ルイスは振《ふ》りむいて、ぞっとした。隣《となり》に立《た》っているのは、ローズ・リタではなかった。背《せ》の高《たか》いやせた男《おとこ》で、毛皮《けがわ》の折《お》り襟《えり》のついた黒《くろ》くて長《なが》いコートを着《き》ている。むかし風《ふう》のあごまである高《たか》い襟《えり》で、首《くび》に巻《ま》いた黒《くろ》いクラバットにダイヤの飾《かざ》りピンがきらりと光《ひか》っていた。灰色《はいいろ》の髪《かみ》はまんなかで分《わ》けられ、あごに向《む》かってまるく整《ととの》えたひげが骨《ほね》ばった頬《ほお》をおおっている。眼窩《がんか》の奥《おく》からのぞいている目《め》は、まるで濁《にご》った青白《あおじろ》いビー玉《だま》のようで、眼球《がんきゅう》の虹彩《こうさい》も瞳《ひとみ》も見《み》えない。肌《はだ》もひどく青《あお》ざめ、カエルの腹《はら》のように白々《しろじろ》としている。ぽっかりと開《あ》いた口《くち》から、縮《ちぢ》んだ黒《くろ》い歯茎《はぐき》と象牙《ぞうげ》の古《ふる》い鍵盤《けんばん》のように黄《き》ばんだ長《なが》い乱杭歯《らんぐいば》がのぞいていた。まるで一カ月《げつ》も前《まえ》に死《し》んだ人間《にんげん》のようだ。

「気《き》をつけるのだ！」男《おとこ》はしゃがれ声《ごえ》でささやいた。「オペラはおそろしい運命《うんめい》をもたらす！　彼《かれ》は死者《ししゃ》の王《おう》になるつもりだ！」

ルイスは骨《ほね》の髄《ずい》まで凍《こお》りついた。男《おとこ》は床《ゆか》に立《た》っているのでなくて、空中《くうちゅう》に浮《う》かんでいた。

おまけに体《からだ》が透《す》けている。懐中電灯《かいちゅうでんとう》の光《ひかり》が体《からだ》を通《とお》りぬけ、見知《みし》らぬ男《おとこ》の薄《うす》い胸《むね》を通《とお》して舞《ぶ》台《たい》の端《はし》が見《み》えた。「用心《ようじん》せよ！」男《おとこ》はふたたびうなるように言《い》った。そして身《み》の毛《け》のよだつようなうめき声《ごえ》をあげると、一筋《ひとすじ》の煙《けむり》となり、みるみるうちに薄《うす》れていく湯気《ゆげ》のように消《き》えてしまった。ルイスはショックのあまり麻痺《まひ》したように、しばらくぼんやりと空《そら》を見《み》つめていた。

それから、あらんかぎりの声《こえ》で悲鳴《ひめい》をあげた。

第《だい》3章《しょう》　劇場《げきじょう》の歴史《れきし》

　ルイスは左手《ひだりて》で譜面《ふめん》を抱《だ》きしめたまま、右手《みぎて》に懐中電灯《かいちゅうでんとう》を握《にぎ》ってオーケストラボックスから這《は》い出《で》ると、観客席《かんきゃくせき》のうしろにぼんやりと光《ひか》って見《み》える通路《つうろ》に向《む》かって逃《に》げだした。自分《じぶん》の走《はし》る足音《あしおと》がこだまし、すぐうしろから幽霊《ゆうれい》が追《お》いかけてくるような気《き》がする。あともう少《すこ》しでドアというところで、なにかがルイスのコートをつかんでぐいっとうしろにひっぱった。ルイスは恐怖《きょうふ》のあまり鋭《するど》い悲鳴《ひめい》をあげた。

「ちょっと！」ローズ・リタが大声《おおごえ》で言《い》った。「やめて、ルイス。わたしよ」

　ルイスはほっとしてへたへたと座《すわ》りこみそうになった。ルイスが観客席《かんきゃくせき》にいるのはどうしてもいやだと言《い》いはったので、二人《ふたり》は入《い》り口《ぐち》ホールまで出《で》て、ルイスはいざとなったら飛《と》び出《だ》そうとでもいうように汚《きたな》い窓《まど》のすぐ横《よこ》に立《た》った。そして、まだ息《いき》を切《き》らしながら、ローズ・リタに自分《じぶん》が見聞《みき》きしたことをなんとか説明《せつめい》しようとした。

ローズ・リタは疑《うたが》わしそうにルイスを見《み》た。「幽霊《ゆうれい》？　ほんとうに？」

ルイスはうなずいた。「おそろしいやつなんだ。青白《あおじろ》くて死《し》んでるみたいで、ガリガリにやせてるんだ」

ローズ・リタはため息《いき》をついた。「ルイス、あんたの想像力《そうぞうりょく》はすごいわ」

ルイスはローズ・リタをにらみつけた。「想像《そうぞう》なんかじゃないよ」ルイスは言《い》いはった。「この目《め》で見《み》て、この耳《みみ》で聞《き》いたんだ。なんだよ、ローズ・リタ、きみだっていろいろ不《ふ》思議《しぎ》なことを見《み》てきたはずじゃないか！」痛《いた》いところをついたはずだ。ルイスと仲良《なかよ》くなってから、ローズ・リタは楽《たの》しいことにしろおそろしいことにしろ、さまざまな魔法《まほう》を目《め》にしてきたのだ。こうなると、ローズ・リタも確信《かくしん》が持《も》てなくなってきたようだった。

「たしかにそうね」ローズ・リタはしぶしぶ認《みと》めた。「だけど、それはみんな、その……幽霊《ゆうれい》の出《で》そうな時間《じかん》とか場所《ばしょ》で起《お》こったじゃない。まっ昼間《ぴるま》、それもニュー・ゼベダイのまん真《ま》ん中《なか》で起《お》こったわけじゃないし」

「ここは幽霊《ゆうれい》の出《で》そうな場所《ばしょ》じゃないわけ？」ルイスは聞《き》き返《かえ》した。「大《おお》きくて暗《くら》くてがらんとしてて、なにがいたっておかしくないよ！」

「わたしは、こわいものなんて見《み》なかったよ。古《ふる》い楽屋《がくや》だけ。部屋《へや》の半分《はんぶん》は〈ファーマーズ〉の店《みせ》のがらくたと、雑貨屋《ざっかや》で売《う》ってるマウンズのチョコバーとアーモンドジョイの箱《はこ》だったし。プファイファーさんは舞台裏《ぶたいうら》の部屋《へや》を倉庫《そうこ》か荷物置《にもつお》き場《ば》かなんかに使《つか》っているのよ。なに持《も》ってるの？」

ルイスはまだ楽譜《がくふ》をしっかりと抱《だ》きしめていた。「ピアノのなかに隠《かく》してあったのを見《み》つけたんだ」ルイスは楽譜《がくふ》を差《さ》し出《だ》した。

「隠《かく》してあった？　へえ」ローズ・リタはパリパリになった紙束《かみたば》を受《う》けとって、用心深《ようじんぶか》くなかを調《しら》べた。「ぜんぶ手書《てが》きみたい。楽譜《がくふ》も歌詞《かし》もぜんぶそろってる。ねえ、これを見《み》て大喜《おおよろこ》びするのはだれだと思《おも》う？」

「だれ？」

「ホワイト先生《せんせい》よ」

ホワイト先生《せんせい》は中学校《ちゅうがっこう》の音楽《おんがく》の先生《せんせい》だった。しょっちゅうリサイタルや演奏会《えんそうかい》を開《ひら》いて、生徒《せいと》たちがいい音楽《おんがく》に興味《きょうみ》を持《も》つようにいつも心《こころ》を砕《くだ》いていた。若《わか》い人《ひと》たちが聴《き》くような音《おん》楽《がく》には我慢《がまん》がならなくて、ふんと鼻《はな》を鳴《な》らしてこう言《い》った。「ビーバップだかジルバだか知《し》りませんけど真《しん》の教養《きょうよう》のある人《ひと》は、もっといい趣味《しゅみ》を持《も》っているものです」

ルイスはおぼつかなげに譜面《ふめん》をながめた。「どうかな」ルイスはゆっくりと言《い》った。「これを持《も》っていたときに幽霊《ゆうれい》を見《み》たんだ。なにか関係《かんけい》あるかもしれない」

「わかったわよ」ローズ・リタは言《い》った。そして紙束《かみたば》をルイスのほうへつき出《だ》した。「ほら。これを持《も》って、見《み》つけたところに返《かえ》してきなさいよ。ここで待《ま》ってるから。それでピアノのなかを見《み》たことは忘《わす》れれば？」

視線《しせん》で人《ひと》を殺《ころ》すことができるのなら、今《いま》のルイスのひとにらみでニュー・ゼベダイの人口《じんこう》の半分《はんぶん》が失《うしな》われたにちがいない。「ぼくはいやだ。とっておきたいのなら、やるよ。ぼくはぜったいあそこへは戻《もど》らない。少《すく》なくとも電気《でんき》が通《とお》って、明《あ》かりがつかないかぎりはごめんだ」

最後《さいご》の部分《ぶぶん》をつけくわえたのは、臆病者《おくびょうもの》だと思《おも》われるのがいやだったからだ。

ローズ・リタが、ルイスの想像力《そうぞうりょく》が活発《かっぱつ》すぎると言《い》ったのは、ルイスはむさぼるように本《ほん》を読《よ》んだし、読《よ》んだことはすべて想像《そうぞう》のなかにあざやかに残《のこ》った。ほかの子《こ》どもたちは、映画《えいが》に出《で》てくる怪物《かいぶつ》とか《ライトアウト》のようなラジオの怪談番組《かいだんばんぐみ》をこわがったけれど、ルイスの悪夢《あくむ》に登場《とうじょう》するのは『シャーロック・ホームズ』に出《で》てくるモリアーティ教授《きょうじゅ》や狡猾《こうかつ》なフー・マンチュー博士《はかせ》、おそろしい二重人格者《にじゅうじんかくしゃ》のハイド氏《し》など本《ほん》のなかの人物《じんぶつ》たちだった。

しばらくのあいだ、二人《ふたり》は黙《だま》って立《た》っていた。ルイスの呼吸《こきゅう》が正常《せいじょう》に戻《もど》ると、ローズ・リタはきちんとかぎをしめ、二人《ふたり》で下《した》におりていって、懐中電灯《かいちゅうでんとう》と鍵《かぎ》をプファイファーさんに返《かえ》した。プファイファーさんはストーブのそばのイスでまどろんでいたが、その横《よこ》で友人《ゆうじん》たちは天気《てんき》の話《はなし》をしつづけていた。外《そと》へ出《で》てしまうと、ルイスは言《い》った。「これからどうする？」

「おじいさんのところへいこう。おじいさんなら、オペラ座《ざ》がいつ建《た》ったか教《おし》えてくれるよ。それに、もしかしたらルイスの見《み》た幽霊《ゆうれい》のこともなにか知《し》っているかも」

ルイスはあまり気《き》が乗《の》らなかった。「どうかな」ルイスはゆっくりと言《い》った。「ジョナサンおじさんとかツィマーマン夫人《ふじん》とそういう話《はなし》をするのはいやじゃないんだ。二人《ふたり》なら幽《ゆう》霊《れい》のこともわかってるから。だけど、おじいさんはきっとぼくのことを変《へん》だと思《おも》うよ」

「あ、そう。なら幽霊《ゆうれい》のことを話《はな》すのはやめればいい。なにか別《べつ》の方法《ほうほう》でわかるかもしれないし。どっちにしろ、もういこう。じゃないとツララになっちゃいそう」

もう五時《じ》も過《す》ぎて、外《そと》はますます寒《さむ》くなってきていた。二人《ふたり》は大通《おおどお》りを噴水《ふんすい》のほうへ歩《ある》いていった。市会議員《しかいぎいん》たちは、気温《きおん》が氷点下《ひょうてんか》になると、水《みず》を止《と》めることにしていた。噴水《ふんすい》を囲《かこ》んでいる大理石《だいりせき》の柱《はしら》は、まるで氷《こおり》の塊《かたまり》から彫《ほ》ったようだ。ローズ・リタは前《まえ》を歩《ある》いて、ドラッグストアのそばを左《ひだり》に曲《ま》がり、シカモア通《どお》りに入《はい》った。

ローズ・リタの祖父《そふ》のゴールウェイさんは、一二二番地《ばんち》にある小《ちい》さな平家《ひらや》に住《す》んでいた。ゴールウェイさんはものを作《つく》ったり、いじくりまわしたりするのが趣味《しゅみ》で、前庭《まえにわ》には、養《よう》魚池《ぎょいけ》と（今《いま》は凍《こお》っていた）、庭用《にわよう》のイスを置《お》いた石《いし》のテラスと、木《き》の枠《わく》からベンチをぶらさげたブランコがところせましと置《お》かれていた。ルイスは前《まえ》にもきたことがあったから、裏庭《うらにわ》はさらに散《ち》らかっていて、ゴールウェイさんが自分《じぶん》で作《つく》った奇妙《きみょう》な形《かたち》の小《ちい》さい風車《ふうしゃ》が十以上《いじょう》あって、てんでにおかしなことをやらかしているのも知《し》っていた。ひとつは木彫《きぼ》りの曲芸師《きょくげいし》で、四つのボールで永久《えいきゅう》に続《つづ》くお手玉《てだま》をしていた。七面鳥《しちめんちょう》の首《くび》を切《き》り落《お》とそうと必死《ひっし》になっている小《ちい》さなおじいさんは、いつもあと一歩《ぽ》というところで七面鳥《しちめんちょう》にひょいと首《くび》をそらされた。帆船《はんせん》は風《かぜ》のままにあちこちに揺《ゆ》れ、小《ちい》さな船乗《ふなの》りたちがロープをひこうとするように必死《ひっし》で腕《うで》を動《うご》かしている。ルイスはそんなどたばた劇《げき》が面白《おもしろ》くてしょうがなかったけれど、近所《きんじょ》の人《ひと》たちはあんなおかしなものを置《お》いて迷惑《めいわく》だと文句《もんく》を言《い》っているらしかった。

ローズ・リタはぴょんと飛《と》んで玄関《げんかん》の低《ひく》いポーチにあがった。ルイスもすぐうしろに続《つづ》いた。ねじって音《おと》を出《だ》すタイプの旧式《きゅうしき》のドアベルは、骨《ほね》をくわえたイヌの頭《あたま》の形《かたち》をしている。その骨《ほね》をつかんで頭《あたま》を回転《かいてん》させると、ベルはイヌのほえるような音《おと》を出《だ》した。しばらくすると、ゴールウェイさんがドアを開《あ》けた。背《せ》が高《たか》く頭《あたま》は禿《は》げていて、ふちなしメガネのうしろで真《ま》っ青《さお》な目《め》がキラキラ輝《かがや》いている。「おやおや」ゴールウェイさんはにこにこしながら言《い》った。「わしのお気《き》に入《い》りの孫娘《まごむすめ》とシャーロック・ホームズの専門家《せんもんか》くんじゃないか。最近《さいきん》、悪党《あくとう》を捕《つか》まえているかね、ルイス？」

「いいえ」ルイスはニッと笑《わら》って言《い》った。ゴールウェイさんのことを大好《だいす》きな理由《りゆう》はいろいろあるけれど、そのなかのひとつは、若《わか》いころ、アーサー・コナン・ドイル本人《ほんにん》の心霊《しんれい》術《じゅつ》の講演《こうえん》を聴《き》きにいったことがあるということだ。しかも講演《こうえん》のあと、ゴールウェイさんはこの有名《ゆうめい》な作家《さっか》と握手《あくしゅ》をしたのだ。ルイスはゴールウェイさんと握手《あくしゅ》したことがあったから、つまり、シャーロック・ホームズの物語《ものがたり》を書《か》いた作家《さっか》に触《さわ》ったようなものだった。

「さあさあ、お入《はい》り。そんなところに立《た》っとったら、風邪《かぜ》をひいちまうぞ」ゴールウェイさんは言《い》った。ぽかぽかと暖《あたた》かい居間《いま》に入《はい》ると、ローズ・リタのメガネがたちまち曇《くも》った。ローズ・リタはメガネをはずして、コートのポケットからハンカチを出《だ》してふいた。部屋《へや》はものでいっぱいだったけれど、居心地《いごこち》がよかった。壁《かべ》には額《がく》にいれた写真《しゃしん》がいくつもかけられ、ふかふかの大《おお》きなひじかけイスと、ナヴァホ族《ぞく》の毛布《もうふ》のかかった長《なが》いソファー、それから《ポピュラー・メカニクス》や《サタデーイブニング・ポスト》の入《はい》ったマガジンラック、ほかにもこまごましたものが山《やま》ほどあった。

ルイスはフンフンとにおいをかいだ。暖《あたた》かい部屋《へや》には、ローストビーフとチェリーパイのおいしそうなにおいが漂《ただよ》っていた。ゴールウェイさんは海軍《かいぐん》にいたときコックをしていたので、今《いま》でも自分《じぶん》の食事《しょくじ》はぜんぶ自分《じぶん》で作《つく》っていた。「さあ、二人《ふたり》ともお座《すわ》り。ちょいと台所《だいどころ》を探《さが》してこよう。すぐ戻《もど》ってくるよ」

ルイスの期待《きたい》したとおり、ゴールウェイさんは〝簡単《かんたん》なもの〟を持《も》って戻《もど》ってきた。ゴールウェイさんの言《い》う簡単《かんたん》なものとは、温《あたた》かいローストビーフのサンドイッチと背《せ》の高《たか》いグラスに入《はい》ったミルク、それからできたてのチェリーパイをひと切《き》れずつだった。むしゃむしゃと食《た》べながら、ローズ・リタが歴史《れきし》のプロジェクトの話《はなし》をして、古《ふる》い劇場《げきじょう》のことを教《おし》えてくれるようたのんだ。

「うーむ」ゴールウェイさんは考《かんが》えこむように言《い》った。「ああ、覚《おぼ》えとるよ。たしか一九〇〇年《ねん》だったはずだ。ともかく、南北戦争《なんぼくせんそう》の記念碑《きねんひ》の仕事《しごと》をしたあとだったな。最初《さいしょ》、あの〈ファーマーズ〉の店《みせ》の二階《かい》は空家《あきや》でな。倉庫《そうこ》かなにかだったんだが、使《つか》い勝手《がって》が悪《わる》かったんだ。たとえば、品物《しなもの》を持《も》ってあがったりおりたりするのはひどく面倒《めんどう》だとか、そういうことだ。まあ、それで、ニュー・ゼベダイ慈善文化事業団《じぜんぶんかじぎょうだん》は、町《まち》のどこかに公会堂《こうかいどう》を作《つく》ろうと考《かんが》えていたから、あの場所《ばしょ》を老《ろう》プファイファー氏《し》から借《か》りることにしたのさ。今《いま》、店《みせ》をやっているプファイファー氏《し》のおやじさんだよ。それでわしを設計士《せっけいし》として雇《やと》ったわけだ。わしは仕事《しごと》を引《ひ》き受《う》けた。二年《ねん》くらいかかったな。オープンしたのは一九〇二年《ねん》の五月《がつ》だった。《ペンザンスの海賊《かいぞく》》(ギルバート&サリヴァン共作《きょうさく》のオペレッタ(喜歌劇《きかげき》)で船《ふね》をおそったこともない情《なさ》けない海賊《かいぞく》の物語《ものがたり》(一八七九))だったよ。女房《にょうぼう》を連《つ》れて見《み》にいった。最初《さいしょ》の女房《にょうぼう》のコーラルだよ。今《いま》ごろ天国《てんごく》で安《やす》らかに暮《く》らしとるはずだ。おまえさんのばあさんじゃないよ、ローズ・リタ」

「劇場《げきじょう》が閉《し》まったのはいつ？」ローズ・リタはたずねた。

ゴールウェイさんはフンと鼻《はな》を鳴《な》らした。「第《だい》一次《じ》世《せ》界大戦《かいたいせん》のあとだった。たぶん一九一九年《ねん》だったと思《おも》う。残念《ざんねん》ながら、うまくいかなかったんだ。ああ、もちろんいいときもあったよ。一度《いちど》など、エンリコ・カルーソ（イタリアのテノール歌手《かしゅ》）のコンサートも行《おこな》われたんだ。縄抜《なわぬ》けの名人《めいじん》ハリー・フーディーニがすばらしい手品《てじな》を見《み》せたこともあったな。だが、ほとんどの公演《こうえん》はがらすきだった。おまけに戦争《せんそう》の直後《ちょくご》にインフルエンザの大流行《だいりゅうこう》があってな。それも関係《かんけい》あったと思《おも》うよ。だが、町《まち》のみんなが言《い》うことはちがうかもしれん。不運《ふうん》なインマヌエル・ヴァンダヘルムのせいだと言《い》うだろうな」

ルイスはぱっとローズ・リタを見《み》た。インマヌエル・ヴァンダヘルムこそ、ピアノのなかで見《み》つけた楽譜《がくふ》の表紙《ひょうし》にあった名前《なまえ》だったからだ。「あの、それはだれですか？」ルイスは聞《き》いた。

「当時《とうじ》は有名《ゆうめい》だったんだ。まあ、少《すく》なくともわしはそう聞《き》いとった。世界《せかい》じゅうで、オペラに出演《しゅつえん》していたそうだ。ドイツやイタリアやイギリスやいろいろなところでな。そして、引退《いんたい》してこのニュー・ゼベダイで余生《よせい》を過《す》ごそうとやってきた。だが、わかるだろう？

彼《かれ》は消防署《しょうぼうしょ》の老馬《ろうば》みたいなもんだったんだ。サイレンの音《おと》をきいたらすぐさま走《はし》りだすようなね」

「どういう意味《いみ》？」ローズ・リタはパイの最後《さいご》のひと口《くち》を飲《の》みこむと聞《き》いた。

ゴールウェイさんは微笑《ほほえ》んだ。「つまり、歌《うた》ったり、演奏《えんそう》したり、もう一度《いちど》オペラに関《かか》わりたくってうずうずしていたってことさ。ともかく彼《かれ》は劇場《げきじょう》のために、特別《とくべつ》に劇《げき》を書《か》いた。劇《げき》に出《で》る人《ひと》たちが選《えら》ばれ、リハーサルも行《おこな》われ、あとは上演《じょうえん》されるだけだったんだ。だが、ここから不運《ふうん》な出来事《できごと》が始《はじ》まった」

ローズ・リタは前《まえ》に乗《の》り出《だ》した。「不運《ふうん》な出来事《できごと》ってどんな？」

「うむ、実《じつ》にいろいろでな。まずソプラノ歌手《かしゅ》が足《あし》を折《お》って、代役《だいやく》がたてられた。それから舞台《ぶたい》セットを作《つく》っていた建物《たてもの》が火事《かじ》になって、焼《や》け落《お》ちた。次《つぎ》に、劇場《げきじょう》の支配人《しはいにん》が失踪《しっそう》した。そこへもってきて、町《まち》の半分《はんぶん》の人《ひと》がインフルエンザにかかった。だが、最後《さいご》に、もっとも不可解《ふかかい》な出来事《できごと》が起《お》こったんだ。初公演《はつこうえん》の夜《よる》、ヴァンダヘルム氏《し》は現《あらわ》れなかったんだよ。みんなを見捨《みす》ててな。売上金《うりあげきん》をぜんぶ持《も》って逃《に》げたといううわさもあったよ。ともかくヴァンダヘルム氏《し》は二度《にど》と戻《もど》ってこんかった。そして町《まち》の人《ひと》たちはすっかりうんざりして、公演《こうえん》を中止《ちゅうし》しただけじゃなくて、劇場《げきじょう》を閉鎖《へいさ》しちまったんだ。事業団《じぎょうだん》は九十九年《ねん》間《かん》の賃貸契約《ちんたいけいやく》を結《むす》んでいたというのにだ」ゴールウェイさんはよいしょと立《た》ちあがると、食《た》べ終《お》わったお皿《さら》をぜんぶお盆《ぼん》に載《の》せた。「さてと、思《おも》い出《だ》してきたぞ。なにかほかにもあの劇場《げきじょう》に関係《かんけい》するものがあるかもしれん。おまえさんたちはこの皿《さら》を片付《かたづ》けてくれ。わしはなにかないか、探《さが》してこよう」

二人《ふたり》は台所《だいどころ》へいって、ローズ・リタがお皿《さら》を洗《あら》い、ルイスがそれをふいて片付《かたづ》けた。ぜんぶ終《お》わって居間《いま》に戻《もど》ると、ゴールウェイさんが寝室《しんしつ》からぼろぼろの革表紙《かわびょうし》のアルバムを持《も》ってきていた。ゴールウェイさんはソファーに座《すわ》ってアルバムをめくり、ルイスとローズ・リタはその両《りょう》わきからのぞきこんだ。アルバムには何百枚《なんまい》も写真《しゃしん》が貼《は》ってあって、ほとんどはあせて茶色《ちゃいろ》っぽくなっている。ゴールウェイさんが海軍《かいぐん》にいたころ訪《おとず》れた土地《とち》の写真《しゃしん》がほとんどで、シンガポールやロンドンやホノルルや、ほかにも外国《がいこく》の港《みなと》の写真《しゃしん》がたくさんあった。するとゴールウェイさんは手《て》を止《と》めて、言《い》った。「あった。これが劇場《げきじょう》の除幕式《じょまくしき》の日《ひ》にとった写真《しゃしん》だ。一九〇二年《ねん》だよ」

ルイスは写真《しゃしん》を見《み》た。十人《にん》くらいの人《ひと》が劇場《げきじょう》の入《い》り口《ぐち》ホールに立《た》っている。写真《しゃしん》のなかのものはすべて、ぴかぴかで新《あたら》しかった。うしろの壁《かべ》の大《おお》きなポスターには、海賊《かいぞく》のかっこうをしたおかしな顔《かお》の男《おとこ》が写《うつ》っていて、凝《こ》った飾《かざ》り文字《もじ》で〝ギルバート&サリヴァンのペンザンスの海賊《かいぞく》〟と書《か》いてあった。

ゴールウェイさんはページをめくった。「ほかにも何枚《なんまい》かある。わしは劇場《げきじょう》の仕事《しごと》をてがけたことを誇《ほこ》りに思《おも》っとったんだよ。これがわしで、こっちがハリー・フーディーニだ。それでこれが……おや、へんだな！」

ゴールウェイさんは、若《わか》いころの自分《じぶん》が写《うつ》っている写真《しゃしん》のところで手《て》を止《と》めた。ふさふさの黒《くろ》い髪《かみ》に大《おお》きな口《くち》ひげを生《は》やした若《わか》き日《ひ》のゴールウェイさんは〈ファーマーズ飼料《しりょう》・種子販売《しゅしはんばい》〉の店《みせ》の外《そと》にある階段《かいだん》の前《まえ》に立《た》っていた。建物《たてもの》はほとんど今《いま》と変《か》わらないけれど、階段《かいだん》の入《い》り口《ぐち》の上《うえ》に〈ニュー・ゼベダイ・オペラ座《ざ》〉と大《おお》きく描《か》いた看板《かんばん》がかかっている。

ゴールウェイさんはじっと写真《しゃしん》を見《み》つめて、頭《あたま》をかいた。「ああ、どうかしちまったにちがいない。わしの記憶《きおく》ちがいだな。誓《ちか》ってこの写真《しゃしん》はインマヌエル・ヴァンダヘルムといっしょに写《うつ》したはずなのに、わしひとりしか写《うつ》っとらんじゃないか」ゴールウェイさんはまたパラパラとページをめくって《ペンザンスの海賊《かいぞく》》の写真《しゃしん》まで戻《もど》って言《い》った。「それはそうと、これが最初《さいしょ》の女房《にょうぼう》のコーラルだ」

ルイスははっと前《まえ》へ乗《の》り出《だ》して、前《まえ》の列《れつ》にいる男《おとこ》の人《ひと》を指《ゆび》さした。「これはだれですか？」

「この背高《せいたか》のっぽかね？」ゴールウェイさんはにやっと笑《わら》った。「これがモーディカイ・フィンスターだよ。劇場《げきじょう》の支配人《しはいにん》さ。例《れい》の町《まち》から逃《に》げたって男《おとこ》だ。その直後《ちょくご》に、ヴァンダヘルムの公演《こうえん》は失敗《しっぱい》したんだ」

ルイスは気分《きぶん》が悪《わる》くなった。ルイスには、モーディカイ・フィンスターがただ逃《に》げたとは思《おも》えなかった。もっとおそろしいことが起《お》こったのにちがいない。写真《しゃしん》に写《うつ》っている男《おとこ》は背《せ》が高《たか》くやせていて、目《め》は落《お》ちくぼみ、あごに向《む》けてまるくもじゃもじゃのひげを生《は》やしていた。その人物《じんぶつ》を、ルイスは見《み》たことがあった。

オーケストラボックスの幽霊《ゆうれい》だった。

第《だい》4章《しょう》　口笛《くちぶえ》を吹《ふ》くネコ

火曜日《かようび》の午後《ごご》、ジョナサン・バーナヴェルトはフロリダのセント・ピーターズバーグにあるルキウス・ミクルベリーの部屋《へや》の窓辺《まどべ》に立《た》っていた。外《そと》はすばらしい天気《てんき》だ。メキシコ湾《わん》はおだやかでどこまでも青《あお》く、木々《きぎ》のあいだからかいま見《み》える白《しろ》い砂浜《すなはま》は暖《あたた》かい太陽《たいよう》に照《て》らされてまばゆいほどだった。ジョナサンは受話器《じゅわき》を耳《みみ》にあてて、長距離電話《ちょうきょりでんわ》の交換手《こうかんしゅ》と話《はな》しているところだった。「ニュー・ゼベダイだ」ジョナサンは繰《く》り返《かえ》した。「番号《ばんごう》は八六五」

ジョナサンは電話《でんわ》がつながるのを待《ま》った。しばらくすると、電話《でんわ》が鳴《な》っている音《おと》が聞《き》こえてきた。それからカチッと音《おと》がして、ホルツ夫人《ふじん》がでた。「もしもし、バーナヴェルトでございます」

「やあ、ハンナ。うまくいってるかね？」

「まあ、こんにちは。ええ、だいじょうぶですよ。ご友人《ゆうじん》のお葬式《そうしき》は終《お》わりましたか？」

「追悼式《ついとうしき》だったんだ。ああ、とてもよかったよ。きっとルキウスも気《き》に入《い》ったと思《おも》う」

「いつわたしたちもお呼《よ》びがかかるか、わかりませんものね」ホルツ夫人《ふじん》は沈《しず》んだ声《こえ》で言《い》った。

ジョナサンはにやっと笑《わら》った。本人《ほんにん》はぴんぴんしているというのに、ホルツ夫人《ふじん》は不思議《ふしぎ》とお葬式《そうしき》に興味《きょうみ》を示《しめ》した。「さて、ルイスはいるかな？　もし学校《がっこう》から帰《かえ》ってきているんだったら、話《はな》したいんだが？」

「ええ、ちょっとお待《ま》ちください」

ジョナサンは鼻歌《はなうた》を歌《うた》った。ツィマーマン夫人《ふじん》が外《そと》の芝生《しばふ》にいるのが見《み》える。追悼式《ついとうしき》に着《き》た喪服《もふく》から、紫《むらさき》の小花模様《こばなもよう》のドレスに着替《きが》え、あざやかな紫《むらさき》のリボンのついた白《しろ》い麦《むぎ》わら帽子《ぼうし》をかぶっている。さわやかな海風《うみかぜ》が吹《ふ》いて、ドレスが大《おお》きくふくらんだ。ツィマーマン夫人《ふじん》は顔《かお》をあげ、ジョナサンは手《て》を振《ふ》った。

「もしもし？」ルイスが息切《いきぎ》れしたような声《こえ》で出《で》た。

「やあ」ジョナサンは言《い》った。「国内戦線《こくないせんせん》の調子《ちょうし》はどうかね？」

長《なが》い間《ま》があいたあと、ルイスは言《い》った。「すべてうまくいってるよ。天気《てんき》はどう？」

「すばらしいよ。二十四度《ど》あって、晴《は》れとる。そっちはどうだい？」

「曇《くも》ってて風《かぜ》が強《つよ》くて寒《さむ》いよ」ルイスは言《い》った。「いつごろ戻《もど》れるの？」

「まだわからないんだ。明日遺言状《あすゆいごんじょう》を読《よ》むために弁護士《べんごし》と会《あ》う。それからフローレンスと本《ほん》やほかのものを整理《せいり》して、梱包《こんぽう》するつもりだ。しばらくかかると思《おも》う。それから杖《つえ》の破《は》棄《き》をしないとならん」

「杖《つえ》のなんだって？」ルイスは聞《き》き返《かえ》した。

「一種《いっしゅ》の儀式《ぎしき》なんだ」ジョナサンは説明《せつめい》した。「魔法使《まほうつか》いが魔法《まほう》の行為《こうい》によって死《し》ぬと、その杖《つえ》は自動的《じどうてき》に折《お》れる。だが、ルキウスのように自然《しぜん》の死《し》を迎《むか》えた場合《ばあい》は、同《おな》じ魔法《まほう》の仲間《なかま》がちょっとした別《わか》れの儀式《ぎしき》をしてやるんだよ。彼《かれ》のために祈《いの》り、幸《しあわ》せを祈《いの》って、杖《つえ》を真《ま》っぷたつに折《お》るんだ。もし今回《こんかい》、ニュー・ゼベダイに帰《かえ》る飛行機《ひこうき》が落《お》ちて――」

「やめてよ、ジョナサンおじさん。そんなこと言《い》わないで！」ルイスは恐怖《きょうふ》でかすれた声《こえ》で言《い》った。

ジョナサンはため息《いき》をついた。「ルイス、そんなことは起《お》こりはせんよ、ただ例《れい》として言《い》っただけだ。そうしたら、わたしの友人《ゆうじん》がわたしの杖《つえ》を折《お》ってくれる。フローレンスの場合《ばあい》は、魔法《まほう》の傘《かさ》だ。儀式《ぎしき》なんだ、それだけさ」

「うん……ともかく気《き》をつけてね」

ジョナサンは笑《わら》った。「もちろんさ。さあて、学校《がっこう》はうまくいってるかい？　ローズ・リタとの歴史《れきし》プロジェクトの課題《かだい》は見《み》つかったかね？」

「う、うん」

「そりゃよかった。じゃあまたな、ルイス。そうだ、買《か》い物《もの》に出《で》たら、プレゼントを探《さが》してくるよ。海賊《かいぞく》のガスパリアはここいらの海《うみ》で仕事《しごと》をしてたんだ。もしかしたら、本物《ほんもの》のドブロン金貨《きんか》（むかしのスペインの金貨《きんか》）か、海賊《かいぞく》がほんとうに使《つか》っていた剣《けん》が見《み》つかるかもしれんぞ」

「すごいな」

「じゃあ、気《き》をつけるんだよ」

「おじさんもね」

ジョナサンは電話《でんわ》を切《き》って、ツィマーマン夫人《ふじん》と話《はな》すために下《した》へおりていった。ツィマーマン夫人《ふじん》は歩《ある》いて芝生《しばふ》のずっと先《さき》の、砂浜《すなはま》へ出《で》る門《もん》のほうまでいっていた。あとを追《お》いかけようとポーチをおりてから、ジョナサンは一瞬足《いっしゅんあし》をとめた。なにかが心《こころ》に引《ひ》っかかっていた。たしかにルイスはときどきふさぎこむことがあるけれど、今日《きょう》はことさら沈《しず》んで暗《くら》いようすだった。ジョナサンは、ルイスが何年《なんねん》か前《まえ》、とつぜん両親《りょうしん》を交通事故《こうつうじこ》で失《うしな》った悲《かな》しみをまだ忘《わす》れられていないと感《かん》じることがあった。でも、ホルツ夫人《ふじん》の口調《くちょう》は明《あか》るかったし、もしほんとうに問題《もんだい》があれば話《はな》すはずだ。ジョナサンは一瞬胸《いっしゅんむね》をよぎった不安《ふあん》を払《はら》いのけ、ツィマーマン夫人《ふじん》のあとを追《お》いかけた。「おーい、ばあさん、待《ま》ってくれ！」

一方《いっぽう》、ニュー・ゼベダイで、ルイスは電話《でんわ》を切《き》って唇《くちびる》をかんだ。ルイスは、叔父《おじ》に古《ふる》い劇場《げきじょう》を探検《たんけん》して幽霊《ゆうれい》を見《み》たことや、隠《かく》された楽譜《がくふ》を見《み》つけたことを話《はな》そうとした。でも、気《き》になることがふたつあったせいで、思《おも》いとどまった。まず、もしかしたらほんとうに見《み》まちがえかもしれない。たしかに自分《じぶん》はときどき臆病風《おくびょうかぜ》に吹《ふ》かれることがある。フィンスター氏《し》の幽霊《ゆうれい》は、ゆきすぎた想像力《そうぞうりょく》の産物《さんぶつ》かもしれない。そうだとしても、ゴールウェイさんの写真《しゃしん》の男《おとこ》とオーケストラボックスで見《み》たと思《おも》った男《おとこ》が似《に》ていることは説明《せつめい》できないけど。もうひとつはもっと大切《たいせつ》なことだった。ルイスはジョナサンのフロリダ滞在《たいざい》をだいなしにしたくなかったのだ。そうでなくても叔父《おじ》には考《かんが》えなくてはいけないことがたくさんあるのだから、これ以上問題《いじょうもんだい》を増《ふ》やすようなまねはしたくなかった。

ホルツ夫人《ふじん》に電話《でんわ》ですよ、と呼《よ》ばれたとき、ルイスは食卓《しょくたく》に座《すわ》って、牛乳《ぎゅうにゅう》とリーセズのピーナツバター・カップのおやつを食《た》べているところだった。また戻《もど》って残《のこ》りを食《た》べながら、ルイスは学校《がっこう》であったことを思《おも》い出《だ》した。フォガーティ先生《せんせい》は、ローズ・リタがルイスと選《えら》んだプロジェクトの説明《せつめい》をすると気《き》に入《い》ったようだった。これでもう、あの古《ふる》い劇場《げきじょう》について調《しら》べることは決《き》まったということだ。おまけに、音楽《おんがく》のホワイト先生《せんせい》は、例《れい》の古《ふる》い楽譜《がくふ》にとても興味《きょうみ》を示《しめ》した。インマヌエル・ヴァンダヘルムは、かつては世界的《せかいてき》に有《ゆう》名《めい》なテノール歌手《かしゅ》だったんですよ、と先生《せんせい》は説明《せつめい》してくれた。この楽譜《がくふ》は著名《ちょめい》な音楽家《おんがくか》の長《なが》らく所在不明《しょざいふめい》だった作品《さくひん》かもしれないと、先生《せんせい》は興奮《こうふん》したようすで、じっさい《ニュー・ゼベダイ新聞《しんぶん》》の記者《きしゃ》に電話《でんわ》してそのニュースを伝《つた》えたほどだ。事態《じたい》はもうぼくたちの手《て》の及《およ》ばないところへいってしまった、とルイスは思《おも》った。

ドアのベルが鳴《な》り、ルイスは玄関《げんかん》を開《あ》けにいった。ローズ・リタが寒《さむ》さで顔《かお》を真《ま》っ赤《か》にして立《た》っていた。「これを見《み》て」ローズ・リタは、折《お》りたたんだ新聞《しんぶん》をかかげた。ルイスが新聞《しんぶん》を受《う》けとると、ローズ・リタはなかへ入《はい》ってドアを閉《し》めた。第《だい》一面《めん》に囲《かこ》み記事《きじ》があって、見出《みだ》しがついている。〃ニュー・ゼベダイの中学生《ちゅうがくせい》、失《うしな》われたオペラを発見《はっけん》〃。記事《きじ》には、ルイスとローズ・リタが古《ふる》い劇場《げきじょう》で《最後《さいご》の審判《しんぱん》》の完全《かんぜん》な楽譜《がくふ》を見《み》つけた顛末《てんまつ》が書《か》かれ、最後《さいご》はこう締《し》めくくられていた。〃そのオペラは、新世紀《しんせいき》にあらゆる古《ふる》いやりかたが滅《ほろ》びていくさまを描《えが》いた、現代社会《げんだいしゃかい》の寓話《ぐうわ》である。オフェーリア・ホワイト女史《じょし》によれば、楽譜《がくふ》は完成《かんせい》しており、上演《じょうえん》することさえ可能《かのう》だという〃

「わたしたち、有名人《ゆうめいじん》よ」ローズ・リタはにやりと笑《わら》った。「これで、フォガーティ先生《せんせい》はわたしたちにAをくれることまちがいなしね」

「そうかもね」ルイスはあやふやな答《こた》えをした。「でも、うれしくない」

二人《ふたり》はまだ玄関《げんかん》の、傘《かさ》と杖《つえ》がぎゅうぎゅうづめになっている柳模様《やなぎもよう》のつぼの横《よこ》に立《た》っていた。ローズ・リタは手《て》を腰《こし》にあてた。「フン！　うれしくないのはこわいからよ」

「ちがう」ルイスは言《い》いはった。「なんて言《い》うか……つまり……ああ、わかんないよ。なんとなく、正《ただ》しくないって感《かん》じがするんだ。まるであの楽譜《がくふ》はずっとあそこに隠《かく》れていて、ぼくがきて見《み》つけるのを待《ま》っていたような気《き》がするんだ。ばかみたいに思《おも》うかもしれないけど、どうしても気《き》になるんだ」

「だいじょうぶよ」ローズ・リタは言《い》った。ルイスはジョナサンの言《い》う〝ぐんぐん伸《の》びる〟時期《じき》にさしかかっていたけれど、ローズ・リタはルイスよりもさらに頭半分大《あたまはんぶんおお》きかったから、ルイスを見下《みお》ろして言《い》った。「それにね、きれいな音楽《おんがく》なんだから。ホワイト先《せん》生《せい》が序曲《じょきょく》のメロディを少《すこ》し弾《ひ》いてくれたんだけど、ちっともこわくもぶきみでもなかったよ――」

ローズ・リタはおかしな表情《ひょうじょう》を浮《う》かべて言葉《ことば》を切《き》った。ルイスは「どうしたの？」と聞《き》こうとしたけれど、声《こえ》は言葉《ことば》にならずにのどの奥《おく》で消《き》えた。なにか聞《き》こえる。外《そと》からだ。高《たか》い、震《ふる》えるような音《おと》だった。横笛《よこぶえ》を吹《ふ》いているようにも聞《き》こえるけれど、節《ふし》まではっきりしない。ルイスはガタガタと震《ふる》えだした。「聞《き》こえる？」ルイスはささやいた。

ローズ・リタは、メガネの奥《おく》で大《おお》きく目《め》を見開《みひら》いてうなずいた。「庭《にわ》のほうから聞《き》こえる。まさか、その、あんたの見《み》た幽霊《ゆうれい》が――」

とつぜんルイスはほっと息《いき》をついて、笑《わら》いはじめた。なんの曲《きょく》かわかったのだ。《おやすみなさい、おじょうさん》で、六番目《ばんめ》か七番目《ばんめ》の音《おと》が必《かなら》ずはずれる。ルイスは玄関《げんかん》までいくと、ノブに手《て》をかけてポーズをとった。「ローズ・リタ、〈ニュー・ゼベダイ・オペラ座《ざ》〉の怪人《かいじん》をお目《め》にかけます！」そしてぱっとドアを開《あ》けはなした。

黒白《くろしろ》の縞《しま》のネコが寒《さむ》い外《そと》からぶらぶらと入《はい》ってきた。ネコはローズ・リタを見《み》あげて、ミャオと鳴《な》いた。そして座《すわ》って体《からだ》をなめはじめた。「どういうこと？」ローズ・リタは言《い》った。

「ジェイルバードのことは話《はな》したことなかったっけ？　うーん、話《はな》したと思《おも》ってたよ。去年《きょねん》の春《はる》、ジョナサンおじさんと庭《にわ》にいたとき、このネコが現《あらわ》れたんだ。あとで図書館員《としょかんいん》のギアさんのネコだってわかったんだけど、そのときは知《し》らなくてね。ジョナサンおじさんはおもしろ半分《はんぶん》で魔法《まほう》をかけたんだ。それでこいつは口笛《くちぶえ》を吹《ふ》くようになったのさ」

ローズ・リタはじっとルイスを見《み》た。「冗談《じょうだん》でしょ」

「ううん、ほんとうだよ」

それを証明《しょうめい》するように、ジェイルバードはいきなり小《ちい》さな唇《くちびる》をすぼめて、《いつか故郷《こきょう》に帰《かえ》ろう、キャスリーン》を口笛《くちぶえ》で吹《ふ》きはじめた。

ローズ・リタは眉《まゆ》をしかめた。「ひどい音痴《おんち》」

ルイスは肩《かた》をすくめた。「まあね、ネコには音感《おんかん》がないってジョナサンおじさんは言《い》ってるよ。ともかくジェイルバードは自分《じぶん》の新《あたら》しい才能《さいのう》がすっかり気《き》に入《い》ったみたいだったから、ジョナサンおじさんが、鳥《とり》をおびき寄《よ》せるのに使《つか》ったりしないかぎり、魔法《まほう》をとくのはやめようって言《い》ったんだ。去年《きょねん》の夏《なつ》、ローズ・リタがペンシルヴァニアにいって、ジョナサンおじさんとぼくがヨーロッパへでかけているあいだ、ギアさんはラジオ番組《ばんぐみ》のコンテストにジェイルバードを連《つ》れていったんだけど、失格《しっかく》になっちゃったんだって。お茶《ちゃ》の間《ま》で聴《き》いている人《ひと》たちはだれもほんとうにネコが吹《ふ》いているなんて信《しん》じないだろうからってね。それに、あまりうまくはなかったし」

ネコは、おそろしく調子《ちょうし》っぱずれな《スモーキーの頂上《ちょうじょう》で》をやりはじめた。

「やめさせられないの？」ローズ・リタは顔《かお》をしかめて言《い》った。

「できるよ、おやつがほしいだけなんだ」ルイスは台所《だいどころ》に入《はい》っていって、サーディンの缶《かん》詰《づめ》を開《あ》けた。ジェイルバードは缶詰《かんづめ》をガツガツと食《た》べると、暖房《だんぼう》の通風孔《つうふうこう》までいって満足《まんぞく》そうにまるくなった。ルイスはジョナサンが近所《きんじょ》のペットたちにエサをやるのに使《つか》っているお皿《さら》を洗《あら》った。ネコは、まるでルイスの仕事《しごと》ぶりを気《き》に入《い》ったとでもいうようにゴロゴロとのどを鳴《な》らした。それから、そっとブラームスの《子守唄《こもりうた》》を二、三小節《しょうせつ》吹いて、眠《ねむ》ってしまった。「そのうち消《き》えていくと思《おも》うよ。ジョナサンおじさんの呪文《じゅもん》はたいていそうなんだ。ヒューズ箱《ばこ》のこびとが消《き》えちゃったのは知《し》ってるだろ。だんだんと薄《うす》くなっていって、ある日《ひ》いなくなってたんだ」

ローズ・リタは目《め》をぐるぐる回《まわ》した。ヒューズ箱《ばこ》のこびとというのも、やっぱりジョナサンの魔法《まほう》のひとつだった。地下室《ちかしつ》のペンキの缶《かん》の裏《うら》に住《す》んでいるこびとの幻影《げんえい》で、だれかが地下《ちか》に降《お》りてくると、飛《と》び出《だ》してきて「アホー！　アホー！　ぼくはヒューズ箱《ばこ》のこびとだぞう！」と叫《さけ》んでまた隠《かく》れてしまうのだ。「ジョナサンおじさんの魔法《まほう》はあまり役《やく》に立《た》たないよね」ローズ・リタは言《い》った。

「少《すく》なくとも、害《がい》はないさ」ルイスは言《い》い返《かえ》した。じっさい、言《い》い争《あらそ》いをする気分《きぶん》ではなかった。頭《あたま》がちょっと痛《いた》かったし、まだ劇場《げきじょう》で見《み》つけた楽譜《がくふ》のことが気《き》になっていたのだ。ローズ・リタにもそれがわかったようだった。二人《ふたり》はいっしょに宿題《しゅくだい》をして、ローズ・リ夕が帰《かえ》ると、ジェイルバードも出《で》ていった。ルイスとホルツ夫人《ふじん》はいっしょに夕食《ゆうしょく》を食《た》べ、そのあと、ルイスはラジオを聴《き》いた。そして九時《じ》になると、おじさんが早《はや》く帰《かえ》ってきますように、と願《ねが》いながらベッドに入《はい》った。

その夜《よる》、ルイスはなかなか眠《ねむ》れなくて何度《なんど》も寝返《ねがえ》りをうった。それでもようやく眠《ねむ》ると、今度《こんど》は不思議《ふしぎ》な夢《ゆめ》を見《み》た。ルイスとローズ・リタは、またあの劇場《げきじょう》の階段《かいだん》をあがっていた。でも今度《こんど》は電気《でんき》がぜんぶついていて、たくさんの人《ひと》が押《お》しあいへしあいしている。男《おとこ》の人《ひと》たちは黒《くろ》い燕尾服《えんびふく》に白《しろ》いネクタイを締《し》め、全員《ぜんいん》シルクハットを持《も》っている。女《おんな》の人《ひと》たちは白《しろ》く長《なが》いドレスにダイヤモンドや真珠《しんじゅ》のきれいなネックレスをして、毛皮《けがわ》のショールを羽織《はお》っていた。

どうしてか、気《き》がつくと、ルイスとローズ・リタは、キラキラ光《ひか》るシャンデリアの暖《あたた》かい光《ひかり》に包《つつ》まれて、優雅《ゆうが》で豪華《ごうか》な観客席《かんきゃくせき》に座《すわ》っていた。舞台《ぶたい》には、金色《きんいろ》の房《ふさ》のついた赤《あか》いベルベットのカーテンが下《さ》がっていて、オーケストラボックスから悲《かな》しみに満《み》ちた音楽《おんがく》が聞《き》こえてくる。その音楽《おんがく》に呼《よ》ばれるように、ルイスはふらふらと夢遊病者《むゆうびょうしゃ》のような足取《あしど》りで前《まえ》へ出《で》ていって、ボックスを見《み》おろした。

イスに置《お》いたり、たてかけたりした金管《きんかん》ホルンや黒《くろ》い木管楽器《もっかんがっき》やつやつやしたバイオリンが、シャンデリアの光《ひかり》を受《う》けてきらめいていた。グランドピアノはなくなっていて、かわりに立派《りっぱ》なオルガンが置《お》いてある。その前《まえ》に男《おとこ》の人《ひと》が座《すわ》って、長《なが》いクモの足《あし》のような指《ゆび》を鍵盤《けんばん》の上《うえ》に走《はし》らせ、神秘的《しんぴてき》な音楽《おんがく》を演奏《えんそう》していた。男《おとこ》はゆっくりと振《ふ》りかえった。一瞬《いっしゅん》、ルイスはまたあの幽霊《ゆうれい》の顔《かお》が現《あらわ》れるのでないかとおののいたけれど、今度《こんど》は別人《べつじん》だった。が、幽霊《ゆうれい》と同《おな》じくらい青白《あおじろ》い顔《かお》をしている。男《おとこ》は観衆《かんしゅう》に向《む》かってにやりと笑《わら》った。「頭《あたま》をクロークに預《あず》けてらっしゃい！」男《おとこ》はうれしそうに叫《さけ》んだ。「ここには口笛《くちぶえ》を吹《ふ》くネコなどいません。これは芸術《げいじゅつ》です！」

男《おとこ》が自分《じぶん》の言葉《ことば》に大笑《おおわら》いすると、開《あ》いた口《くち》からなにか黒《くろ》いものがどっと渦《うず》を巻《ま》いて飛《と》び出《だ》してきた。最初《さいしょ》ルイスはハエだと思《おも》ったが、どんどん大《おお》きくなってコウモリになり、キイキイ叫《さけ》びながら羽《は》ばたいてまっすぐルイスに向《む》かってきた！

ルイスとローズ・リタはくるりと回《まわ》れ右《みぎ》をして通路《つうろ》をかけあがろうとしたけれど、通路《つうろ》には人《ひと》がいっぱいいて、よろめきながらやみくもに前《まえ》に出《で》ようとしていた。ルイスは目《め》を疑《うたが》った。頭《あたま》がない！　男《おとこ》の人《ひと》のえりのカラーの上《うえ》はなにもなかった。女《おんな》の人《ひと》の宝石《ほうせき》を飾《かざ》った首《くび》も、ダイヤモンドや真珠《しんじゅ》の上《うえ》でばっさり切《き》り落《お》とされている。ローズ・リタが悲鳴《ひめい》をあげた。

背後《はいご》の音楽《おんがく》がどんどん大《おお》きくなった。「音楽《おんがく》を聴《き》きたければ、金《かね》を払《はら》え！」オルガン奏者《そうしゃ》が金切《かなき》り声《ごえ》で叫《さけ》ぶ。するとコウモリの大群《たいぐん》がキィキィ鳴《な》きながらつっこんできて、ルイスは床《ゆか》に倒《たお》れた。ローズ・リタの姿《すがた》を見失《みうしな》い、頭《あたま》のない群集《ぐんしゅう》のよろめく足《あし》の間《あいだ》を必死《ひっし》で這《は》いずり回《まわ》る。もう少《すこ》しで入《い》り口《ぐち》のホールに出《で》るドアまでたどりつくというとき、ボールがふたつポンポンと弾《はず》みながら転《ころ》がってきた。

だが、ボールではなかった。ボールだと思《おも》ったのは、ジョナサン・バーナヴェルトとツイマーマン夫人《ふじん》の頭《あたま》で、その顔《かお》は恐怖《きょうふ》にゆがんでいた。頭《あたま》はルイスのほうに転《ころ》がってくると、かみつこうとするようにカチカチと歯《は》を鳴《な》らした。

ルイスは這《は》ったままうしろに下《さ》がった。が、ふいに髪《かみ》をつかまれ、オルガン奏者《そうしゃ》のかんだかい声《こえ》が響《ひび》いた。「お預《あず》かりいたします、お客《きゃく》さま」力強《ちからづよ》い手《て》がルイスの頭《あたま》をひっぱった。一瞬《いっしゅん》ルイスの首《くび》はタフィーのように伸《の》び、それからスポン！と鋭《するど》い音《おと》がして、なにもかも真《ま》っ暗《くら》になった。

第《だい》5章《しょう》　古《ふる》い楽譜《がくふ》

その週《しゅう》ずっと、ルイスは同《おな》じおそろしい夢《ゆめ》を見《み》た。ローズ・リタも何度《なんど》かこわい夢《ゆめ》を見《み》たけれど、ローズ・リタはそれをルイスのせいにした。「あんたがあんな気味《きみ》の悪《わる》いことばかり言《い》うから、わたしまでしょっちゅう考《かんが》えちゃうのよ」そう言《い》われてルイスは腹《はら》をたて、二人《ふたり》はほとんど口《くち》をきかないまま金曜《きんよう》の放課後《ほうかご》になった。その日《ひ》、ホワイト先生《せんせい》はルイスたちと、特別《とくべつ》に五、六人《にん》お客《きゃく》を招《まね》いて、例《れい》のオペラの楽譜《がくふ》からいくつか選《えら》んだものを演奏《えんそう》する計画《けいかく》をたてていた。学校《がっこう》が終《お》わると、ルイスはみじめな気分《きぶん》でぶらぶらしながら待《ま》っていた。毎晩《まいばん》こわい夢《ゆめ》で目《め》がさめるせいで、すっかり疲《つか》れ果《は》てていた。木曜日《もくようび》の午後《ごご》、ジョナサンからまた電話《でんわ》があって、ぜんぶ目録《もくろく》を作《つく》ってニュー・ゼベダイへ送《おく》る手配《てはい》をするのにあと十日《とおか》かかると言《い》ってきた。またもやルイスは、不安《ふあん》な気持《きも》ちでいることを言《い》いそびれてしまった。結局《けっきょく》のところ、悪夢《あくむ》を見《み》るということ以外《いがい》、なにかおそろしいことが起《お》こったわけではないからだ。

ローズ・リタもやってきた。やはり、ルイスに負《ま》けず劣《おと》らず疲《つか》れているようすだった。「また見《み》たの？」ルイスはおそるおそる聞《き》いた。二人《ふたり》はほんとうに仲《なか》がよかったから、これ以上長《いじょうなが》く相手《あいて》を無視《むし》しつづけることはできなかったのだ。ローズ・リタはため息《いき》をついた。

二人《ふたり》は音楽室《おんがくしつ》のうしろに座《すわ》っていた。音楽室《おんがくしつ》は机《つくえ》の代《か》わりにイスが並《なら》んでいて、明《あか》るくて風通《かぜとお》しのいい部屋《へや》だった。譜面台《ふめんだい》があちこちに立《た》ち、黒板《こくばん》の上《うえ》の部分《ぶぶん》は五線譜表《ごせんふひょう》の模様《もよう》がついていて、さまざまな記号《きごう》が並《なら》んでいる。低音部記号《ていおんぶきごう》と高音部記号《こうおんぶきごう》は黄色《きいろ》と白《しろ》のチョークで描《えが》かれ、それといっしょに全音符《ぜんおんぷ》から八分音符《はちぶおんぷ》までの記譜法《きふほう》が記《しる》されている。黒板《こくばん》の前《まえ》には、アップライトピアノが置《お》いてあった。部屋全体《へやぜんたい》に、チョークの粉《こな》と消毒薬《しょうどくやく》のにおいが漂《ただよ》っている。ローズ・リタはとうとう認《みと》めた。「昨日《きのう》の夜《よる》、ひどい夢《ゆめ》を見《み》たの。口笛《くちぶえ》を吹《ふ》くネコたちが、《最後《さいご》の審判《しんぱん》》の譜面《ふめん》を教《おし》えてもらおうとして追《お》いかけてくるの。それでわたしを長《なが》くて暗《くら》いトンネルに追《お》いこんで、どうやってか両方《りょうほう》の出口《でぐち》をふさいじゃうのよ……ああ！」

ルイスは同情《どうじょう》してうなずいた。ローズ・リタはルイスよりはるかに勇敢《ゆうかん》だけれど、いくつかこわいものがある。そのひとつが、せまい場所《ばしょ》に閉《と》じ込《こ》められることだった。暗《くら》い押《お》し入《い》れやトンネルがどうしてもだめなのだ。今《いま》も夢《ゆめ》の話《はなし》をしているだけで苦《くる》しそうだった。

ルイスはため息《いき》をついて言《い》った。「ぼくのはそこまでひどくないかな。どうやらまたあの劇場《げきじょう》に戻《もど》っているんだ。ハリー・フーディーニとエンリコ・カルーソが《わたしを野球《やきゅう》の試合《しあい》に連《つ》れてって》を歌《うた》いながら手品《てじな》をしている。そのうちはっと気《き》づくと、まわりにいる人《ひと》がみんな幽霊《ゆうれい》になってるんだ。劇場《げきじょう》支配人《しはいにん》のフィンスター氏《し》も、ほかの人《ひと》も、みんな。だれも舞台《ぶたい》なんて見《み》ていない。みんなぼくをじっと見《み》つめている。漫画《まんが》にでてくる孤児《こじ》アニーみたいなまんまるくてうつろな目《め》で。それからいっせいにぼくにささやきかけるんだ」

「なんて？」ローズ・リタは目《め》の下《した》に黒《くろ》いくまができていて、つい大《おお》きなあくびをした。

「最初《さいしょ》はよく聞《き》こえなかった。だけどどんどん大《おお》きくなっていって、しまいには嵐《あらし》の風《かぜ》の音《おと》みたいになった。幽霊《ゆうれい》たちは口《くち》をそろえて〝歌《うた》をやめろ！　歌《うた》をやめろ！〟って繰《く》り返《かえ》してるんだ。ぼくは立《た》って逃《に》げようとするけど、動《うご》けない。体《からだ》を見下《みお》ろすと、ぼくも幽霊《ゆうれい》になってるんだ。そして永遠《えいえん》にあの劇場《げきじょう》に座《すわ》っていなければならなくなるんだ」

すると廊下《ろうか》で声《こえ》がして、すぐにホワイト先生《せんせい》がお客《きゃく》を連《つ》れて入《はい》ってきた。ルイスは驚《おどろ》いて息《いき》を飲《の》んだ。かっぷくのいい白髪《しらが》の男《おとこ》の人《ひと》はニュー・ゼベダイ町長《ちょうちょう》のデービス氏《し》だし、ずんぐりとした中年《ちゅうねん》の夫婦《ふうふ》は《ニュー・ゼベダイ新聞《しんぶん》》の社主《しゃしゅ》のポールソン夫妻《ふさい》だ。二人《ふたり》は、白髪《しらが》まじりの黒《くろ》い髪《かみ》と二重《にじゅう》あごがそっくりだった。夫妻《ふさい》に話《はな》しかけているのがこうさいポッター校長《こうちょう》だ。ほかにも女《おんな》の人《ひと》が二人《ふたり》と男《おとこ》の人《ひと》が二人《ふたり》いて、ルイスは知《し》らなかったけれど、ホワイト先生《せんせい》が熱心《ねっしん》にしゃべりかけていた。全員《ぜんいん》が教室《きょうしつ》の前《まえ》に立《た》つと、ホワイト先生《せんせい》は言《い》った。「それで、この二人《ふたり》がわたしたちの英雄《えいゆう》、すばらしい発見《はっけん》をした子《こ》どもたちですわ。お立《た》ちなさい、ローズ・リタ、ルイス」

二人《ふたり》は立《た》ちあがったけれど、ルイスはなんとなくばかみたいに感《かん》じた。大人《おとな》たちはにこにこしながら二人《ふたり》にうなずいて、あいさつの言葉《ことば》を口《くち》にした。それからホワイト先生《せんせい》が全《ぜん》員《いん》にお座《すわ》りください、と言《い》った。「また生徒《せいと》に戻《もど》ったみたいじゃないか、ん、レティ？」

ポールソンさんは奥《おく》さんに向《む》かって言《い》った。奥《おく》さんはふんと鼻《はな》を鳴《な》らして、返事《へんじ》もしなかった。

ホワイト先生《せんせい》はピアノの横《よこ》に立《た》った。やせて背《せ》の高《たか》い先生《せんせい》は、あつらえたグレーのツイードのスカートと白《しろ》いブラウスを着《き》て、首《くび》に凝《こ》った黒《くろ》いリボンをむすんでいた。髪《かみ》は赤《あか》茶色《ちゃいろ》の巻《ま》き毛《げ》で、涙型《なみだがた》のレンズのメガネのせいでネコみたいだ。「今日《きょう》みなさまをここへお呼《よ》びいたしましたのは、このすばらしい作品《さくひん》からいくつか抜粋《ばっすい》したものをお聞《き》かせしたいと思《おも》ったからです。わたしはこの傑作《けっさく》を世《よ》に送《おく》り出《だ》すべきだと思《おも》っておりますし、みなさまにもじっさい聴《き》いていただければご賛同《さんどう》いただけると思《おも》います」

ホワイト先生《せんせい》は鍵盤《けんばん》の前《まえ》に座《すわ》ると、一瞬《いっしゅん》頭《あたま》をたれ、それから顔《かお》をあげた。「《最後《さいご》の審判《しんぱん》》の第《だい》一幕《まく》からアリア」

ポールソン夫人《ふじん》がまた鼻《はな》を鳴《な》らした。「あまり期待《きたい》できそうな題名《だいめい》じゃないわね、オフェーリア」夫人《ふじん》は言《い》った。

「ええ、でもとても象徴的《しょうちょうてき》ですわ」ホワイト先生《せんせい》は熱《ねつ》のこもった声《こえ》で答《こた》えた。「争《あらそ》いや戦争《せんそう》や憎《にく》しみの時代《じだい》がすぎて、平和《へいわ》と協力《きょうりょく》の新《あたら》しい時代《じだい》がひらけるさまを描《えが》いているんです」

「まあまあ、ともかく聴《き》いてみようじゃないか、ホワイト先生《せんせい》」町長《ちょうちょう》が言《い》った。「わしがとても忙《いそが》しい男《おとこ》だというのは知《し》っているだろう。それにみなさんもいろいろほかにおありになるはずだ」

「これはアリアです。ただ《召集《しょうしゅう》》とだけ題《だい》されています」そう言《い》って、ホワイト先生《せんせい》は演奏《えんそう》をはじめた。

音楽《おんがく》はさりげなく、哀調《あいちょう》に満《み》ちたいくぶん単調《たんちょう》なメロディで始《はじ》まった。ルイスはローズ・リタのほうを見《み》て、いったいなんの騒《さわ》ぎだ？　と目《め》で問《と》いかけた。ローズ・リタはただ肩《かた》をすくめて、わたしだってわからないわよ、というように眉《まゆ》をあげた。徐々《じょじょ》に音楽《おんがく》は強《つよ》く、激《はげ》しくなっていった。ルイスは一応《いちおう》聞《き》いていたけれど、特《とく》にすばらしいとは思《おも》わなかった。そもそもルイスは、たとえビーバップ・ミュージックのようなものですら音楽《おんがく》にあまり興味《きょうみ》がなかった。たまにおじさんが、アトウォーター・ケント製《せい》の大《おお》きなラジオで《WLSバーンダンス》や《グランドオールオプリー》などのラジオ番組《ばんぐみ》を聴《き》いていたけれど、そこで流《なが》れるカントリー&ウェスタン・ミュージックやスクエアダンスの曲《きょく》は、今《いま》、ホワイト先生《せんせい》が演奏《えんそう》しているアリアとはまったくちがった。ルイスは鼻《はな》にしわを寄《よ》せた。退屈《たいくつ》で、家《いえ》に帰《かえ》りたくてしょうがなかった。

ところが、どうやら大人《おとな》たちはこの音楽《おんがく》が気《き》に入《い》ったようだ。しきりにうなずいたり、眠気《ねむけ》を誘《さそ》うリズムに合《あ》わせて体《からだ》をゆすったりしている。そしてホワイト先生《せんせい》のピアノが次《し》第《だい》に大《おお》きくなっていくとイスから身《み》を乗《の》り出《だ》し、演奏《えんそう》が終《お》わると、いっせいに拍手《はくしゅ》かっさいした。「すばらしい、ホワイト先生《せんせい》」デービス町長《ちょうちょう》が言《い》った。「実《じつ》のところ、最初《さいしょ》きみがすばらしい作品《さくひん》だと言《い》ったときは話半分《はなしはんぶん》で聞《き》いていた。だが、きみの言《い》うとおりだ。このインマヌエル・ヴァンダヘルムという人物《じんぶつ》は天才《てんさい》だったにちがいない」

「まったくそのとおりだわ」ポールソン夫人《ふじん》は顔《かお》をほてらせて言《い》った。「こんなに満足《まんぞく》のいく、なのにシンプルな曲《きょく》は聴《き》いたことはないわ。モーツァルトの優雅《ゆうが》さと魅力《みりょく》、ビバルディの才気《さいき》、そしてベートーベンの熱情《ねつじょう》を兼《か》ね備《そな》えている」

「あなたの演奏《えんそう》もすばらしかったですよ」ポールソンさんのご主人《しゅじん》も感想《かんそう》を述《の》べた。

「まあ、ありがとうございます」

大人《おとな》たちはこの音楽《おんがく》を世《よ》に出《だ》すのにいちばんいい方法《ほうほう》について議論《ぎろん》しはじめた。ポールソンさんはホワイト先生《せんせい》がリサイタルを開《ひら》いたらどうかと言《い》ったけれど、デービス町長《ちょうちょう》は首《くび》を振《ふ》った。「これは大規模《だいきぼ》なものになりうる。とても大規模《だいきぼ》なものにな。うまくやれば、オッシー・ファイヴヒルズやカラマズーやアナーバーからたくさんの人《ひと》を呼《よ》べるだろう。そう、ニュー・ゼベダイを一大観光地《いちだいかんこうち》にできるのだ」

「どうやって？」だれかが不思議《ふしぎ》そうな声《こえ》で聞《き》いた。

「もちろん、オペラをこの町《まち》で上演《じょうえん》するのだ」と町長《ちょうちょう》は言《い》った。「慈善文化事業団《じぜんぶんかじぎょうだん》はあの劇場《げきじょう》の賃借権《ちんしゃくけん》を持《も》っている。何年《なんねん》も活動《かつどう》していないが、まだ町《まち》に三、四人《にん》のメンバーが残《のこ》っているはずだ。彼《かれ》らを呼《よ》び集《あつ》めて、劇場《げきじょう》の再開《さいかい》を票決《ひょうけつ》してもらえば、それで決《き》まりだ」

「あの場所《ばしょ》をもう一度《いちど》運営《うんえい》できる状態《じょうたい》に戻《もど》すのはかなりたいへんですぞ」ほかのだれかが言《い》った。「それに、そのお金《かね》はどこから出《で》るんだね、ヒューゴー？　ぜひ教《おし》えてもらいたいもんだ」

大人《おとな》たちは言《い》い争《あらそ》いをはじめ、ローズ・リタはルイスの腕《うで》をひっぱって、二人《ふたり》でこっそり教室《きょうしつ》を抜《ぬ》け出《だ》した。「ひえー」ルイスは言《い》った。「あの調子《ちょうし》じゃ、あの人《ひと》たちは一晩《ひとばん》じゅうあそこであのくだらないオペラのことを言《い》い争《あらそ》ってるよ」

ローズ・リタは考《かんが》えこんだように言《い》った。「でもね、たしかにあの音楽《おんがく》はすてきだった」

「うへ。タラリンタラリンタランタラン！　あれだったらジェイルバードの口笛《くちぶえ》のほうがましさ」

二人《ふたり》は下《した》へ降《お》りて、通用口《つうようぐち》の扉《とびら》を開《あ》けた。中学《ちゅうがく》は高校《こうこう》の隣《となり》の黒《くろ》い石造《いしづく》りの建物《たてもの》で、扉《とびら》を出《で》るとせまい路地《ろじ》になっていた。まだ冷《ひ》えびえしていたけれど、最近寒《さいきんさむ》さも少《すこ》しずつ緩《ゆる》み、二月《がつ》や三月《がつ》の初《はじ》めに積《つ》もった雪《ゆき》や氷《こおり》が溶《と》けはじめていた。空気《くうき》はキンとしてわずかに泥《どろ》の香《かお》りがした。春《はる》がくるにおいだ、とジョナサンはいつも言《い》っていた。ルイスとローズ・リタはぐるりと回《まわ》って、学校《がっこう》の裏《うら》へ自転車《じてんしゃ》をとりにいった。

「あれはだれ？」路地《ろじ》を出《で》たところで、ローズ・リタが言《い》った。黒《くろ》いロングコートを着《き》た男《おとこ》の人《ひと》が学校《がっこう》の前《まえ》に立《た》っていた。黒《くろ》いホンブルグ（せまいつばが両側《りょうがわ》でせりあがってまんなかがへこんだフェルトの帽子《ぼうし》）をかぶり、黒《くろ》い革手袋《かわてぶくろ》をはめ、コートの襟《えり》の折《お》り返《かえ》しには斑点《はんてん》のある白《しろ》い毛皮《けがわ》がついている。黒《くろ》いひげはきちんと整《ととの》えられ、手《て》には新聞《しんぶん》を持《も》っていた。ルイスは、男《おとこ》の顔《かお》に見覚《みおぼ》えはなかったけれど、外国人《がいこくじん》のようだと思《おも》った。

「きみたち！」見知《みし》らぬ男《おとこ》は二人《ふたり》を見《み》ると叫《さけ》んだ。その声《こえ》は精力《せいりょく》にあふれていた。

「ちょっと教《おし》えてくれるかな。先週生徒《せんしゅうせいと》が古《ふる》いオペラの楽譜《がくふ》を見《み》つけたという学校《がっこう》はここかね？」

「そうです」ローズ・リタは言《い》った。「それに、楽譜《がくふ》を見《み》つけた生徒《せいと》っていうのはわたしたちなんです。わたしはローズ・リタ・ポッティンガー、こっちがルイス・バーナヴェルト」

「ほんとうに？」男《おとこ》の人《ひと》はうれしそうな笑《え》みを浮《う》かべた。「きみたちに会《あ》えるとはなんてついているんだ。楽譜《がくふ》を発見《はっけん》したとき、きみたちはその劇場《げきじょう》のなかを探検《たんけん》していたのかな？」

「そのとおり」ローズ・リタは言《い》った。「〈ニュー・ゼベダイ・オペラ座《ざ》〉っていうんです。もう何年《なんねん》も閉鎖《へいさ》されたままだけど。っていうのも、一度《いちど》ハリー・フーディーニがやってきて、手錠《てじょう》をかけられたまま水中《すいちゅう》からみごと脱出《だっしゅつ》したんですけど、そのあとで町《まち》の男《おとこ》の子《こ》が二人《ふたり》まねをして、溺《おぼ》れ死《じ》んだんです。みんなその子《こ》たちのことが好《す》きだったから、悲《かな》しみのあまりあの場所《ばしょ》を閉鎖《へいさ》してしまったというわけなんです」

ルイスはあぜんとしてローズ・リタを見《み》つめた。もちろんローズ・リタのことは大好《だいす》きだ。だけど、ローズ・リタは大《おお》げさで面白《おもしろ》い話《はなし》が好《す》きで、話《はなし》を面白《おもしろ》くするためにちょっとした脚色《きゃくしょく》をすることもいとわなかった。ルイスはいい加減《かげん》にしろよとのどまで出《で》かかったけれど、背《せ》の高《たか》いひげの生《は》えた知《し》らない人《ひと》の前《まえ》で物怖《ものお》じしてしまって言《い》えなかった。

ところが男《おとこ》の人《ひと》はローズ・リタの話《はなし》を本気《ほんき》にしたようだった。「なんと、おそろしいことだ。だが、きみたちのように賢《かしこ》い子《こ》どもたちがあの古《ふる》い楽譜《がくふ》を見《み》つけてくれたことは、たいへんうれしく思《おも》っているよ。実《じつ》はわたしの名前《なまえ》はヘンリー・ヴァンダヘルムといって、あの作品《さくひん》を書《か》いたのはわたしの祖父《そふ》なんだ」

「インマヌエル・ヴァンダヘルム。表紙《ひょうし》に書《か》いてあった」ルイスは言《い》った。

「そのとおり。インマヌエル・ヴァンダヘルムはさまざまな才能《さいのう》に恵《めぐ》まれ、少《すく》なからぬ名声《めいせい》を博《はく》した人物《じんぶつ》だった。祖父《そふ》は、わたしと同《おな》じで、歌手《かしゅ》だった。残念《ざんねん》ながら、わたしは祖父《そふ》のすばらしい才能《さいのう》のほんのかけらしか受《う》け継《つ》いでいないがね。わたしの成功《せいこう》など、たいした成功《せいこう》ではなかった。だが、父《ちち》から著名《ちょめい》なご先祖《せんぞ》の華々《はなばな》しい業績《ぎょうせき》についてはいろいろ聞《き》いていた。だから、ぜひとも祖父《そふ》の作品《さくひん》というのを聴《き》きたいんだよ」

「へえ。おじさんはついてますよ。今《いま》、なかにホワイト先生《せんせい》がいて、楽譜《がくふ》はピアノの上《うえ》に置《お》いてありますから」

「おお。そこまで連《つ》れていってもらえるかな？」二人《ふたり》がためらっているのを見《み》ると、ヴァンダヘルムはたのみこむように言《い》った。「ほら、男性《だんせい》は正式《せいしき》な紹介《しょうかい》もなしにいきなりご婦人《ふじん》に話《はな》しかけるわけにはいかないだろう？　紹介《しょうかい》してもらえれば、非常《ひじょう》にありがたいんだが」

ルイスはごくりとつばを飲《の》みこんだ。なんとなくもう一度学校《いちどがっこう》に戻《もど》るのは気《き》が進《すす》まなかった。でも、はっきりとした理由《りゆう》があるわけではなかったので、ただこくんとうなずいた。

「よかった」ヴァンダヘルムは言《い》った。「案内《あんない》してくれたまえ！　自転車《じてんしゃ》が必要《ひつよう》なんてことはないといいんだが。わたしのはナショナルハウス・ホテルに置《お》いてきてしまったんでね」そしてヴァンダヘルムは冗談《じょうだん》だとわかるようににっこりと笑《わら》った。

三人《にん》はまた通用口《つうようぐち》を入《はい》って、二階《かい》へあがった。教室《きょうしつ》に向《む》かって廊下《ろうか》を歩《ある》いていくと、大人《おとな》たちがつまらない口論《こうろん》を続《つづ》けている声《こえ》が聞《き》こえた。ドアは開《ひら》いていた。ヴァンダヘルム氏《し》は紹介《しょうかい》など待《ま》たずに、さっとルイスとローズ・リタの前《まえ》に出《で》て、教室《きょうしつ》に入《はい》った。

ポールソンさんがしゃべっていた。「待《ま》ってください、たしかにいい考《かんが》えだと思《おも》いますよ。だが、いったいこのあたりでどうやってオペラを上演《じょうえん》するための人材《じんざい》を集《あつ》めるつもりなのかな？」

ポールソンさんは言葉《ことば》をとぎらせ、しんとなった。ヴァンダヘルム氏《し》がコートをマントのようにひるがえして、教室《きょうしつ》のなかへ入《はい》ってきたからだ。「オペラを上演《じょうえん》する？」ヴァンダヘルム氏《し》は朗々《ろうろう》とした声《こえ》で言《い》った。「わが祖父《そふ》のオペラを上演《じょうえん》したいですと？」

ホワイト先生《せんせい》はピアノのイスから立《た》ちあがると、気《き》を失《うしな》いそうな顔《かお》で手《て》を胸《むね》に押《お》しあてた。デービス氏《し》がたずねた。「あなたのおじいさまのオペラ？　つまりあなたは――」

ヴァンダヘルムは大《おお》げさな身振《みぶ》りでお辞儀《じぎ》をした。「わたしはヘンリー・ヴァンダヘルム、バリトン歌手《かしゅ》です。そして光栄《こうえい》なことに、世界的《せかいてき》に有名《ゆうめい》なテノール歌手《かしゅ》であり音楽家《おんがくか》であり作曲家《さっきょくか》であるインマヌエル・ヴァンダヘルムの孫《まご》なのです。今入《いまはい》ってきたとき、みなさんは祖父《そふ》の作品《さくひん》の話《はなし》をなさっていたようだが？」

「うー、その」ポールソンさんは言《い》った。「われわれが勝手《かって》に考《かんが》えていただけです。現在《げんざい》、このオペラの権利《けんり》を所有《しょゆう》しているのはあなただということですな？」

ヴァンダヘルムは黒《くろ》い手袋《てぶくろ》をはめた手《て》を振《ふ》った。「オペラを聴《き》く権利《けんり》は、世界《せかい》じゅうだれにでもあります。どうかわたしの心配《しんぱい》などなさらぬよう。祖父《そふ》の作品《さくひん》に対《たい》するみなさんの情熱《じょうねつ》を目《め》にして、言《い》いようのない喜《よろこ》びに満《み》たされているのです。ニュー・ゼベダイで《最後《さいご》の審判《しんぱん》》を上演《じょうえん》したいと望《のぞ》んでいらっしゃるのですね？　すばらしい！　じっさい――もしみなさんがわたしのようなつまらない者《もの》を使《つか》ってくださるというのなら、演出《えんしゅつ》から指揮《しき》から出演《しゅつえん》まで準備《じゅんび》し、費用《ひよう》もすべて受《う》け持《も》とうではありませんか」

ポールソンさんがすぐに拍手《はくしゅ》を始《はじ》め、一同《いちどう》もそれに続《つづ》いた。ローズ・リタまで手《て》をたたいていた。拍手《はくしゅ》をしていないのは、ルイスだけだった。なぜなら、あることに気《き》づいてひどく動揺《どうよう》していたからだ。最初《さいしょ》に会《あ》ったとき、まちがいなくヴァンダヘルム氏《し》は〈ニュー・ゼベダイ新聞《しんぶん》〉を持《も》っていた。黒《くろ》いコートにポケットはない。新聞《しんぶん》をゴミ箱《ばこ》に捨《す》てたり、教室《きょうしつ》のどこかに置《お》いたりもしていない。にもかかわらず、ヴァンダヘルム氏《し》の両手《りょうて》は空《から》っぽだった。

新聞《しんぶん》はどこへいったんだろう？　こつぜんと消《き》えてしまったのだ。幽霊《ゆうれい》みたいに――そう思《おも》ったとたん、ルイスの両腕《りょううで》に鳥肌《とりはだ》が立《た》った。

第《だい》6章《しょう》　濃《こ》い霧《きり》

「そしてヴァンダヘルム氏《し》はオペラ《最後《さいご》の審判《しんぱん》》から《封印《ふういん》》と題《だい》された力強《ちからづよ》い曲《きょく》を歌《うた》い、賞賛《しょうさん》をあびた」ローズ・リタは声《こえ》を出《だ》して読《よ》んだ。日曜《にちよう》の午後《ごご》、ローズ・リタとルイスはバーナヴェルト家《け》の食卓《しょくたく》に座《すわ》っていた。ポールソンさんは日曜版《にちようばん》でヘンリー・ヴァンダヘルムとオペラについての特集《とくしゅう》を組《く》み、仕上《しあ》げに、両脇《りょうわき》からホワイト先生《せんせい》とレティ・ポールソンに憧《あこが》れのまなざしを向《む》けられ満足《まんぞく》げに立《た》っているヴァンダヘルム本人《ほんにん》の大《おお》きな写真《しゃしん》まで掲載《けいさい》していた。

「いちいち読《よ》まなくたっていいよ」ルイスは漫画《まんが》の《ディック・トレイシー》と《リル・アブナー》に集中《しゅうちゅう》しようとしながら、ぶつぶつと言《い》った。「ぼくはその場《ば》にいたんだ、忘《わす》れたわけ？」

ローズ・リタは新聞《しんぶん》をガサガサさせて、上《うえ》から顔《かお》をのぞかせた。ひどくこわい顔《かお》だった。

「わたしもいたけど――忘《わす》れてた？　だけど、面白《おもしろ》いんだって。この記事《きじ》によれば、昨日《きのう》あれからまたいくつか進展《しんてん》があったのよ。市《し》の偉《えら》い人《ひと》たちと教育委員会《きょういくいいんかい》がヴァンダヘルム氏《し》と会《あ》ったらしいの。だけど、そんなニュースに興味《きょうみ》はないでしょうね、なんでもご存知《ぞんじ》のようだから」

「ローズ・リタ、ぼくは今回《こんかい》のことはぜんぶ気《き》に入《い》らないんだ。最初《さいしょ》から、あんな劇場《げきじょう》にいくんじゃなかった。あれ以来《いらい》起《お》こったことはすべて、なにかおかしいって気《き》がする。おかしいっていうのはへんだってことで、笑《わら》っちゃうってことじゃないよ。ジョナサンおじさんが戻《もど》ってくればいいのに。おじさんなら、どうすればいいかわかるはずだよ」ルイスはため息《いき》をついた。「さあ、算数《さんすう》の宿題《しゅくだい》をやらなくちゃ」

「わたしはやらない」ローズ・リタはすまして言《い》った。

「ちえ、なんだよ。いいか、ぼくに怒《おこ》ってるのはわかってる。だけど過《す》ぎたことをいつまでも言《い》うなよ。ともかく、すぐに算数《さんすう》は始《はじ》めなきゃ。ホルツさんが夜《よる》のミサにぜったいいくって言《い》ってるから、ついていかなきゃならないんだ」

「どうして算数《さんすう》なんかするの？」ローズ・リタはにこやかに言《い》った。「そんなことしたって意味《いみ》ないわよ」

ルイスはローズ・リタをにらみつけた。「わかったよ、おりこうさん。ぼくは算数《さんすう》の宿《しゅく》題《だい》をする。あとで面倒《めんどう》なことになっても、ぼくに泣《な》きつくなよ」

「あなただって、宿題《しゅくだい》したって意味《いみ》ないのよ」ローズ・リタはそう言《い》って、いやらしくにやっと笑《わら》った。

「いったいなんのことだよ？　はっきり言《い》えよ。ふざけてる気分《きぶん》じゃないんだ」ルイスは文句《もんく》を言《い》った。

「あら、最後《さいご》まで聞《き》こうとしないからよ。ちゃんと読《よ》ませてくれれば、ヴァンダヘルム氏《し》がオーディションで学校《がっこう》を使《つか》えるように、教育委員会《きょういくいいんかい》が来週《らいしゅう》の授業《じゅぎょう》を中止《ちゅうし》にしたってわかったのに」

「え？」ルイスはローズ・リタから新聞《しんぶん》をひったくると、記事《きじ》を読《よ》んだ。ほんとうだった。ヴァンダヘルム氏《し》は月曜日《げつようび》からオーディションを始《はじ》めると発表《はっぴょう》し、教育委員会《きょういくいいんかい》は中学《ちゅうがく》だけでなく高校《こうこう》の授業《じゅぎょう》も休《やす》みにすることに決《き》めたのだ。記事《きじ》には、父兄《ふけい》たちが名乗《なの》りでて、古《ふる》い劇場《げきじょう》を掃除《そうじ》してきれいにすることになったとも書《か》かれていた。ルイスは新聞《しんぶん》をおろして、ローズ・リタを見《み》つめた。いつもだったら、ルイスも大歓迎《だいかんげい》だったにちがいない。ほかの子《こ》どもたちと同《おな》じで、ルイスも大嵐《おおあらし》で学校《がっこう》が一日《にち》か二日《ふつか》休《やす》みになると大喜《おおよろこ》びだった。でも、今回《こんかい》のことにはなにかひどくいやな予感《よかん》がしてならなかった。

ローズ・リタも不安《ふあん》そうだった。そしてやっとルイスをからかうのをやめにした。「たしかに、みんなどうかしちゃったみたい。教育委員会《きょういくいいんかい》は、ふつうはこんなことしないもの。不安《ふあん》になってきた」

ルイスは口《くち》が乾《かわ》いてきた。「昨日《きのう》の夜《よる》も、こわい夢《ゆめ》を見《み》たんだ」ルイスはぼそっと言《い》った。

「わたしも」

二人《ふたり》は長《なが》いあいだ、じっと相手《あいて》を見《み》つめていた。おずおずとルイスが口《くち》を開《ひら》いた。「仲《なか》直《なお》りだね？」

「うん」ローズ・リタは返事《へんじ》をして、にっこりした。それからかすかにブルッと震《ふる》えた。「ツィマーマン夫人《ふじん》が帰《かえ》ってきてくれれば。ツィマーマン夫人《ふじん》なら、どうすればいいかわかるはずよ」

ルイスは心《こころ》を決《き》めた。「ジョナサンおじさんに電話《でんわ》しよう。おじさんに、ミクルベリーさんの家《いえ》の番号《ばんごう》は教《おし》えてもらってる。おじさんたちはそこに泊《と》まってるんだ。どんなことになってるか、二人《ふたり》には知《し》らせておいたほうがいい」

ルイスが部屋《へや》から番号《ばんごう》を取《と》ってくると、二人《ふたり》は書斎《しょさい》にいった。ルイスはおじさんのイスにすべりこむと、受話器《じゅわき》を取《と》った。交換手《こうかんしゅ》が出《で》た。「番号《ばんごう》をお願《ねが》いします」明《あか》るくて感《かん》じのいい声《こえ》だ。

「あの、長距離電話《ちょうきょりでんわ》をお願《ねが》いします」それからルイスは交換手《こうかんしゅ》に番号《ばんごう》を言《い》った。しばらくカチカチとかパチパチという雑音《ざつおん》が聞《き》こえていたけれど、やがて交換手《こうかんしゅ》が戻《もど》ってきて言《い》った。「申《もう》し訳《わけ》ありませんが、現在《げんざい》フロリダに回線《かいせん》がつながりません。あとでもう一度《いちど》かけていただけますか？」

「わかりました。ありがとうございます」ルイスは浮《う》かない表情《ひょうじょう》で受話器《じゅわき》を置《お》いた。「つながらないんだ」ルイスはローズ・リタに説明《せつめい》した。

「おかしいわね」ローズ・リタは眉《まゆ》をひそめた。「だって、ジョナサンおじさんは何回《なんかい》かかけてきたじゃない。どういうことかしら？」

「さあね」ルイスは机《つくえ》をコツコツとたたいた。「まあいいや、一時間《じかん》くらい待《ま》ってみて、またかけよう。宿題《しゅくだい》の心配《しんぱい》がないなら、チェスでもしない？」

二人《ふたり》はチェス盤《ばん》を出《だ》してきて、食堂《しょくどう》のテーブルの上《うえ》に広《ひろ》げた。このチェス盤《ばん》は、ジョナサンのちょっとした道楽《どうらく》のひとつだった。革製《かわせい》で、ます目《め》は赤《あか》と黒《くろ》でなくて象牙色《ぞうげいろ》と茶色《ちゃいろ》になっていた。こまも盤《ばん》とおそろいで、一組《ひとくみ》はふつうの白《しろ》い大理石製《だいりせきせい》で、もう一組《ひとくみ》は北《きた》イタリアのロンバルディア地方《ちほう》のへんぴな採石場《さいせきじょう》でしかとれない深《ふか》いチョコレート色《いろ》の大理《だいり》石《せき》で作《つく》られている。ジョナサンが魔法《まほう》をかけたので、こまたちは〝手《て》〟について解説《かいせつ》した。ナイトはほかのこまを脅《おど》かすます目《め》にくると、「この悪党《あくとう》め、覚悟《かくご》しろ」と言《い》ったし、ポーンがとられるたびにかんだかい声《こえ》で「ああ！　おぬしもなかなかやるな」と叫《さけ》んだ。最後《さいご》にはローズ・リタがクイーンをチェックメイトの位置《いち》まで進《すす》めて勝《か》った。「さあ、これでおしまいだよ」クイーンは女優《じょゆう》のメイ・ウェストの色《いろ》っぽい声《こえ》で言《い》った。ルイスの負《ま》けた茶色《ちゃいろ》のキングは、「ああなんたることだ、これで犯罪王《はんざいおう》リコも終《お》わりなのか」とつぶやいて、ばったりと倒《たお》れた。

それから二人《ふたり》はもう一度《いちど》ジョナサンとツィマーマン夫人《ふじん》に電話《でんわ》をかけてみたけれど、今《こん》度《ど》も長距離回線《ちょうきょりかいせん》につなぐことはできなかった。そのうちホルツ夫人《ふじん》が食事《しょくじ》の用意《ようい》を始《はじ》め、ローズ・リタも家《いえ》に帰《かえ》っていった。ルイスはなんとなく不安《ふあん》で、しばらくあてもなく家《いえ》のなかを歩《ある》き回《まわ》っていた。それから屋敷《やしき》の南側《みなみがわ》にある裏階段《うらかいだん》にいって、長円形《ちょうえんけい》の窓《まど》のステンドグラスをのぞいてみた。このステンドグラスは見《み》るたびに、模様《もよう》が変《か》わった。今日《きょう》は、ミルク色《いろ》の天使《てんし》が黄金《おうごん》のハープを弾《ひ》きながらヴィックス・ヴェポラップのビンそっくりの青色《あおいろ》の空《そら》を飛《と》んでいた。それを見《み》てルイスは玄関《げんかん》にある魔法《まほう》の帽子《ぼうし》かけのことを思《おも》い出《だ》し、見《み》にいった。

この帽子《ぼうし》かけには小《ちい》さな丸鏡《まるかがみ》がついていて、ときどき見知《みし》らぬ遠《とお》い国《くに》の風景《ふうけい》を映《うつ》し出《だ》した。ルイスは前《まえ》にもマヤ族《ぞく》のピラミッドや、ニューオーリンズの戦《たたか》いの一場面《ばめん》や、死《し》の惑《わく》星《せい》ユゴスが闇《やみ》のなかを星《ほし》のあいだを縫《ぬ》うように進《すす》んでいくさまを見《み》たことがあった。ルイスはしばらく鏡《かがみ》をながめてみた。最初《さいしょ》は、丸々太《まるまるふと》った自分《じぶん》の疲《つか》れた顔《かお》しか見《み》えなかった。しばらくすると、とつぜん、白《しろ》いさざ波《なみ》の立《た》つ青《あお》い海《うみ》が現《あらわ》れた。真《ま》っ白《しろ》い砂浜《すなはま》が暖《あたた》かい太《たい》陽《よう》の光《ひかり》を浴《あ》びてどこまでも続《つづ》き、ナツメヤシの葉《は》がそよ風《かぜ》に吹《ふ》かれてゆっくりと揺《ゆ》れている。砂浜《すなはま》には大《おお》きなビーチパラソルが一本立《ぽんた》っていて、その下《した》に紫《むらさき》と白《しろ》のビーチタオルが二枚《まい》しいてある。ルイスは目《め》を細《ほそ》めてじっと見《み》た。タオルの上《うえ》に小《ちい》さな人影《ひとかげ》が二つ見《み》える。ひとりは白髪《しらが》で、古風《こふう》な紫《むらさき》の水着《みずぎ》を着《き》て、本《ほん》をひざに立《た》てかけて読《よ》んでいる。もうひとりはうつぶせに寝転《ねころ》がっていて、ぐっすり眠《ねむ》っているようだ。オレンジのタンクトップに紺《こん》の水着《みずぎ》を着《き》ている。ルイスはにやっとした。ツィマーマン夫人《ふじん》とジョナサンおじさんだ。

ちょうどそのとき、ホルツ夫人《ふじん》がごはんですよ、と呼《よ》んだ。ルイスがうしろを向《む》いて返《へん》事《じ》をして、もう一度鏡《いちどかがみ》に視線《しせん》を戻《もど》すと、もう自分《じぶん》の顔《かお》しか映《うつ》っていなかった。けれども、ルイスは少《すこ》し気《き》が晴《は》れて、さっきよりも明《あか》るい気持《きも》ちで食堂《しょくどう》に入《はい》っていった。

次《つぎ》の朝《あさ》、ルイスは目《め》を覚《さ》ますと、目《め》をぱちくりさせて枕《まくら》もとの机《つくえ》の上《うえ》に置《お》いてあるウェストクロックスの目覚《めざ》まし時計《どけい》を見《み》た。七時半《じはん》！　あわてて飛《と》び起《お》きると、急《いそ》いで着替《きが》えはじめたが、ふと昨日《きのう》の夜《よる》アラームを切《き》っておいたことを思《おも》い出《だ》した。今日《きょう》は、学校《がっこう》は休《やす》みなのだ。ルイスはほっとため息《いき》をついて、シャワーを浴《あ》びると、ゆっくりと着替《きが》えた。下《した》におりると、ホルツ夫人《ふじん》が朝《あさ》ごはんを用意《ようい》してくれていた。ポテトスライスのフライと、スクランブルエッグと、レーズンブランのマフィンだ。ホルツ夫人《ふじん》はツィマーマン夫人《ふじん》に負《ま》けず劣《おと》らず料理《りょうり》が上手《じょうず》で、おいしそうなにおいがしていた。

ホルツ夫人《ふじん》はカウンターの横《よこ》に立《た》って、モトローラのラジオのつまみを合《あ》わせようとしていた。ホルツ夫人《ふじん》は朝《あさ》ごはんのときいつも、シカゴラジオ局《きょく》でニュースと天気予報《てんきよほう》を聴《き》くことにしていたけれど、今朝《けさ》は眉《まゆ》をひそめてぶつぶつひとりごとを言《い》っていた。「おはよう」ルイスは言《い》って、さっと自分《じぶん》の席《せき》に着《つ》くと、卵《たまご》とポテトをよそいはじめた。「どうしたの？」

「まったく、故障《こしょう》したみたいなんですよ」ホルツ夫人《ふじん》は言《い》って、ラジオをぴしゃりとたたいた。「シカゴ局《きょく》が聴《き》こえないんです。それでグランドラピッズを聴《き》こうと思《おも》ったのだけど、どこに回《まわ》してもWNZBしか流《なが》れてこないんですよ」WNZBというのは、ニュー・ゼベダイ・ラジオ局《きょく》のことだ。九時《じ》ごろまで、農場関係《のうじょうかんけい》のニュースか、《物々交換《ぶつぶつこうかん》クラブ》と称《しょう》する、古《ふる》いトースターや、生《う》まれたばかりの子豚《こぶた》や、新《あたら》しいエンジンと車体《しゃたい》の修理《しゅうり》が必要《ひつよう》な小型《こがた》トラックを売《う》りたいという視聴者《しちょうしゃ》が電話《でんわ》で参加《さんか》する番組《ばんぐみ》しかやっていなくて、おそろしく退屈《たいくつ》だった。とうとうホルツ夫人《ふじん》はあきらめて、食卓《しょくたく》に座《すわ》った。食事《しょくじ》はもうすんでいたけれど、もう一杯《ぱい》コーヒーを注《そそ》いで、お気《き》に入《い》りの朝《あさ》の番組《ばんぐみ》を聞《き》きのがしたことでめずらしく不機嫌《ふきげん》そうな顔《かお》をしていた。

朝《あさ》ごはんがすむと、ルイスは書斎《しょさい》にいって、おじさんのラジオをつけてみた。大《おお》きな据《す》え置《お》き型《がた》のラジオで、お皿《さら》くらいあるまるいダイヤルには九つの周波帯《しゅうはたい》の数《かず》が記《しる》してある。ふつうのラジオ放送《ほうそう》はもちろん、短波放送《たんぱほうそう》や、遠《とお》い外国《がいこく》のラジオ局《きょく》でアナウンサーがそれぞれの国《くに》の言葉《ことば》でしゃべっているのを聴《き》くこともできたし、天気予報《てんきよほう》や、警察署《けいさつしょ》への通報《つうほう》や、航空無線《こうくうむせん》で空港《くうこう》のパイロットと管制塔《かんせいとう》が話《はな》しているのも聞《き》こえた。さらに、アマチュア無線用《むせんよう》の周波帯《しゅうはたい》もあって、アマチュア無線家《むせんか》が地球《ちきゅう》のあらゆるところにいる仲間《なかま》と会話《かいわ》することもできた。

けれども今朝《けさ》ルイスが拾《ひろ》えるのは、退屈《たいくつ》なWNZBだけだった。ルイスは顔《かお》をしかめた。ホルツ夫人《ふじん》は自分《じぶん》のラジオが壊《こわ》れていると思《おも》っていたけれど、あきらかに問題《もんだい》はラジオではない。ルイスは机《つくえ》に座《すわ》ると、もう一度《いちど》おじさんに電話《でんわ》をしてみた。ところが番号《ばんごう》を言《い》うとすぐに、交換手《こうかんしゅ》は「申《もう》し訳《わけ》ありません。現在長距離回線《げんざいちょうきょりかいせん》はつながりません。もう一度《いちど》あとでかけていただけますか？」と言《い》った。

ルイスはいやな気持《きも》ちになりはじめた。ホルツ夫人《ふじん》にローズ・リタのところへいっていいか聞《き》くと、夫人《ふじん》は、いってらっしゃい、礼儀正《れいぎただ》しくするんですよ、と言《い》った。そこでルイスはコートをはおり、自転車《じてんしゃ》でローズ・リタの住《す》むマンション通《どお》りにいった。ローズ・リタのおかあさんがローズ・リタを呼《よ》んでくれて、二人《ふたり》は居間《いま》にいった。ポッティンガー家《け》にはテレビがあったけれど、ルイスたちがスイッチを入《い》れても、画面《がめん》は真《ま》っ白《しろ》だった。

「なにかへんだ」ルイスは不安《ふあん》げに言《い》った。

ローズ・リタは唇《くちびる》をかんだ。「今朝《けさ》、《デトロイト新聞《しんぶん》》が届《とど》いていないって、パパがかんかんに怒《おこ》ったの。どういうことだと思《おも》う？」

「ぼくにわかるわけないだろ」

「いつもシャーロック・ホームズのまねをしてるじゃない」ローズ・リタはきつい口調《くちょう》で言《い》い返《かえ》してから、きまりわるそうな顔《かお》をした。「ごめん。けんかしたくないの。なんだか不安《ふあん》なのよ」

ルイスはしばらく考《かんが》えてみた。「こうしよう。ニュー・ゼベダイから外《そと》に電話《でんわ》はかけられないけど、自転車《じてんしゃ》でエルドリッジ・コーナーズまでいけばかけられるはずだよ。ガソリンスタンドに公衆電話《こうしゅうでんわ》がある。あそこならホーマー交換局《こうかんきょく》で、ニュー・ゼベダイの交換局《こうかんきょく》じゃない」

「自転車《じてんしゃ》でいったらかなりあるわよ」ローズ・リタはおぼつかないようすで言《い》った。エルドリッジ・コーナーズは、曲《ま》がりくねったホーマー道路《どうろ》を五マイルほどいったところだった。

「でもほかにどうする？」ルイスは聞《き》き返《かえ》した。「今日《きょう》は学校《がっこう》はないんだよ」

「わかった。ママにでかけるって言《い》ってくる」

ローズ・リタは、お弁当《べんとう》にハムサンドとりんごをひときれずつとオレオクッキーを包《つつ》むと、冷蔵庫《れいぞうこ》からソーダ水《すい》を何本《なんぼん》か出《だ》した。そして食料《しょくりょう》を自転車《じてんしゃ》のサドルバッグに詰《つ》めこみ、二人《ふたり》は出発《しゅっぱつ》した。

春《はる》も近《ちか》づき、ここ一週間《しゅうかん》ほどでずいぶん暖《あたた》かくなってきていた。日陰《ひかげ》にはまだ氷《こおり》や雪《ゆき》が残《のこ》っていたけれど、まだ寒《さむ》いにしろ、それまでの凍《こお》るような寒《さむ》さはなくなりつつあった。空《そら》は真《ま》っ青《さお》に晴《は》れ渡《わた》り、日《ひ》が照《て》っている。ローズ・リタとルイスは自転車《じてんしゃ》で街《まち》までいって、大通《おおどお》りを走《はし》りながら〈ファーマーズ飼料《しりょう》・種子販売《しゅしはんばい》〉をのぞいてみた。レンガの壁《かべ》に高《たか》いはしごが何本《なんぼん》も立《た》てかけてあり、高校生《こうこうせい》の男《おとこ》の子《こ》たちが看板《かんばん》を壁《かべ》に取《と》り付《つ》けていた。緑《みどり》と黄色《きいろ》のペンキで描《か》いたばかりの〈ニュー・ゼベダイ・オペラ座《ざ》〉という文字《もじ》が見《み》える。その下《した》に横断幕《おうだんまく》がかけられ、きれいな赤《あか》い文字《もじ》で〝新装《しんそう》オープン迫《せま》る!〟とあった。

ローズ・リタとルイスは顔《かお》を見合《みあ》わせた。それから大通《おおどお》りとホーマー道路《どうろ》のぶつかる鉄《てつ》道《どう》の線路《せんろ》のほうへ走《はし》っていった。ガタガタと線路《せんろ》を渡《わた》って、運動場《うんどうじょう》をすぎると、とつぜん濃霧《のうむ》につっこんだ。なかに入《はい》ると、世界《せかい》は灰色一色《はいいろいっしょく》だった。左《ひだり》の前《まえ》をいくローズ・リタの姿《すがた》はようやく見《み》えたが、ほかは、地面《じめん》さえ見《み》えない。「変《へん》な霧《きり》」ローズ・リタは自転車《じてんしゃ》の速度《そくど》を落《お》としながら言《い》った。「ほかのところは晴《は》れてるのに──でもまた薄《うす》くなってきた」

霧《きり》がスープのように濃《こ》くて、なにひとつ見《み》えない場所《ばしょ》は数秒《すうびょう》で過《す》ぎ、また明《あか》るくなって、霧《きり》は薄《うす》くなった。するといきなり、自転車《じてんしゃ》がガタガタと揺《ゆ》れて線路《せんろ》の上《うえ》を渡《わた》った。

ルイスはブレーキをかけた。胸《むね》に恐怖《きょうふ》がわきあがってくる。二人《ふたり》は町《まち》のほうに戻《もど》っていた。まちがいなくまっすぐ走《はし》っていたのに、どうしてか百八十度方向転換《どほうこうてんかん》してしまったのだ。「どうしてこうなるわけ?」ローズ・リタが言《い》った。

ルイスは答《こた》えなかった。自転車《じてんしゃ》の向《む》きを変《か》えると、もう一度町《いちどまち》と反対方向《はんたいほうこう》へ走《はし》りだした。ローズ・リタもそのうしろに続《つづ》く。が、しばらくすると、ルイスの自転車《じてんしゃ》につっこみそうになった。自転車《じてんしゃ》はガタガタと線路《せんろ》を乗《の》り越《こ》え、気《き》がつくと二人《ふたり》はさっき出発《しゅっぱつ》したまさにその場所《ばしょ》に、町《まち》のほうを向《む》いて止《と》まっていた。

「閉《と》じ込《こ》められた」ルイスは叫《さけ》びだしたいのを必死《ひっし》でこらえながら言《い》った。「町《まち》から出《で》られない。それと同《おな》じで、だれもニュー・ゼベダイに入《はい》ってこられないんだ。だから今朝《けさ》はおとうさんの新聞《しんぶん》が届《とど》かなかったんだよ」

ローズ・リタは、恐怖《きょうふ》で見開《みひら》かれた目《め》をルイスに向《む》けた。「それに、町《まち》の外《そと》のラジオ局《きょく》も聴《き》けないし、テレビも見《み》られない」そして、震《ふる》える声《こえ》でたずねた。「ルイス、なにか外《そと》の世界《せかい》で起《お》こったんだと思《おも》う？　ニュー・ゼベダイだけ、取《と》り残《のこ》されたのかな？」

ルイスはそんなことは考《かんが》えもしていなかったけれど、そう言《い》われて、初《はじ》めて恐怖《きょうふ》でいっぱいになった。気《き》が変《へん》になりそうだった。

第《だい》7章《しょう》　消《き》えた人《ひと》たち

　このぶきみな霧《きり》は、ニュー・ゼベダイをぐるりと取《と》り囲《かこ》んでいた。ルイスとローズ・リタは町《まち》の境界線《きょうかいせん》を調《しら》べてみたが、ホーマー道路《どうろ》でも国道九号線《こくどうごうせん》でも一二号線《ごうせん》でも境界《きょうかい》を越《こ》えることはできなかった。それから二人《ふたり》はもっと遠《とお》くへ足《あし》を伸《の》ばし、ワイルダー・クリーク公園《こうえん》のなかを抜《ぬ》けて、さらに公園《こうえん》を出《で》ると、自転車《じてんしゃ》を降《お》りてひっぱりながらセメタリー・ヒルをのぼりはじめた。オークリッジ墓地《ぼち》は、町《まち》の南《みなみ》にある高《たか》い尾根《おね》にあった。平《たい》らな尾根《おね》を横切《よこぎ》るように、泥《どろ》の道《みち》が二本走《ほんはし》っている。ローズ・リタとルイスはいったん止《と》まって、墓地《ぼち》の門《もん》の下《した》に自転車《じてんしゃ》を止《と》めた。どっしりとした石《いし》のアーチは、凝《こ》った彫刻《ちょうこく》がほどこされ、頭《あたま》の上《うえ》の横木《よこぎ》にはこう刻《きざ》まれていた。

　ラッパが鳴《な》り

死人《しにん》はよみがえるだろう

ルイスのひざががくがく震《ふる》えだした。ルイスはもう何年《なんねん》もここに近寄《ちかよ》っていなかった。数年前《すうねんまえ》、ルイスはタービー・コリガンという男《おとこ》の子《こ》とハロウィーンの夜《よる》にここにきたことがあった。タービーにすごいと思《おも》われたくて、アイザード家《け》の墓《はか》の前《まえ》で黒呪術《くろじゅじゅつ》の呪文《じゅもん》を、そう、死人《しにん》をよみがえらせる呪文《じゅもん》を唱《とな》えたのだ。あのおそろしい霊廟《れいびょう》から出《で》てきたものの夢《ゆめ》を、ルイスはいまだに見《み》ることがあった。

「あれを見《み》て」ローズ・リタが恐怖《きょうふ》に満《み》ちた声《こえ》で言《い》った。二人《ふたり》は丘《おか》の上《うえ》から、公園《こうえん》の葉《は》の落《お》ちた黒《くろ》い木々《きぎ》の向《む》こうや、うしろのニュー・ゼベダイの町《まち》をぐるりと見渡《みわた》した。左《ひだり》を見《み》ても、右《みぎ》を見《み》ても、灰色《はいいろ》の霧《きり》が、まさに町《まち》の境界線《きょうかいせん》に沿《そ》って長《なが》い腕《うで》を伸《の》ばして町《まち》をとり囲《かこ》んでいた。町境《まちざかい》より向《む》こうは見《み》えないけれど、ルイスは、同《おな》じように霧《きり》でおおわれているにちがいないと思《おも》った。どこを見《み》ても、嵐雲《あらしぐも》の下側《したがわ》にも似《に》た、濃《こ》い灰色《はいいろ》の霧《きり》がどんよりとたれこめていて、それ以外《いがい》なにも見《み》えない。なにか変《へん》だ。太陽《たいよう》は輝《かがや》いているのだから、霧《きり》はもっと明《あか》るくて薄《うす》いはずだ。ローズ・リタは、はあっとため息《いき》をついた。「墓地《ぼち》のほうから出《で》られるか試《ため》してみよう」

ルイスは心臓《しんぞう》をどきどきさせながら、ローズ・リタについて泥《どろ》の道《みち》をとぼとぼとくだりはじめた。墓標《ぼひょう》がすべて丸太《まるた》のような形《かたち》をしている区画《くかく》をすぎ、かめにもたれて泣《な》いている女《おんな》の像《ぞう》や、たいまつの火《ひ》を消《け》しているキューピッド像《ぞう》の横《よこ》を通《とお》り抜《ぬ》けた。前方《ぜんぽう》に、墓地《ぼち》の裏《うら》の柵《さく》が見《み》えてきた。渦巻模様《うずまきもよう》のついた黒《くろ》い錬鉄柵《れんてつさく》で、約《やく》三メートルおきに飾《かざ》りの槍《やり》の先《さき》が立《た》っている。その向《む》こうには、謎《なぞ》の灰色《はいいろ》の霧《きり》が立《た》ちはだかり、あちこちから細《ほそ》い筋《すじ》になってもれ出《で》ていた。二人《ふたり》は墓地《ぼち》のいちばん高《たか》いところまで退散《たいさん》し、ローズ・リタは霊廟《れいびょう》のかんぬきのついた鉄《てつ》の扉《とびら》をのぼって、屋根《やね》の上《うえ》にあがった。「だめ。囲《かこ》まれてる」ローズ・リタは下《した》に向《む》かってどなった。

ローズ・リタは屋根《やね》から這《は》いおりてくると、泥《どろ》の上《うえ》に木《き》の棒《ぼう》で図《ず》をかいて、どんなようすだったか説明《せつめい》した。霧《きり》は、墓地《ぼち》とニュー・ゼベダイ以外《いがい》をぜんぶおおっていた。霧《きり》の晴《は》れている場所《ばしょ》は、ちょうどゆがんだ8の形《かたち》をしていて、墓地《ぼち》が8の小《ちい》さいほうの丸《まる》、町《まち》が大《おお》きいほうの丸《まる》になっていた。ルイスはこわごわあたりを見回《みまわ》した。フード付《つ》きのマントをすっぽりかぶった女《おんな》の石像《せきぞう》が、丘《おか》の下《した》からじっとこちらを見返《みかえ》したような気《き》がした。

「どうする？」

ローズ・リタは首《くび》を振《ふ》った。「わたしもわからない。柵《さく》を乗《の》り越《こ》えてみてもいいけど、あの霧《きり》を抜《ぬ》けることはできないような気《き》がする。何歩《なんぽ》か進《すす》んで、また柵《さく》にぶつかるだけだと思《おも》う」

ルイスはうめいて、顔《かお》をそむけた。とたんに冷《つめ》たいものが背筋《せすじ》をかけあがった。マントの石像《せきぞう》が近《ちか》づいている？　ルイスは、さっき石像《せきぞう》があった場所《ばしょ》を思《おも》い出《だ》そうとした。こちらに歩《ある》いてきている？　穴《あな》のあいた石《いし》の顔《かお》にぞっとするような表情《ひょうじょう》が浮《う》かぶ。ルイスはじっと見《み》たが、像《ぞう》は動《うご》いていなかった。ルイスはごくりとつばを飲《の》みこんで、またローズ・リタのほうを見《み》た。「あの音楽《おんがく》のせいだよ。ヴァンダヘルムはあの歌《うた》を歌《うた》ったとき、なにかおそろしいことをしたんだ」

「《封印《ふういん》》って曲《きょく》だったわ」ローズ・リタは考《かんが》えこんだように言《い》った。「一種《いっしゅ》の魔法《まほう》なのかもしれない。外《そと》の世界《せかい》から町《まち》を封《ふう》じてしまうような。その逆《ぎゃく》もしかり——ジョナサンおじさんふうに言《い》えばね」

ルイスは目《め》をしばたたいた。「それに、ホワイト先生《せんせい》が最初《さいしょ》に演奏《えんそう》した曲《きょく》は《召集《しょうしゅう》》

だった。そもそも最初《さいしょ》にヘンリー・ヴァンダヘルムを呼《よ》び出《だ》したのは、あの曲《きょく》なんだ」

「あのヘンリーってやつ、ほんとうは何者《なにもの》なんだろう？」ローズ・リタは考《かんが》えこんだ。

ルイスにはわかっていた。「やつだよ。インマヌエル・ヴァンダヘルム本人《ほんにん》さ。なにかは知《し》らないけど、一九一九年《ねん》にはじめたことを最後《さいご》までやりに戻《もど》ってきたんだ」ルイスはガタガタ震《ふる》えながら、肩越《かたご》しに振《ふ》りかえった。ルイスの口《くち》があんぐりと開《あ》いた。

ローズ・リタはルイスの言《い》ったことを考《かんが》えながら、頭《あたま》を振《ふ》った。「どうしてそんなことがありうるの？　ヘンリー・ヴァンダヘルムはどう見《み》たって三十を超《こ》えているようには見《み》えない。あの人《ひと》は、自分《じぶん》で言《い》っていたとおり、インマヌエルの孫《まご》よ」

「ロ、ローズ・リタ」ルイスがつかえながら言《い》った。「し、下《した》を見《み》て」

ローズ・リタは眉《まゆ》をひそめると、ルイスの震《ふる》えている指《ゆび》の先《さき》を追《お》った。「お墓《はか》の像《ぞう》でしょ、それがどうしたの？」

「う、腕《うで》をこっちに向《む》かって伸《の》ばしてる」

「神《かみ》さまの慈悲《じひ》とか、そういうものを求《もと》めてるところなんでしょ」ローズ・リタは言《い》い放《はな》った。

「さっきまでは手《て》は伸《の》ばしてなかったんだ」ルイスは言《い》いはった。「それに、さっきよりこっちに近《ちか》づいてる」

「そろそろ帰《かえ》ったほうがいいかも」ローズ・リタは言《い》った。二人《ふたり》は丘《おか》をおりはじめた。女《おんな》の石像《せきぞう》の横《よこ》をすぎると、まもなく像《ぞう》は霊廟《れいびょう》やほかの墓標《ぼひょう》のうしろに隠《かく》れて見《み》えなくなった。するとローズ・リタがひっと悲鳴《ひめい》をあげて、いきなり立《た》ち止《ど》まった。

ルイスはうめいた。また同《おな》じ像《ぞう》が現《あらわ》れたのだ。二人《ふたり》の行《ゆ》く手《て》に、肩《かた》をまるめ、墓石《はかいし》にもたれて立《た》っている。開《あ》いた石《いし》の口《くち》から、二列《れつ》に並《なら》んだ鋭《するど》い石《いし》の歯《は》が見《み》える。二股《また》に分《わ》かれた舌《した》がだらりとたれ、墓石《はかいし》をつかんだ手《て》の先《さき》は、おそろしいかぎ爪《づめ》になっていた。女《おんな》は小《こ》道《みち》のすぐ横《よこ》にいた。

「遠回《とおまわ》りしたほうがよさそう」ローズ・リタの声《こえ》は震《ふる》えていた。「あんな記念碑《きねんひ》を建《た》てる人《ひと》いるわけない！」

二人《ふたり》はグロテスクな像《ぞう》から離《はな》れ、泥《どろ》の道《みち》へ向《む》かって走《はし》るように歩《ある》いていった。道《みち》は急《きゅう》な坂道《さかみち》になって、自転車《じてんしゃ》を置《お》いてきた石《いし》の門《もん》まで続《つづ》いていた。ルイスが叫《さけ》んだ。「だめだ！見《み》て！」

門《もん》の上《うえ》に、獲物《えもの》を待《ま》つライオンのようなかっこうでなにかがうずくまっている。輪郭《りんかく》しかわからないが、もう人間《にんげん》には見《み》えない。けれどルイスは直感的《ちょっかんてき》に、さっきの動《うご》く石像《せきぞう》が二人《ふたり》を待《ま》ちぶせているのだとわかった。

「でも、いつまでもここにいるわけにはいかない。いい、動《うご》いているところを見《み》たわけじゃないのよ」

「だ、だけど、動《うご》いてるじゃないか！」

「どうにかするのよ。いくわよ！」ローズ・リタは石《いし》の丸太《まるた》の森《もり》のなかに突《つ》き進《すす》んでいった。ルイスも必死《ひっし》でそのあとを追《お》う。二人《ふたり》は小《ちい》さな空《あ》き地《ち》までくると、背中合《せなかあ》わせになって立《た》ち、まわりをじっと見回《みまわ》した。「あそこにいる」ローズ・リタが暗《くら》い声《こえ》で言《い》った。

ルイスは振《ふ》り向《む》いて、ぞっとした。腰《こし》が抜《ぬ》けそうになる。ルイスにも女《おんな》の像《ぞう》が見《み》えたが、像《ぞう》はもう女《おんな》の姿《すがた》ではなかった。丸太《まるた》を立《た》てた形《かたち》をした墓石《はかいし》の上《うえ》に乗《の》り、歯《は》をむき出《だ》ししている。鼻先《はなさき》は鋭《するど》くとがってヘビのようになり、節《ふし》くれだった腕《うで》はとほうもなく長《なが》く、フードはいつしかコブラの頭《あたま》になり、足《あし》は消《き》え、長《なが》いヘビの尾《お》が丸太《まるた》のまわりに幾重《いくえ》にも巻《ま》きついていた。ヘビは生気《せいき》を宿《やど》した目《め》に飢《う》えと憎《にく》しみをたたえ、二人《ふたり》をにらみつけた。

「さっきの道《みち》まで戻《もど》って」ローズ・リタは言《い》ったが、その声《こえ》は震《ふる》えていた。「泥《どろ》の道《みち》に出《で》るまでわたしから目《め》を離《はな》してはだめ。そしてわたしがいいって言《い》ったら、門《もん》を見《み》るのよ。あいつがそこにいなかったら、教《おし》えて」

「だ、だけど、やつはそこの墓石《はかいし》の上《うえ》にいるじゃないか！」ルイスは歯《は》をがちがち鳴《な》らしながら言《い》った。

「ひとり以上《いじょう》いるかもしれないでしょ」

ルイスはおそるおそるうしろに下《さ》がっていった。今《いま》にも忌《い》まわしい石《いし》の手《て》に肩《かた》をつかまれるかもしれないという恐怖《きょうふ》が、抑《おさ》えても抑《おさ》えてもわきあがってくる。が、どうにか泥《どろ》の道《みち》までたどりつくことができた。「着《つ》いたよ」声《こえ》が恐怖《きょうふ》でうわずっていた。

「門《もん》を見《み》て」

ルイスはむりやり視線《しせん》を丘《おか》の下《した》に向《む》けた。心臓《しんぞう》が飛《と》び出《で》そうになった。「こっちにはいない！」

「門《もん》をずっと見《み》ているのよ」ローズ・リタが叫《さけ》んだ。「今《いま》そっちにいくから」ローズ・リタがそろそろと歩《ある》いてくる音《おと》がした。そしてすぐにドンとルイスにぶつかった。「わたしにはまだ見《み》えてる」ローズ・リタは暗《くら》い声《こえ》で言《い》った。「だけど、丘《おか》をおりたら見《み》えなくなる。ルイスは門《もん》から目《め》を離《はな》さないで。わたしはうしろを見《み》ているから。もしあの像《ぞう》が動《うご》いているところをわたしたちに見《み》られないようにしてるんだったら、それでうまくいくはずよ」

二人《ふたり》はじりじりと丘《おか》を下《くだ》っていった。ルイスは、少《すこ》しも進《すす》んでいないような気《き》がした。瞬《まばた》きすらせずに、足《あし》を引《ひ》きずるように歩《ある》いていく。目《め》がひりひりして涙《なみだ》が出《で》た。少《すこ》しずつ門《もん》に近《ちか》づいて、ようやく門《もん》の真下《ました》まできたとき、ローズ・リタが叫《さけ》んだ。「自転車《じてんしゃ》に乗《の》って！」そして自分《じぶん》も自転車《じてんしゃ》に飛《と》び乗《の》った。

ルイスは自転車《じてんしゃ》によじのぼると、ペダルに足《あし》をのせた。墓地《ぼち》から出《で》て走《はし》りだすと、うしろから、飢《う》えたオオカミがわずかなところで獲物《えもの》を逃《のが》してくやしがっているかのような、おそろしい獰猛《どうもう》なうなり声《ごえ》が聞《き》こえた。飛《と》ぶように公園《こうえん》をぬけ、川《かわ》を越《こ》えると、ようやくローズ・リタは自転車《じてんしゃ》を止《と》めて振《ふ》りかえった。「もうだいじょうぶよ。墓地《ぼち》から出《で》てくることはないと思《おも》う」

ルイスは丘《おか》を見上《みあ》げた。はっきりとはわからなかったが、門《もん》の向《む》こう側《がわ》にうずくまっている影《かげ》が見《み》えたような気《き》がした。「どうしてあそこにいるんだろう？」ルイスは凍《こご》えたように歯《は》をがちがちさせながら聞《き》いた。

「人《ひと》が入《はい》らないようにじゃない？」それから、ローズ・リタはごくりとつばを飲《の》みこんだ。

「じゃなきゃ、死人《しにん》が外《そと》に出《で》ないように見張《みは》っているのかも」

「これからどうする？」ルイスは苦《くる》しくてどうにかなりそうだった。

「助《たす》けがいる。でもだれにたのむ？　うちの親《おや》に言《い》うこともできるけど、どんな人《ひと》たちかは知《し》ってるでしょ？」

ルイスはうなずいた。ローズ・リタのパパのジョージ・ポッティンガーは、根《ね》はいい人《ひと》だけれど、すぐに不機嫌《ふきげん》になったし疑《うたぐ》り深《ぶか》かった。ママのルイーズ・ポッティンガーはやさしくて、うっかり者《もの》で、どちらにしろローズ・リタの言《い》うことの半分《はんぶん》も信用《しんよう》しなかった。

「おじいさんは？　おじいさんだったら信《しん》じてくれるかも」ルイスは言《い》った。

ローズ・リタは首《くび》を振《ふ》った。「おじいさんはこの週末《しゅうまつ》、おじさんの農場《のうじょう》に泊《と》まりにいってるの。この霧《きり》じゃ、帰《かえ》ってこられない」ローズ・リタは唇《くちびる》をかんだ。「あのヴァンダヘルムのやつが、町《まち》の大人《おとな》たちになにかへんな魔法《まほう》をかけたのよ。大人《おとな》たちの半分《はんぶん》は信《しん》じてくれないだろうし、もう半分《はんぶん》はあいつの魔法《まほう》にかかっていると思《おも》う」

ルイスはじっと考《かんが》えていた。「ぼくたちの言《い》うことを聞《き》いてくれる大人《おとな》がいるよ。〈カファーナウム郡魔法使い協会《ぐんまほうつかいきょうかい》〉さ！」

「そうだ！　どうして思《おも》いつかなかったんだろう？　協会《きょうかい》の会員《かいいん》がだれか知《し》ってるの？」

ルイスはにっこりした。「おじさんは会計係《かいけいがかり》なんだ。机《つくえ》に協会《きょうかい》の帳簿《ちょうぼ》をしまってるよ。だれが会費《かいひ》を払《はら》って、だれが払《はら》ってないか、ぜんぶ記入《きにゅう》してあるんだ。いちばん初《はじ》めのページに、名前《なまえ》と住所《じゅうしょ》が載《の》ってるよ」

「よし、じゃあいこう！」

二人《ふたり》の自転車《じてんしゃ》はまさしく飛《と》ぶようにハイ・ストリート一〇〇番地《ばんち》まで走《はし》っていった。二人《ふたり》は古《ふる》い石《いし》の屋敷《やしき》の前《まえ》に自転車《じてんしゃ》をつけると、ドタドタと石段《いしだん》をかけあがった。玄関《げんかん》の鍵《かぎ》は閉《し》まっていた。ホルツ夫人《ふじん》は買《か》い物《もの》にでもでかけているのだろう。ルイスは自分《じぶん》の鍵《かぎ》を持《も》っていた。急《いそ》いで書斎《しょさい》にいくと、ルイスは引《ひ》き出《だ》しのなかをひっかきまわして、細長《ほそなが》くて薄《うす》いノートをひっぱりだした。緑《みどり》の布表紙《ぬのびょうし》で、補強《ほきょう》のために隅《すみ》に三角《さんかく》の茶色《ちゃいろ》い革《かわ》がついている。ルイスはノートを机《つくえ》にバサッとのせると、開《ひら》いて、指《ゆび》で名前《なまえ》を追《お》っていった。

「この人《ひと》だ！　ゼノビア・ウェザーリー。この女《おんな》の人《ひと》が協会《きょうかい》の会長《かいちょう》なんだ。ウェストリバー通《どお》りに住《す》んでる」

「電話《でんわ》しよう。七〇七番《ばん》よ」ローズ・リタが言《い》った。

ルイスはさっそくかけてみたけれど、交換手《こうかんしゅ》はその番号《ばんごう》は使《つか》われていないと言《い》った。ルイスはがっかりして受話器《じゅわき》を置《お》いた。二人《ふたり》は、ウェザーリー夫人《ふじん》の住所《じゅうしょ》と、協会《きょうかい》の副会長《ふくかいちょう》と書記《しょき》の名前《なまえ》と住所《じゅうしょ》を書《か》き写《うつ》した。それから外《そと》に出《で》て、自転車《じてんしゃ》に乗《の》ると、ウェストリバー通《どお》りに向《む》かった。

ウェザーリー夫人《ふじん》が住《す》んでいるはずの場所《ばしょ》にくると、二人《ふたり》はキイッと自転車《じてんしゃ》を止《と》めた。七九六番地《ばんち》は緑《みどり》の羽目板《はめいた》の小《ちい》さな家《いえ》、八〇〇番地《ばんち》はきれいな白《しろ》い平屋《ひらや》で、家《いえ》の前《まえ》でフォックステリアが跳《は》ね回《まわ》り、二人《ふたり》の男《おとこ》の子《こ》がボールを投《な》げてやっていた。そのあいだの、七九八番地《ばんち》の家《いえ》のあるはずの場所《ばしょ》は、枯《か》れ草《くさ》におおわれた空《あ》き地《ち》だった。ひざくらいまである黄色《きいろ》い草《くさ》や枯《か》れたアツモリソウやバードックなどの雑草《ざっそう》がはびこり、まるで家《いえ》が建《た》っていたなんてうそのようだった。

ローズ・リタとルイスは、子《こ》どもたちが犬《いぬ》と遊《あそ》んでいる垣根《かきね》の外《そと》で立《た》ちすくんだ。男《おとこ》の子《こ》たちは双子《ふたご》らしく、八歳《さい》くらいで、そっくりのクルーカットのブロンドと、タフそうな顔立《かおだ》ちをしていた。「ねえ！」ローズ・リタは愛想《あいそ》よく話《はな》しかけた。「ウェザーリー夫人《ふじん》のこと教《おし》えてくれない？」

「え？」ひとりの男《おとこ》の子《こ》が聞《き》き返《かえ》した。そしてこちらへくると、垣根《かきね》の杭《くい》につかまって、上《うえ》からローズ・リタとルイスを見《み》おろした。「だれだって？」

「ゼノビア・ウェザーリー夫人《ふじん》よ」ローズ・リタは説明《せつめい》した。「隣《となり》の七九八番地《ばんち》に住《す》んでるはずなんだけど。引《ひ》っ越《こ》したかなにかしたの？」

「おまえ、おかしいんじゃないのか？　隣《となり》にはだれも住《す》んでないぜ。今《いま》まで一度《いちど》もな。ただのきたねえ空《あ》き地《ち》さ」男《おとこ》の子《こ》は垣根《かきね》から飛《と》びおりると、ボールをつかんだ。「こいよ、トミー。変《へん》なやつらはほっておいて、裏《うら》の庭《にわ》で遊《あそ》ぼうぜ」男《おとこ》の子《こ》はそう言《い》うと、家《いえ》の裏《うら》へ走《はし》っていった。

もうひとりの、兄《あに》ほど強《つよ》そうでない男《おとこ》の子《こ》は一瞬《いっしゅん》ぐずぐずして、おびえた青《あお》い目《め》を見開《みひら》いてルイスとローズ・リタを見《み》た。「ぼくはだれかが住《す》んでたような気《き》がするんだ。灰色《はいいろ》の髪《かみ》のおばあさんが。大《おお》きいレンガの家《いえ》で、塔《とう》がついてた。だけど、みんな、おまえは夢《ゆめ》を見《み》たんだって言《い》うんだ」そうささやくと、兄《あに》のあとを追《お》いかけていってしまった。

ルイスとローズ・リタは顔《かお》を見合《みあ》わせた。ローズ・リタが深刻《しんこく》な声《こえ》で言《い》った。「名簿《めいぼ》の次《つぎ》に載《の》っていたのは？」

二人《ふたり》は副会長《ふくかいちょう》と書記《しょき》が住《す》んでいるはずの場所《ばしょ》を調《しら》べたけれど、結果《けっか》は同《おな》じだった。家《いえ》はなく、かわりに雑草《ざっそう》でおおわれた空《あ》き地《ち》があるだけで、隣《となり》に住《す》んでいる人《ひと》たちはずっと家《いえ》なんて建《た》っていなかったと言《い》いはった。けれども、ひとりのおじいさんはルイスとローズ・リタを追《お》い払《はら》ったものの、不安《ふあん》げなおぼつかないようすだった。それから二人《ふたり》は自転車《じてんしゃ》でルイスが通《かよ》っている聖《せい》ジョージ教会《きょうかい》にいって、庭《にわ》に入《はい》り、かえでの木《き》の下《した》にあるひんやりした石《いし》のベンチに座《すわ》った。「あいつのほうが一枚上手《いちまいうわて》だったわね」ローズ・リタは認《みと》めた。「向《む》こうに手抜《てぬ》かりはなかった。ヴァンダヘルムのやつ、どうやってか〈カファーナウム郡魔法使《ぐんまほうつか》い協会《きょうかい》〉の会員《かいいん》たちをみんな片付《かたづ》けたのよ。わたしたちのことを助《たす》けてくれそうな人《ひと》たちをひとり残《のこ》らずね」

「片付《かたづ》けた？」ルイスは蚊《か》のなくような声《こえ》で言《い》った。「まさか……」

ローズ・リタは鼻《はな》からメガネを押《お》しあげると、肩《かた》をすくめた。「殺《ころ》したとは思《おも》わない。

今言《いまい》おうとしたのがそういうことならね。だけど、どうにかして封《ふう》じ込《こ》めたのよ。町《まち》を封《ふう》じ込《こ》めたみたいに。会員《かいいん》の人《ひと》たちは今《いま》も家《いえ》のなかにいて、どうして庭《にわ》が霧《きり》に囲《かこ》まれて、バターを買《か》いにでかけられないんだろうって思《おも》ってるのかも」

「だといいけど」ルイスは言《い》った。協会《きょうかい》の会員《かいいん》たちにそれ以上《いじょう》のことが起《お》こっているなんて考《かんが》えたくもなかった。魔法《まほう》でカエルやネズミに変《か》えられていたら？　家《いえ》ごとどこかのへんてこな惑星《わくせい》に送《おく》られているかもしれない。土曜《どよう》の午前中《ごぜんちゅう》に〈ビジュー映画館《えいがかん》〉で上映《じょうえい》しているフラッシュ・ゴードン・シリーズの、泥人間《どろにんげん》と鳥人間《とりにんげん》と木人間《きにんげん》しか住《す》んでいないようなところとか。そうじゃなきゃ、あの姿《すがた》を変《か》える生《い》きた石像《せきぞう》の世界《せかい》にいるかもしれない。もしかしたら……ルイスはのどにこみあげてきた塊《かたまり》を飲《の》みこもうとした……もしかしたら、まるでその人《ひと》たちなど初《はじ》めから存在《そんざい》していなかったかのように、この世《よ》から消《け》し去《さ》られてしまったのかもしれない。

ローズ・リタはルイスの次《つぎ》から次《つぎ》へと浮《う》かぶ暗《くら》い想像《そうぞう》を断《た》ち切《き》るように言《い》った。「つまり、もうあとはひとつしかない。ママにこのことを話《はな》そう。いっしょにきてくれる？」

「も、もちろん。わかってるだろ？」ルイスは言《い》った。

ローズ・リタはため息《いき》をついた。「ありがとう。ママはいい人《ひと》だけど、わたしが話《はな》すことはぜんぶうそだと思《おも》ってるのよ」ローズ・リタは一瞬《いっしゅん》、間《ま》をおいて、小《ちい》さな声《こえ》でつけくわえた。「たぶん、わたしがいろんなうそをつきすぎたんだと思《おも》う」

ルイスはローズ・リタがもう少《すこ》しで泣《な》きそうになっていることに気《き》づいた。それがなによりも、ルイスを動揺《どうよう》させた。ローズ・リタは、ふだんはとても勇敢《ゆうかん》だった。それとは反《はん》対《たい》に、ルイスはなにかおそろしいことが起《お》こりそうだと思《おも》うと、おろおろうろたえて、じっさいなにも起《お》こっていないうちからなにかおそろしいことがあるにちがいないと思《おも》いこむのだ。ルイスはコホンと咳《せき》をすると、言《い》った。「だいじょうぶだよ、ローズ・リタ。ぼくはきみのする話《はなし》が好《す》きだよ」

「将来有名《しょうらいゆうめい》な作家《さっか》になったら、今《いま》言《い》ってくれたことを思《おも》い出《だ》すね」ローズ・リタは口《くち》のなかでもごもごと言《い》った。「さあ、いこう。これ以上先延《いじょうさきの》ばしにしたってしょうがないし」

二人《ふたり》は自転車《じてんしゃ》でマンション通《どお》りまでいった。「ママ！」ローズ・リタはうちに入《はい》ると大《おお》声《ごえ》で呼《よ》んだ。「ママ、どこ？」

返事《へんじ》はなかった。家《いえ》は、だれもいないときの、あのがらんとした感《かん》じがしていた。台所《だいどころ》へいくと、冷蔵庫《れいぞうこ》の横《よこ》のカウンターに、笑《わら》っている太《ふと》ったピエロの形《かたち》をしたクッキー用《よう》の陶器《とうき》のつぼがあって、その下《した》に青《あお》い線《せん》の入《はい》ったノートの切《き》れ端《はし》がはさんであった。ローズ・リタは紙《かみ》をひっぱりだして読《よ》んだ。「信《しん》じられない。どうすればいいんだろう？」

ルイスは紙《かみ》を受《う》けとって読《よ》んだ。

ロージーへ

今日《きょう》はたぶん遅《おそ》くなるから、パパの夕食《ゆうしょく》を温《あたた》めてあげてください。残《のこ》りもののミートローフが冷蔵庫《れいぞうこ》にあるから、あとはなにか缶詰《かんづめ》を開《あ》けてちょうだい。今日《きょう》、あのヴァンダヘルムさんが電話《でんわ》をくださったの。わたしが聖歌隊《せいかたい》に入《はい》っていることをどこかで聞《き》いて、おじいさまのオペラにちょうどいい役《やく》があるとおっしゃったのよ。オーディションを受《う》けてみることにしたから、しばらくかかると思《おも》う。ママが舞台《ぶたい》にあがるなんて考《かんが》えられる？　もちろんママの声《こえ》を聞《き》いてだめだとおっしゃるかもしれないけれど、誘《さそ》われただけでもすばらしいじゃない？　うまくいくことを祈《いの》っていて。

最後《さいご》に〝愛《あい》をこめて、ママ〟とサインしてあった。ルイスの感覚《かんかく》のなくなった指《ゆび》から紙《かみ》切《き》れがひらひらと舞《ま》い落《お》ちた。「ぼくたちのことを知《し》ってるんだ」ルイスは叫《さけ》びたくなる衝動《しょうどう》を必死《ひっし》で抑《おさ》えながら言《い》った。「だからきみのママを呼《よ》び出《だ》したんだよ。ぼくたちが助《たす》けてくれる人《ひと》を探《さが》していたから。ぼくたちにぜったい邪魔《じゃま》をされないようにしてるんだ！」

しばらく二人《ふたり》はなすすべもなく、ただ相手《あいて》を見《み》つめていた。それからおびえたようにわっと泣《な》きはじめた。

第《だい》8章《しょう》　オーディション

「ここだ」ルイスが言《い》った。そして、ジョナサン・バーナヴェルトが魔法《まほう》に関《かん》する蔵書《ぞうしょ》をしまっている特別《とくべつ》の棚《たな》から大《おお》きな本《ほん》を六冊《さつ》ほどひっぱりだした。この本棚《ほんだな》はいじらないと約束《やくそく》していたけれど、今《いま》は緊急事態《きんきゅうじたい》だ。それにルイスが出《だ》したのは、正確《せいかく》には魔法《まほう》に関《かん》する本《ほん》ではなかった。クロス装《そう》の背《せ》の高《たか》い厚《あつ》い本《ほん》で、タイプで打《う》たれたページを二・五センチくらいのかい折《お》れクギで綴《と》じ、緑色《みどりいろ》の表紙《ひょうし》をつけたものだ。表紙《ひょうし》には、まるい金色《きんいろ》のエンブレムがついていて、まんなかにアラジンの魔法《まほう》のランプの絵《え》が描《か》いてあった。その下《した》に〈カファーナウム郡魔法使い協会会報《ぐんまほうつかいきょうかいかいほう》〉と刻印《こくいん》され、さらにその下《した》に年号《ねんごう》が打《う》ってあり、一冊目《さつめ》は〈一八五九年《ねん》～一八八〇年《ねん》〉、次《つぎ》のものは〈一八八一年《ねん》～一九〇〇年《ねん》〉というように続《つづ》いていた。

ルイスは〈一九一八年《ねん》～一九二七年《ねん》〉と書《か》かれたものを開《ひら》いてみた。前《まえ》に、おじさんは、なかに記載《きさい》されているものをいくつか見《み》せてくれたことがあった。ほとんどがただの会議《かいぎ》の記録《きろく》で、一九三二年《ねん》の記録《きろく》にはジョナサン・バーナヴェルトが月《つき》を欠《か》けさせることに成功《せいこう》して入会《にゅうかい》を許可《きょか》されたことも記《しる》してあった。一九二二年《ねん》のものには、ツィマーマン夫人《ふじん》がだんなさんのホーナスとヨーロッパから帰国《きこく》したというお知《し》らせもあった。ルイスとローズ・リタは、自分《じぶん》たちが戦《たたか》っている相手《あいて》を知《し》る手《て》がかりになるようなものがないか、探《さが》しはじめた。

さっきローズ・リタの家《いえ》の台所《だいどころ》でひとしきり泣《な》いたものの、発作《ほっさ》はすぐおさまった。そしてローズ・リタは怒《おこ》りだした。「ヴァンダヘルムの思《おも》いどおりにはさせない」ローズ・リタは誓《ちか》った。「魔法《まほう》の音楽《おんがく》だろうと、魔法《まほう》の石像《せきぞう》だろうと、なにを持《も》ち出《だ》してこようと、戦《たたか》ってやる。さあ、なにか方法《ほうほう》がないか考《かんが》えよう」

二人《ふたり》は並《なら》んで、黄《き》ばんだページに記《しる》された〈魔法使《まほうつか》い協会《きょうかい》〉の記録《きろく》をながめた。「読《よ》みにくい。ただのカーボンコピーなうえに、古《ふる》くてしみがついているんだもの。ろくに読《よ》めやしない」ローズ・リタは文句《もんく》を言《い》った。

ルイスは、電気《でんき》スタンドをつけた。古《ふる》い活字《かつじ》は色《いろ》あせて薄《うす》い灰色《はいいろ》になり、まるで曇《くも》ったメガネをかけて読《よ》もうとしているような感《かん》じだった。「なにかヴァンダヘルムのことが書《か》いてあるところを探《さが》そう」ルイスは言《い》った。そして今《いま》にも破《やぶ》れそうなページをめくりながら、二人《ふたり》で読《よ》みはじめた。

選挙《せんきょ》や慈善事業《じぜんじぎょう》などのごくふつうの内容《ないよう》がほとんどだった。が、一九一九年《ねん》の五月《がつ》まできたとき〝ヴァンダヘルム〟という名前《なまえ》が二人《ふたり》の目《め》に飛《と》びこんできた。ルイスとローズ・リタは同時《どうじ》に本《ほん》に顔《かお》を近《ちか》づけて、ガツンと頭《あたま》をぶつけ、ルイスは目《め》がくらんだ。「いて！」ルイスは短《みじか》く叫《さけ》んだ。「ちょっと、やめてよ。これはぼくのおじさんの本《ほん》だ。ぼくが読《よ》むから、座《すわ》って聞《き》いてて」

ローズ・リタは額《ひたい》をさすってしかめ面《つら》をしながら、緑色《みどりいろ》の座《すわ》り心地《ごこち》のいいひじかけイスに腰《こし》をおろした。ルイスはおじさんの机《つくえ》のイスに腰《こし》かけると、ローズ・リタが何度《なんど》「ちょっと、なんて書《か》いてあるのよ！」と言《い》っても無視《むし》して、黙《だま》ったまま数《すう》ページを読《よ》んだ。

ようやくルイスはひゅっと口笛《くちぶえ》を吹《ふ》くと、おびえた目《め》でローズ・リタを見《み》た。「信《しん》じられない」その声《こえ》は震《ふる》えていた。

「なんだっていうのよ？　ルイス・バーナヴェルト、今《いま》すぐ言《い》わなかったら、もう一生友《いっしょうとも》だちじゃないから！」

「わかったよ。いいか、インマヌエル・ヴァンダヘルムは一九一八年《ねん》の冬《ふゆ》にニュー・ゼベダイへやってきた。だけど、だれもたいして気《き》に止《と》めていなかったんだ。物静《ものしず》かな男《おとこ》だったし、きみのおじいさんが言《い》っていたみたいに町中《まちじゅう》にインフルエンザが流行《りゅうこう》していて、ほとんどの人《ひと》がそれどころじゃなかったんだと思《おも》う。だけど、一九一九年《ねん》の四月《がつ》か五月《がつ》に、ヴァンダヘルムは例《れい》のオペラを書《か》いたから上演《じょうえん》したいと発表《はっぴょう》したんだ。そこで、町《まち》の人《ひと》たちはオーディションを始《はじ》めた。まさに今《いま》やっているみたいにね。そして、劇場支配人《げきじょうしはいにん》のフィンスター氏《し》が、ミクルベリーに会《あ》いにきた。ここの部分《ぶぶん》はミクルベリー本人《ほんにん》が書《か》いている。ほら、ここだから読《よ》むね」

ルイスはパラパラと何《なん》ページか戻《もど》ると、読《よ》みはじめた。

フィンスター氏《し》は、わたしが舞台《ぶたい》で見《み》せている魔法《まほう》がただの奇術《きじゅつ》のたぐいではないことを知《し》っていたので、相談《そうだん》にきた。インマヌエル・ヴァンダヘルムは見《み》かけとはちがう人物《じんぶつ》のような〝予感《よかん》〟がするというのだ。わたしは、ひとまず彼《かれ》に会《あ》ってこの目《め》で確《たし》かめることを約束《やくそく》した。

わたしたちはスカイラーの店《みせ》でいっしょに昼食《ちゅうしょく》をとった。あの邪悪《じゃあく》な男《おとこ》と会《あ》ったときの衝撃《しょうげき》は忘《わす》れられない。わたしは聖《せい》アロイシウスの〝秘密《ひみつ》を明《あ》かす言葉《ことば》〟を唱《とな》えたが、やつはなにか悪魔《あくま》の〝隠蔽《いんぺい》の呪文《じゅもん》〟でそれに対抗《たいこう》したため、なにひとつ探《さぐ》り当《あ》てることはできなかった。しかし、その日《ひ》の会合《かいごう》で、ヴァンダヘルムが力《ちから》のある邪悪《じゃあく》な魔法使《まほうつか》いだということははっきりした。

その後《ご》、ここに記《しる》すにはあまりに長《なが》くなるので省略《しょうりゃく》するが、いろいろ調《しら》べた結果《けっか》、ヴァンダヘルムが生《い》きている者《もの》の影《かげ》を作《つく》り出《だ》すのに必要《ひつよう》な材料《ざいりょう》を集《あつ》めているらしいとわかってきた。しかし、なぜそのようなことをするのかまではわからなかった。最悪《さいあく》の事態《じたい》が判明《はんめい》したのは、フィンスター氏《し》が、わたしのもとに例《れい》のオペラの一部《いちぶ》を持《も》ってきたときだった。それはあきらかに魔法《まほう》の呪文《じゅもん》で、非常《ひじょう》に複雑《ふくざつ》なため、呪文《じゅもん》を完成《かんせい》するのに大勢《おおぜい》の人間《にんげん》の声《こえ》を必要《ひつよう》としていた。オペラの公演《こうえん》は、ただのまやかしなのだ。ヴァンダヘルムはジョン・ディー（一五二七年生《ねんうまれ》。女王《じょおう》の占星術師《せんせいじゅつし》、錬金術師《れんきんじゅつし》。イギリスの数学《すうがく》の復興《ふっこう》にも貢献《こうけん》)が〝死者《ししゃ》を解《と》き放《はな》つ呪文《じゅもん》〟と呼《よ》んだおそろしい交霊術《こうれいじゅつ》の呪文《じゅもん》を見《み》つけ出《だ》した。そしてニュー・ゼベダイの人《ひと》たちをだまして、この悪魔《あくま》の呪文《じゅもん》を歌《うた》わせ、死者《ししゃ》たちの王《おう》となろうともくろんだのだ。それがわかった直後《ちょくご》に、フィンスター氏《し》が姿《すがた》を消《け》した。彼《かれ》の身《み》になにが起《お》こったか、考《かんが》えるのもおそろしい。

ルイスは顔《かお》をあげた。ローズ・リタは眉《まゆ》をひそめていた。「死者《ししゃ》たちの王《おう》」ローズ・リタはゆっくりと繰《く》り返《かえ》した。「それって幽霊《ゆうれい》が言《い》ったことじゃない?」

ルイスはうなずいた。「ぜんぶは読《よ》まないけど、魔法使《まほうつか》いたちは力《ちから》をあわせて、インマヌエル・ヴァンダヘルムがなかにひとりでいるときを見《み》はからって、劇場《げきじょう》を取《と》り囲《かこ》んだ。そして、ミクルベリーがなかに入《はい》った。二人《ふたり》のあいだで魔法使《まほうつか》い同士《どうし》の決闘《けっとう》が行《おこな》われたんだ。ここには細《こま》かいところまで書《か》いてないけれど、最後《さいご》には、ヴァンダヘルムは死《し》んだと魔法使《まほうつか》いたちは考《かんが》えた。念《ねん》のため、協会《きょうかい》は劇場《げきじょう》を閉鎖《へいさ》するよう、町《まち》を説得《せっとく》した。でも、はっきりしないこともいくつか残《のこ》った。たとえば、フィンスター氏《し》は見《み》つからず、彼《かれ》の身《み》になにが起《お》こったかもわからずじまいだったんだ」

「いい魔法使《まほうつか》いたちが使《つか》った呪文《じゅもん》も書《か》いてある?」ローズ・リタはたずねた。

「ううん。それにあったとしてもなんの役《やく》に立《た》つ? ぼくたちは魔法使《まほうつか》いじゃないんだよ。それに今回《こんかい》ヘンリー・ヴァンダヘルムは、先《さき》に町《まち》のいい魔法使《まほうつか》いたちをひとり残《のこ》らず始末《しまつ》したんだ」

ローズ・リタは、メガネの奥《おく》から涙《なみだ》ぐんだ目《め》でキッとにらんだ。「ヴァンダヘルムのやつに負《ま》けたと思《おも》ってるの? わたしはそうは思《おも》わない! 方法《ほうほう》はわからないけど、ぜったいにママをあいつの手《て》から救《すく》い出《だ》してみせる。それで、あいつが気味《きみ》の悪《わる》いオペラを指揮《しき》するのをやめさせて、町《まち》からお、追《お》い出《だ》してやる……」ローズ・リタはそれ以上《いじょう》なにも言《い》えずに、わっと泣《な》きはじめた。

ルイスはどうすることもできない恐怖《きょうふ》でいっぱいだった。「きっとなにかできるはずだよ」ルイスはつぶやくように言《い》った。「なにか方法《ほうほう》があるはずだ」

ローズ・リタは鼻《はな》をかんだ。「今何時《いまなんじ》?」ローズ・リタはつぶやいた。

ルイスは腕時計《うでどけい》を見《み》た。「三時五分《じふん》」

「わたし、帰《かえ》らなくちゃ。パパの夕《ゆう》ごはんを作《つく》るようにたのまれてるから。パパは四時《じ》に帰《かえ》ってくるの。自転車《じてんしゃ》で送《おく》ってくれない？」ルイスがためらっていると、ローズ・リタは泣《な》きつかんばかりにたのんだ。「墓地《ぼち》であんなことがあったあとで、こわいの。おねがい」

「わかった」ルイスは言《い》ったけれど、気《き》が重《おも》かった。ローズ・リタがこわいなら、ぼくはどうすればいいんだ？　いつもなら勇敢《ゆうかん》なのはローズ・リタのほうで、ぼくはいつもこわがってばかりいるのに。ルイスは自転車《じてんしゃ》に乗《の》ると、ローズ・リタの横《よこ》を走《はし》ってマンション通《どお》りまで送《おく》った。

それから家《いえ》に戻《もど》ると、ホルツ夫人《ふじん》はまだ帰《かえ》っていなかった。こんなことはめずらしかった。いつもは、買《か》い物《もの》には一時間《じかん》かそこらしかかからない。ルイスはもう一度《いちど》ラジオをつけてみたけれど、予想《よそう》どおり、WNZBしか拾《ひろ》えなかった。

ルイスは緑色《みどりいろ》のひじかけイスに座《すわ》って、なにかできることはないか一生懸命考《いっしょうけんめいかんが》えた。書斎《しょさい》は暖《あたた》かくて、眠気《ねむけ》を誘《さそ》った。いつのまにか、ルイスは疲《つか》れきってぐっすり眠《ねむ》っていた。数時間《すうじかん》してはっと目《め》を覚《さ》ますと、夜《よる》になっていた。神経《しんけい》をとがらせてびくびくしながら書斎《しょさい》を出《で》てホルツ夫人《ふじん》を探《さが》しにいったが、まだ帰《かえ》っていない。いつもだったらもう夕《ゆう》ごはんを作《つく》っている時間《じかん》だった。

ルイスはローズ・リタに電話《でんわ》をして、家《いえ》にひとりでいることを話《はな》した。「パパは帰《かえ》ってきたけど、ママはまだばかばかしいオーディションから帰《かえ》ってこないの。うちにきたら？」ローズ・リタは言《い》った。

「うん」だだっぴろいバーナヴェルト家《け》で、木《き》がきしむ音《おと》や風《かぜ》のそよぐ音《おと》にびくびくしながらひとりでいるほどいやなことはない。ルイスはコートを着《き》て、表《おもて》に出《で》た。そして自転車《じてんしゃ》を外《そと》の通《とお》りに出《だ》そうとしていたちょうどそのとき、女《おんな》の人《ひと》の笑《わら》い声《ごえ》が聞《き》こえた。

ルイスは目《め》を細《ほそ》めて暗闇《くらやみ》のなかを見《み》ようとした。ルイスの家《いえ》とツィマーマン夫人《ふじん》の家《いえ》の間《あいだ》に街灯《がいとう》があり、数軒先《すうけんさき》にもう一本《ぽん》ある。その下《した》だけが、闇《やみ》のなかにぽっかりと黄色《きいろ》い光《ひかり》の島《しま》のように浮《う》かびあがり、あとは真《ま》っ暗《くら》だ。すると、通《とお》りの向《む》こうから、二《ふた》つの人影《ひとかげ》が円錐形《えんすいけい》にさす光《ひかり》のなかに入《はい》ってきた。ルイスは、その二人《ふたり》を見《み》てあっと息《いき》を飲《の》んだ。ホルツ夫人《ふじん》と、もうひとりはヘンリー・ヴァンダヘルムだった。

「おやおや」ヴァンダヘルムは、近《ちか》づいてくると言《い》った。「夜《よる》のおでかけかな、ぼうや？」

「ルイス！」ホルツ夫人《ふじん》は叫《さけ》んだ。「なにを考《かんが》えているんです？　今《いま》すぐ家《いえ》に戻《もど》りなさい。こんな夜《よる》にでかけたりしたら、風邪《かぜ》をひいて死《し》んでしまいますよ。そんなことになったら、ジョナサンおじさんになんて言《い》ったらいいんです？」

ヘンリー・ヴァンダヘルムは慇懃《いんぎん》な笑《わら》いを浮《う》かべた。「ああ、ジョナサンおじさんのことならだいじょうぶですよ」ルイスは、ヴァンダヘルムがホルツ夫人《ふじん》に向《む》かって言《い》っているように見《み》せかけながら、ほんとうは自分《じぶん》に向《む》かって言《い》っていることに気《き》づいた。「そう、ジョナサンおじさんのことは心配《しんぱい》するに及《およ》びません。だが、ハンナ、きみの言《い》うとおりだ。ルイスは家《いえ》に戻《もど》ったほうがいいですね。今夜《こんや》は晴《は》れそうだが、こんな寒《さむ》い夜《よる》は霧《きり》がでやすい。そうしたら、凍《こお》りついてしまうだろう。石像《せきぞう》のようにね」

「まあまあ、こんな遅《おそ》くまでリハーサルをしていたなんて気《き》づきませんでしたよ。おやすみなさい、ヴァンダヘルムさん。わたしをコーラスに入《い》れてくださってありがとうございます。もちろん、たいした役《やく》でないのはわかっていますけど……」

「いえいえ。輝《かがや》かしいわが祖父《そふ》の作品《さくひん》に、つまらない役《やく》などありませんよ。おやすみなさい、ハンナ」ヴァンダヘルムはお辞儀《じぎ》をして、ルイスに向《む》かって言《い》った。「おやすみ。石《いし》のようにぐっすりお眠《ねむ》りなさい。わが芸術《げいじゅつ》のために、きみがしてくれたことを感謝《かんしゃ》してますよ。言《い》ってみれば、今回《こんかい》のオペラが上演《じょうえん》されることになったのは、すべてきみの責任《せきにん》なのだから」

「面白《おもしろ》い言《い》いかたをなさること」ホルツ夫人《ふじん》が言《い》った。

ルイスは心臓《しんぞう》がどきどきして、今《いま》にも破裂《はれつ》するのでないかと思《おも》った。ルイスは、ちっとも面白《おもしろ》いとは思《おも》わなかった。

自分《じぶん》が発見《はっけん》したオペラのせいで、ニュー・ゼベダイにおそろしいことが起《お》ころうとしている。

ヴァンダヘルムの言《い》うとおりだ。

すべてはルイスの責任《せきにん》だった。

第《だい》9章《しょう》　力《ちから》の弱《よわ》い魔女《まじょ》

それから数日《すうじつ》というもの、奇妙《きみょう》で落《お》ち着《つ》きのない日々《ひび》が続《つづ》いた。ニュー・ゼベダイを外《そと》の世界《せかい》から遮断《しゃだん》しているぶきみな霧《きり》は、消《き》えも薄《うす》れもしなかった。食料品店《しょくりょうひんてん》からはパンや牛乳《ぎゅうにゅう》が消《き》え、町外《ちょうがい》からの郵便《ゆうびん》や新聞《しんぶん》や雑誌《ざっし》は届《とど》かなかった。テレビは雑音《ざつおん》がするか、雪《ゆき》のような斑点《はんてん》しか映《うつ》らず、ラジオで聴《き》けるのはニュー・ゼベダイ・ラジオの放送《ほうそう》だけだった。

でもルイスがいちばんおそろしかったのは、そのことに大人《おとな》たちが気《き》づいたり、気《き》にしたりしているようすがないということだった。町《まち》のほとんどの家庭《かてい》では、だれかしらがオペラに関係《かんけい》していて、すっかりリハーサルに夢中《むちゅう》になっていた。オペラは初《はじ》めから最後《さいご》まで上演《じょうえん》すると、一時間半《じかんはん》くらいかかるのよ、とローズ・リタのママは言《い》った。けれども、初日《しょにち》の夜《よる》までは、一回《かい》に半時間《はんじかん》ずつしかリハーサルしなかった。ニュー・ゼベダイは固唾《かたず》を飲《の》んで上演《じょうえん》を待《ま》ち、オペラに直接関係《ちょくせつかんけい》していない人《ひと》たちまで、町《まち》にとってすばらしい催《もよお》しになることを期待《きたい》していた。

ローズ・リタのパパも同《おな》じだった。オペラのリハーサルのあいだ、町《まち》のあらゆることが停止《ていし》してしまうのには多少文句《たしょうもんく》を言《い》っていたけれど、最後《さいご》には「まあ、たいしたイベントもないこの町《まち》にとってはいいことだろう」と締《し》めくくった。ローズ・リタは言《い》い争《あらそ》う気《き》にもなれなかった。

ローズ・リタとルイスは、学校《がっこう》がずっと休《やす》みだったので、しょっちゅう会《あ》っていた。大勢《おおぜい》の先生《せんせい》がオペラに出演《しゅつえん》することになり、出演者《しゅつえんしゃ》たちは毎日《まいにち》、午前《ごぜん》から夜《よる》までリハーサルをするよう、ヴァンダヘルムが主張《しゅちょう》したからだ。ほとんどの子《こ》どもたちは、思《おも》いがけない休《やす》みを満喫《まんきつ》していたけれど、ルイスとローズ・リタは暗《くら》い気持《きも》ちで過《す》ごしていた。二人《ふたり》は、なんとかヴァンダヘルムの計画《けいかく》を止《と》める新《あたら》しい方法《ほうほう》を考《かんが》え出《だ》そうとした。「わたしたちなら、なにか考《かんが》えつけるはずよ」ローズ・リタはうめくように言《い》った。その日《ひ》の午後《ごご》も、二人《ふたり》はジョナサンの書斎《しょさい》にいた。「だって、邪悪《じゃあく》な魔法《まほう》と戦《たたか》うのはこれが初《はじ》めてじゃないもの」

それを聞《き》いてルイスはむかしのことを思《おも》い出《だ》し、ぶるっと震《ふる》えた。何年《なんねん》か前《まえ》、初《はじ》めてジョナサンおじさんと暮《く》らすためにやってきたとき、まさにこの家《いえ》に、おそろしい魔法《まほう》の道具《どうぐ》〝世《よ》の終《お》わりを告《つ》げる時計《とけい》〟が隠《かく》されていた。邪悪《じゃあく》な魔法使《まほうつか》いのアイザック・アイザードが仕掛《しか》けたその時計《とけい》を、アイザードの妻《つま》の幽霊《ゆうれい》がもう少《すこ》しで動《うご》かすところだったのだ。ローズ・リタは、ルイスからその冒険《ぼうけん》の話《はなし》を聞《き》いていた。ジョナサンおじさんとツィマーマン夫人《ふじん》とルイスは、間一髪《かんいっぱつ》で世界《せかい》の終《お》わりがくるのを防《ふせ》いだのだ。

それからいろいろなことが変《か》わった。ルイスは成長《せいちょう》し、自分《じぶん》の理解《りかい》を超《こ》える力《ちから》には手《て》をださないよう、気《き》をつけるようになった。家自体《いえじたい》もずいぶん変《か》わっていた。ジョナサンおじさんは、アイザック・アイザードのイニシャルが描《えが》かれた古《ふる》い壁紙《かべがみ》をぜんぶはがして、もっと明《あか》るい模様《もよう》のものに張《は》り替《か》えた。さらに、お払《はら》いをして、邪悪《じゃあく》な気《き》をすべて取《と》り除《のぞ》いた。けれども、ヘンリー・ヴァンダヘルムは、少《すく》なく見積《みつ》もってもアイザードに匹敵《ひってき》する脅威《きょうい》だと思《おも》われた。さらに、今回《こんかい》はルイスとローズ・リタしかいないのだ。助《たす》けてくれる魔法使《まほうつか》いはいない。ルイスがそう言《い》うと、ローズ・リタはため息《いき》をついた。

「ヴァンダヘルムもひとりくらい見逃《みのが》してるかもよ」ローズ・リタは言《い》った。

ルイスは顔《かお》をしかめてローズ・リタを見《み》た。「ぼくたちは、名簿《めいぼ》にあった番号《ばんごう》にひとつ残《のこ》らず電話《でんわ》をかけたんだよ。ひとつもかからなかったじゃないか。それに、いってみたところはぜんぶ、空《あ》き地《ち》になってた。だろ？」

「わかってるわよ」ローズ・リタは黒《くろ》いふちのメガネを鼻《はな》の上《うえ》に押《お》しあげ、眉《まゆ》をひそめた。「でもなにかヴァンダヘルムのやつが忘《わす》れていることがあるはずよ。いっぺんになにもかもできるわけないもの。そうよ。もしかしたら、霧《きり》は空《そら》の高《たか》いところまではないかもしれない。空《そら》を飛《と》べばニュー・ゼベダイを出《で》られるかも」

「なるほどね」ルイスはちゃかすように言《い》った。「マントをはおって、腕《うで》をばたばたさせれば、霧《きり》なんてひと飛《と》びだろうな、スーパーマンみたいにさ」

ローズ・リタはルイスをじろりとにらみつけた。「別《べつ》にあなたに飛《と》んでくださいとは言《い》ってないから。だけど、たとえば、風船《ふうせん》はどう？　伝書《でんしょ》バトとか？」

「どこで手《て》に入《い》れるんだよ。凧《たこ》みたいなものだったら作《つく》れるかもしれないけど、町《まち》にはヘリウムガスの風船《ふうせん》とか伝書《でんしょ》バトなんて売《う》ってないよ。それとも、南北戦争《なんぼくせんそう》の記念碑《きねんひ》をねぐらにしているハトでも捕《つか》まえてくるつもり？」

「ちがうわよ。だって、そしたらどこへ飛《と》んでいくと思《おも》う？　また記念碑《きねんひ》に戻《もど》ってくるだけよ。伝書《でんしょ》バトっていうのはちゃんと訓練《くんれん》してなきゃ。そうね、たしかに凧《たこ》を作《つく》ることはできるけど、それでどうする？　もしうまく霧《きり》を通《とお》り抜《ぬ》けることができたとしても、どうせ木《き》かなにかにひっかかるだけよ。そしたらだれも見《み》やしない。あー、町《まち》にひとりでも魔《ま》法使《ほうつか》いが残《のこ》っていればな」

「そんなこと考《かんが》えたって無駄《むだ》だよ。ひとり残《のこ》らずヴァンダヘルムにやられたんだ」ルイスはむすっとして言《い》った。

とつぜんローズ・リタがすっくと立《た》ちあがった。「待《ま》って！　ミルドレッドなんとかがいたじゃない！」

「え？　なんの話《はなし》？」

「ミルドレッドとかなんとかいう人《ひと》のことよ！」ローズ・リタはなおも言《い》った。「ツイマーマン夫人《ふじん》が話《はな》していたじゃない、覚《おぼ》えていない？　呪文《じゅもん》がうまく使《つか》えなかった人《ひと》のことよ。名前《なまえ》はなんだっけ？」

ルイスはジョナサンおじさんの机《つくえ》につっ伏《ぷ》していたけれど、やはりさっと立《た》ちあがった。

「わかった。たしかへんな名前《なまえ》だ。ジョンソンとかジャクソンとかそういう名前《なまえ》じゃなくて、でもＪで始《はじ》まるんだ。んーと、イエーガーだ、そうだ！　ミルドレッド・イエーガーだ！」

ローズ・リタは飛《と》びあがって、机《つくえ》の上《うえ》の住所録《じゅうしょろく》をひっつかみ、急《いそ》いでページをめくった。

「ここには載《の》ってない。ってことは、魔法使《まほうつか》い協会《きょうかい》の会員《かいいん》じゃないってことよ」

ルイスは薄《うす》っぺらなニュー・ゼベダイの電話帳《でんわちょう》をひっぱりだすと、Ｊのページを開《ひら》いた。

「あった。ミルドレッド・シャーマン・イエーガー。マーシャル通《どお》りに住《す》んでる」ルイスは受話器《じゅわき》を取《と》り、交換手《こうかんしゅ》が出《で》ると、ミルドレッド・イエーガーの電話番号《でんわばんごう》を告《つ》げた。ルイスは息《いき》をこらして待《ま》った。電話《でんわ》が鳴《な》った。一回《かい》……二回《かい》……三回《かい》……

「もしもし」愛想《あいそ》のいい、年配《ねんぱい》の女《おんな》の人《ひと》の声《こえ》だ。

「う、もしもし。イエーガーさんのお宅《たく》ですか？」ルイスはつかえながら言《い》った。

「ええ。どなたさまですか？」

ルイスは受話器《じゅわき》を抑《おさ》えると、助《たす》けを求《もと》めるようにローズ・リタを見《み》た。「なんて言《い》えばいい？」ルイスはささやいた。

「名前《なまえ》を言《い》うのよ」ローズ・リタはぴしゃりと言《い》った。「家《いえ》にお邪魔《じゃま》してもいいか聞《き》いて」

ルイスはごくりとつばを飲《の》みこんだ。「そ、その、イェーガーさん。ぼくのことは知《し》らないと思《おも》いますけど、ルイス・バーナヴェルトって言《い》います。おじはジョナサン・バーナヴェルトです」

「まあまあ、わかりますよ」明《あか》るい声《こえ》だった。「ジョナサンね。親切《しんせつ》な方《かた》よ。おじさんはお元気《げんき》？」

「今《いま》、町《まち》にはいないんです。ルキウス・ミクルベリーさんを覚《おぼ》えていらっしゃいますか？」

「ええ、もちろんよ。ミクルベリーさんがニュー・ゼベダイに住《す》んでいたころは、よく存《ぞん》じあげていたわ」

ルイスは手短《てみじか》におじさんがどんな用事《ようじ》ででかけているのかを話《はな》し、それから言《い》った。

「イェーガーさん、最近町《さいきんまち》のようすがなにかおかしいことに気《き》づいていらっしゃいますか？」

「とても静《しず》かね」イェーガー夫人《ふじん》は認《みと》めた。

「その、ぼくたち、なにかおそろしいことが起《お》こってるんじゃないかと思《おも》ってるんです。それで、だれか詳《くわ》しい人《ひと》と相談《そうだん》したいんです。その……」ルイスは声《こえ》を落《お》としてささやくように言《い》った。「魔法《まほう》に詳《くわ》しい人《ひと》に」

長《なが》い沈黙《ちんもく》があったので、ルイスはイェーガー夫人《ふじん》が電話《でんわ》を切《き》ったのでないかと心配《しんぱい》になった。しかしようやくイェーガー夫人《ふじん》は言《い》った。「できればお手伝《てつだ》いしたいのだけど、たぶんほかの人《ひと》に連絡《れんらく》を取《と》ったほうがいいわ。町《まち》には〈魔法使《まほうつか》い協会《きょうかい》〉があるから」

「その人《ひと》たちとは話《はな》せないんです」そして、ルイスは急《いそ》いで理由《りゆう》を説明《せつめい》した。

さらに長《なが》い沈黙《ちんもく》の後《のち》、イェーガー夫人《ふじん》は言《い》った。「うちにいらしたほうがいいわね。わたしもどうしていいかわからないけれど、できるかぎり手《て》をお貸《か》しするわ。道《みち》はわかるかしら？」そして道順《みちじゅん》を説明《せつめい》した。

ルイスは電話《でんわ》を切《き》ると、ローズ・リタと外《そと》へ飛《と》び出《だ》して自転車《じてんしゃ》に乗《の》った。弱々《よわよわ》しくかすんだ太陽《たいよう》の光《ひかり》で、すべてが冷《つめ》たく生気《せいき》を失《うしな》って見《み》える。よどんだ空気《くうき》のなかを、二人《ふたり》は自転車《てんしゃ》を漕《こ》いで、マーシャル通《どお》りへ向《む》かった。

イェーガー夫人《ふじん》の家《いえ》は、質素《しっそ》な家々《いえいえ》の並《なら》ぶ町《まち》の一角《いっかく》にある小《ちい》さな平屋《ひらや》だった。ルイスとローズ・リタは自転車《じてんしゃ》から降《お》りると、玄関《げんかん》のベルを鳴《な》らした。ルイスはそわそわしながら玄関《げんかん》のマットで靴《くつ》を拭《ふ》いて、ドアが開《ひら》くのを待《ま》った。しばらくすると、ドアが勢《いきお》いよく開《ひら》いて、背《せ》の低《ひく》い丸々太《まるまるふと》った女《おんな》の人《ひと》が出《で》てきた。灰色《はいいろ》の髪《かみ》を団子《だんご》にまとめ、青《あお》い服《ふく》にフリルのついた白《しろ》いエプロンをつけている。金縁《きんぶち》メガネの奥《おく》の青《あお》い目《め》は、ひどく大《おお》きく見《み》えた。

「さあさあ、お入《はい》りなさい」イェーガー夫人《ふじん》は言《い》って、二人《ふたり》をなかへ招《まね》いた。「ちょうど昼《ひる》ごはんを作《つく》っていたのよ。鶏《とり》のスープはお好《す》き？　自家製《じかせい》なの。それにちょうど今朝《けさ》焼《や》いたおいしいパンもあるのよ」

ルイスはおなかがすいて死《し》にそうだったし、ローズ・リタもいただきますと返事《へんじ》をした。イェーガー夫人《ふじん》は二人《ふたり》の話《はなし》を聞《き》こうとしないで、まずお皿《さら》にたっぷりとついだ熱々《あつあつ》のスープと、手作《てづく》りパンのトースト、それから湯気《ゆげ》のあがったココアをおあがりなさいと言《い》った。食事《しょくじ》のおかげでルイスは温《あたた》まって、ここ最近《さいきん》でいちばん、ふだんの自分《じぶん》らしい気持《きも》ちになれた。ホルツ夫人《ふじん》はすっかりお料理《りょうり》をしなくなって、缶詰《かんづめ》ばかりだったから、愛情《あいじょう》のこもった料理《りょうり》に飢《う》えていたのだ。

「さあ、じゃあ、その問題《もんだい》というのを話《はな》してちょうだいな」イェーガー夫人《ふじん》は言《い》った。

ルイスがヴァンダヘルムとオペラの話《はなし》をするのを、イェーガー夫人《ふじん》は熱心《ねっしん》に聞《き》いていた。ところどころローズ・リタが、ルイスの忘《わす》れたところを補《おぎな》った。メガネのレンズのせいで大《おお》きくなった目《め》はますますまるく、深刻《しんこく》みを帯《お》びていった。ルイスとローズ・リタが話《はな》し終《お》わると、イェーガー夫人《ふじん》は悲《かな》しそうに頭《あたま》を振《ふ》った。「なんてことでしょう。ひどくよくない状況《じょうきょう》ね。思《おも》っていたよりもずっと悪《わる》いわ。わたしも気《き》づくべきだったけれど、ラジオは聴《き》かないし、町《まち》の外《そと》の新聞《しんぶん》はとっていないの。それでも、ここのところなにか不穏《ふおん》な空《くう》気《き》が漂《ただよ》っているのは感《かん》じていた。だけど、ただの年《とし》と関節炎《かんせつえん》のせいだって片付《かたづ》けていたの」

「助《たす》けてもらえますか？」ローズ・リタはたずねた。

イェーガー夫人《ふじん》は唇《くちびる》をかんだ。「どうかしら。もちろん、ヴァンダヘルムのことは覚《おぼ》えているわ。そのころはわたしもまだ若《わか》くて、〈魔《ま》法《ほう》使《つか》い協会《きょうかい》〉の会員《かいいん》になろうとがんばっていた。でも残念《ざんねん》なことに、あまり魔《ま》法《ほう》使《つか》いの才能《さいのう》はなかったの。それから、自分《じぶん》がさくらんぼのジャムを作《つく》ったり、キルトを作《つく》ったり、お料理《りょうり》をしたりするのが得意《とくい》だってことに気《き》づいた。人《ひと》はいちばん得意《とくい》なことをするべきだって思《おも》って、魔法《まほう》をあきらめたのよ」

「ヴァンダヘルムのことを教《おし》えてください。やつがなにをしようとしていたのかも、〈魔《ま》法使《ほうつか》い協会《きょうかい》〉がどうやってやつをやっつけたのかも知《し》らないいんです」ルイスは言《い》った。

「そうね、わたしもそんなに詳《くわ》しいわけではないと思《おも》うけれど」イェーガー夫人《ふじん》はココアをすすった。「でもこれだけは覚《おぼ》えてる。ヴァンダヘルムの呪文《じゅもん》はひどく複雑《ふくざつ》で、難《むずか》しいものだった。あまりに強《つよ》い力《ちから》を持《も》つものだったから、ひとりの人間《にんげん》では唱《とな》えられなかったのよ。だからヴァンダヘルムはあのオペラを書《か》いた。すべての俳優《はいゆう》が正《ただ》しい順序《じゅんじょ》であの歌《か》詞《し》を歌《うた》うと、オペラ自体《じたい》が呪文《じゅもん》になるのよ。魔法《まほう》が働《はたら》くには、大勢《おおぜい》の人間《にんげん》の声《こえ》が必要《ひつよう》なの」

「どんな魔法《まほう》なんですか？」ローズ・リタがたずねた。

イェーガー夫人《ふじん》はため息《いき》をついた。「あなたたちみたいな子《こ》どもをこわがらせたくないわ」

「それなら心配《しんぱい》ないです」ルイスはうけあった。「もうさんざんこわい目《め》にあってますから！」

「そう……」イェーガー夫人《ふじん》の顔《かお》に困《こま》ったような表情《ひょうじょう》が浮《う》かんだ。けれどもようやく、夫《ふ》人《じん》は口《くち》を開《ひら》いた。「わたしの理解《りかい》したところでは、呪文《じゅもん》はこれまでに死《し》んだ魔法使《まほうつか》いたちをすべて過去《かこ》から呼《よ》び戻《もど》すことができる。魔法使《まほうつか》いたちの幽霊《ゆうれい》は呼《よ》び出《だ》しに応《おう》じ、ヴァンダヘルムによって、生《い》きている人間《にんげん》の肉体《にくたい》を手《て》に入《い》れる。そしてヴァンダヘルムの奴隷《どれい》となるのよ。彼《かれ》は死者《ししゃ》たちの王《おう》となり、とほうもない力《ちから》を持《も》つ魔法使《まほうつか》いたちの軍隊《ぐんたい》を意《い》のままに操《あやつ》れることになるわ。そんな力《ちから》を手《て》にすれば、この世界《せかい》をすべてのっとることなんて簡単《かんたん》なことよ。彼《かれ》は人類《じんるい》すべての独裁者《どくさいしゃ》となってしまう」

ルイスは、ヘンリー・ヴァンダヘルムのずるそうな声《こえ》やいやらしい態度《たいど》を思《おも》い出《だ》して、震《ふる》えた。あんなやつに支配《しはい》された世界《せかい》が住《す》みよいところであるはずがない。

ローズ・リタが言《い》った。「それでぜんぶですか?」

「残念《ざんねん》ながら、まだあるの。呪文《じゅもん》の与《あた》える力《ちから》を手《て》にすれば、ヴァンダヘルムは、魔法使《まほうつか》いではないごくふつうの死者《ししゃ》たちすら従《したが》えることができる。死体《したい》は墓《はか》から起《お》きあがり、ヴァンダヘルムのもとへやってくる。つまり、ヴァンダヘルムは死《し》んだ者《もの》はすべて、自分《じぶん》の意《い》のままに操《あやつ》れるということよ。死者《ししゃ》の数《かず》は生《い》きている人間《にんげん》の数《かず》をはるかにしのいでいる。もしだれかが逆《さか》らおうとしても、ヴァンダヘルムはただその人間《にんげん》を殺《ころ》すだけでいい。死《し》んでしまえば、ヴァンダヘルムのしもべとなるしかないから」

「信《しん》じられない。なにかできることはないんですか?」ローズ・リタの声《こえ》は震《ふる》えていた。

「そうね、予防手段《よぼうしゅだん》はいくつかあるわ。たとえば、呪文《じゅもん》は血《ち》が流《なが》されると効《き》き目《め》を失《うしな》う。つまり、ヴァンダヘルムは、自分《じぶん》に立《た》ち向《む》かう者《もの》がいても、ただ殺《ころ》すわけにはいかないということよ。もちろん、呪文《じゅもん》が完成《かんせい》してしまったあとは、好《す》きなだけ殺《ころ》すことができる。だけど、悪《わる》い魔法《まほう》には、必《かなら》ずいい魔法《まほう》で対抗《たいこう》することができる。だから、〈魔法使《まほうつか》い協会《きょうかい》〉は、ヴァンダヘルムに勝《か》つことができたのよ。いい魔法使《まほうつか》いたちは自分《じぶん》たちの呪文《じゅもん》の力《ちから》を合《あ》わせて身《み》を守《まも》り、ヴァンダヘルムが町中《まちじゅう》の人《ひと》たちに魔法《まほう》をかけるのを阻止《そし》した。そしてルキウス・ミクルベリーがヴァンダヘルムと果《は》たし合《あ》いをして、彼《かれ》を滅《ほろ》ぼしたのよ。悪《わる》い魔法使《まほうつか》いには、邪悪《じゃあく》な呪文《じゅもん》に手《て》を貸《か》してくれるような友人《ゆうじん》なんていませんからね。こちらには数《かず》の強《つよ》みがある」

「一九一九年《ねん》のときはそれでうまくいったかもしれないけど、ぼくたちはどうすればいいんだろう？」ルイスが言《い》った。「どうやってかわからないけれど、ヘンリー・ヴァンダヘルムはニュー・ゼベダイじゅうの魔法使《まほうつか》いに魔法《まほう》をかけたんです。あなたをのぞいて。だから今回《こんかい》は力《ちから》を合《あ》わせて戦《たたか》うことはできない。みんな行方不明《ゆくえふめい》なんだから。やっと戦《たたか》えるのはあなただけなんです」

イェーガー夫人《ふじん》は深《ふか》いため息《いき》をついた。「わたしには、魔法使《まほうつか》いとしての力《ちから》はないの」

夫人《ふじん》は小《ちい》さな声《こえ》で言《い》った。「何度《なんど》もがんばってみたけれど、わたしがかける呪文《じゅもん》はぜんぶおかしくなるか、失敗《しっぱい》してしまう。ああ、ルイス、あなたのおじさんか、フローレンス・ツィマーマンなら、今度《こんど》現《あらわ》れたヴァンダヘルムとも戦《たたか》えるはずよ。だけど、わたしはすっかり腕《うで》がさびついているし、そもそも才能《さいのう》がないのよ」

「つまり、望《のぞ》みはないってこと?」ローズ・リタがたずねた。

「もちろん、そんなことないわ!」イェーガー夫人《ふじん》はきっぱりと言《い》った。「そんなことはありえない! この世《よ》に望《のぞ》みがないことなんて、ないんですから。三人《にん》で相談《そうだん》すれば、なにか役《やく》に立《た》つようなことを思《おも》いつくはずよ。ただ……」イェーガー夫人《ふじん》は残念《ざんねん》そうに言《い》った。「それがどんなことか、わかっていればよかったんだけど」

第《だい》10章《しょう》　幽霊《ゆうれい》たち

ルイスとローズ・リタは長《なが》いあいだ、イェーガー夫人《ふじん》の家《いえ》にいた。イェーガー夫人《ふじん》に言《い》われて、ルイスはぐらぐらするはしごをのぼって屋根裏《やねうら》にいき、小《ちい》さなスーツケースを取《と》ってきた。イェーガー夫人《ふじん》はスーツケースを居間《いま》に持《も》っていって開《あ》けることにした。ローズ・リタとルイスは、ピンクのバラと緑《みどり》の葉《は》の刺繍《ししゅう》のついたふわふわのソファーに並《なら》んで座《すわ》り、イェーガー夫人《ふじん》は低《ひく》いテーブルの前《まえ》にひざまずいて、テーブルにあったやりかけのジグゾーパズルをどけて、箱《はこ》にしまった。箱《はこ》のふたには、パズルの完成《かんせい》した絵《え》がついていた。デイジーやオニユリやサクラソウの咲《さ》きみだれた野原《のはら》でピクニックをしている人《ひと》たちの色《いろ》あざやかな絵《え》で、うしろに、赤《あか》い納屋《なや》とサイロとホルスタインの牝牛《めうし》の群《む》れが見《み》えていた。

「もう二十年以上《ねんいじょう》、だしていなかったのよ。虫《むし》に食《く》われてないといいいんだけど」イェーガー夫人《ふじん》が言《い》い訳《わけ》しながらスーツケースを開《あ》けると、なかからナフタリンのツーンとする臭《にお》いが立《た》ちのぼった。ルイスとローズ・リタは身《み》を乗《の》り出《だ》して、イェーガー夫人《ふじん》が長《なが》い木《き》のスプーンや、ぼろぼろの黒《くろ》い革表紙《かわびょうし》の古《ふる》めかしい本《ほん》や、白《しろ》いサテンのローブや、古新聞《ふるしんぶん》に包《つつ》まれた小《ちい》さなビンを取《と》り出《だ》すのを見《み》ていた。「わたしの杖《つえ》よ」イェーガー夫人《ふじん》は言《い》って、スプーンを振《ふ》ってみせた。

ローズ・リタとルイスは顔《かお》を見合《みあ》わせた。

イェーガー夫人《ふじん》はため息《いき》をついた。「ええ、魔法使《まほうつか》いはハシバミの杖《つえ》とか黒檀《こくたん》の棒《ぼう》とか銀《ぎん》の勺《しゃく》とかを持《も》っているものだというのは知《し》ってるの。だけど、そういうものはどれもぴんとこなくてね。わたしはむかしからお料理《りょうり》が好《す》きだったから、杖《つえ》に魔法《まほう》をかける段《だん》になったとき、いちばん自分《じぶん》にぴったりくるものを選《えら》んだのよ」

「いいと思《おも》います。だって、ツィマーマン夫人《ふじん》の魔法《まほう》の杖《つえ》だって、ただの黒《くろ》い傘《かさ》だもの」ローズ・リタは言《い》った。

「そうだったわね！」イェーガー夫人《ふじん》はうれしそうに微笑《ほほえ》みながらうなずいた。「それにルイス、わたしの記憶違《きおくちが》いでなければ、あなたのおじさんは魔法《まほう》の杖《つえ》にするのにステッキを選《えら》んでいたわよね？　まあ、わたしの選《えら》んだのはこれで、ちゃんと役目《やくめ》を果《は》たしていたのよ……その、一応《いちおう》はね」イェーガー夫人《ふじん》はスプーンであごをたたいた。「ああ、そうね……どうすればいいかしら？　つまりね、ただ単《たん》に、わたしにはヴァンダヘルムと戦《たたか》って勝《か》つだけの力《ちから》があるとは思《おも》えないの」

「ほかの魔法使《まほうつか》いと連絡《れんらく》を取《と》ることはできないんですか？」ルイスは言《い》った。「だれか、その……」

イェーガー夫人《ふじん》は微笑《ほほえ》んだ。「わたしより力《ちから》のある人《ひと》ってこと？　いいのよ。別《べつ》に失礼《しつれい》でもなんでもないわ。そうね、それはいい考《かんが》えね。なんとか魔法《まほう》であなたのおじさんと話《はな》す方法《ほうほう》を考《かんが》えてみましょう」

イェーガー夫人《ふじん》の指示《しじ》に従《したが》って、ルイスは台所《だいどころ》からコップ一杯《ぱい》の水《みず》を持《も》ってきた。

「テーブルの上《うえ》に置《お》いてちょうだい。それを水晶玉《すいしょうだま》とかクリスタルの代《か》わりにするのよ。運《うん》がよければ、少《すく》なくとも、おじさんの姿《すがた》を呼《よ》び出《だ》すことはできるはず。もしかしたら、こっちに気《き》づいてもらえるかもしれない」

それからイェーガー夫人《ふじん》は、聖歌隊《せいかたい》のガウンみたいな形《かたち》をしているサテンのローブをごそごそと着《き》こんだが、ローブは少《すこ》しきつくなっていた。それからコップの上《うえ》でスプーンを振《ふ》りはじめた。そしてなにかカルデア語《ご》で唱《とな》え、次《つぎ》にコプト語《ご》、最後《さいご》に古高地《ふるこうち》ドイツ語《ご》で唱《とな》えると、仕上《しあ》げにスプーンを指揮棒《しきぼう》のように振《ふ》って、英語《えいご》で言《い》った。「一、二、三、フローレンス・ツィマーマンかジョナサン・バーナヴェルトがどこにいようとも、われと話《はなし》をさせたまえ！」

コップのなかに金魚《きんぎょ》が一匹現《ぴきあらわ》れた。なんとなくびっくりしているように見《み》えたけれど、やがて落《お》ち着《つ》いて、くるくると小《ちい》さな円《えん》を描《えが》いて泳《およ》ぎはじめた。

「あらまあ！　いまだにこつをつかんでないみたい！」イェーガー夫人《ふじん》は言《い》った。

ルイスは固唾《かたず》を飲《の》んで見守《みまも》っていたけれど、一気《いっき》にハァーッと息《いき》を吐《は》き出《だ》した。一瞬金《いっしゅんきん》魚《ぎょ》がジョナサンおじさんかもしれないと思《おも》ってぎょっとしたけれど、金魚《きんぎょ》はどこから見《み》てもごくふつうのデパートのペット売《う》り場《ば》の金魚《きんぎょ》で、魔法《まほう》めいたところは少《すこ》しもなかった。

「暗《くら》くなってきた」ローズ・リタが言《い》った。

イェーガー夫人《ふじん》は首《くび》を振《ふ》った。「そうね、あなたたちはもう帰《かえ》ったほうがいい。わたしはよく考《かんが》えて、なにがまちがっていたのか原因《げんいん》を探《さが》してみるから。呪文《じゅもん》の言葉《ことば》を抜《ぬ》かしたか、発音《はつおん》が悪《わる》かったのかもしれない。なにかわかったら、明日《あす》電話《でんわ》するわね。あなたたちのどちらか、金魚《きんぎょ》を飼《か》っている？」

「いいえ」ローズ・リタとルイスは同時《どうじ》に言《い》った。

「そう。じゃあ、容《い》れ物《もの》を探《さが》してきたほうがいいわね。あと、魚《さかな》らしいいい名前《なまえ》も考《かんが》えなきゃ。まったく、考《かんが》えることがありすぎる！」

ルイスはためらいながら切《き》り出《だ》した。「あの、イェーガーさん。あなたがなにか危険《きけん》な目《め》にあうってことはないですか？　つまりヘンリー・ヴァンダヘルムはニュー・ゼベダイじゅうの魔法使《まほうつか》いになにかしたんです。今度《こんど》はあなたを狙《ねら》うかもしれない」

「どうもありがとう。だけどそれはないと思《おも》う。わたしの魔力《まりょく》は、流《なが》れを乱《みだ》すほど強《つよ》くない。だからヴァンダヘルムが感《かん》じることもないと思《おも》う。それに、彼《かれ》がほかの人《ひと》たちを封《ふう》じ込《こ》めるのにどんな呪文《じゅもん》を使《つか》ったのかは知《し》らないけれど、魔法《まほう》はいっぺんにかけたはずよ。おそらく、〈カファーナウム郡《ぐん》魔法使《まほうつか》い協会《きょうかい》〉の名簿《めいぼ》を手《て》に入《い》れて、そこに名前《なまえ》がある人《ひと》たち全員《ぜんいん》に呪文《じゅもん》をかけたんでしょうね。あなたのおじさんとフローレンス・ツィマーマン夫人《ふじん》はフロリダにいたから、たぶん呪文《じゅもん》の力《ちから》は届《とど》いていないと思《おも》うけど。ともかく、もしヴァンダヘルムが今《いま》からわたしをそのなかに加《くわ》えようとしても、うまくいかないでしょうね。なにが難《むずか》しいって、すでに始《はじ》まってしまった呪文《じゅもん》を途中《とちゅう》で変《か》えることほど難《むずか》しいことはないのよ。だからわたしは安全《あんぜん》だと思《おも》う。それに、どちらにしろ、わたしはあんまり危《き》険《けん》そうには見《み》えないでしょ？」

ルイスはうなずくほかなかった。ルイスとローズ・リタはさようならを言《い》うと、自転車《じてんしゃ》を漕《こ》いで、だんだんと濃《こ》くなるたそがれのなかをマンション通《どお》りまで戻《もど》った。そして、ローズ・リタが家《いえ》のなかに入《はい》るのを見届《みとど》けてから、ルイスは家《いえ》に向《む》かった。自転車《じてんしゃ》のライトが切《き》れていなければよかったのに、とルイスは思《おも》った。太陽《たいよう》が沈《しず》んで雲《くも》が増《ふ》え、急《きゅう》に暗《くら》くなってきたのだ。ルイスがハアハア息《いき》を切《き》らせながら坂《さか》をのぼっていると、うしろからなにか音《おと》がした。

ルイスはぎょっとして肩越《かたご》しにちらりとうしろを見《み》た。かすかにぼんやりとした光《ひかり》が見《み》える。車《くるま》が近《ちか》づいてきて、追《お》い抜《ぬ》かそうとしているのだと思《おも》い、ルイスは縁石《えんせき》のほうへ寄《よ》った。そのとき、気味《きみ》の悪《わる》い悲鳴《ひめい》が聞《き》こえ、ビクッとしたひょうしに前輪《ぜんりん》を縁石《えんせき》にぶつけてしまった。

ガツン！　自転車《じてんしゃ》が歩道《ほどう》に衝突《しょうとつ》し、ルイスはもんどりうって放《ほう》り出《だ》された。こわいと思《おも》う間《ま》もなかった。ドサッ！　ルイスは背中《せなか》から歩道《ほどう》にたたきつけられ、息《いき》ができなくなった。固《かた》くて冷《つめ》たいコンクリートの上《うえ》に寝転《ねころ》がったまま、なんとか息《いき》を吸《す》おうとしたが、肺《はい》の機能《きのう》が停止《ていし》してしまったようだ。恐怖《きょうふ》がわきあがってくる。おそろしく長《なが》く思《おも》える時間《じかん》が過《す》ぎようやくぜいぜいしながら息《いき》を吸《す》い込《こ》むと、一気《いっき》に空気《くうき》が入《はい》ってきて胸《むね》が焼《や》けるように熱《あつ》くなった。頭《あたま》がくらくらして吐《は》き気《け》がしたが、立《た》ちあがろうと、くるりと回《まわ》って腹《はら》ばいになり、手《て》とひざをついて体《からだ》を持《も》ちあげた。

光《ひかり》はますます近《ちか》づいてきた。車《くるま》ではない。ルイスは目《め》を細《ほそ》めて見《み》た。白々《しろじろ》とした光《ひかり》が揺《ゆ》れ動《うご》きながら道路全体《どうろぜんたい》をおおいつくし、音《おと》もなくこちらに迫《せま》ってくる。ひょこひょこと上《じょう》下《げ》しているようにも見《み》える。いったいなんだろう？　だが、正体《しょうたい》がわかるまでここで待《ま》っているつもりはない。急《いそ》いで這《は》っていくと、自転車《じてんしゃ》を起《お》こしてすばやくまたがり、ぐっと前《まえ》へ押《お》し出《だ》した。

上《のぼ》り坂《ざか》だったので自転車《じてんしゃ》はぐらぐらしたが、倒《たお》れはしなかった。ルイスは満身《まんしん》の力《ちから》を込《こ》めてペダルを踏《ふ》んだが、スピードはあがらない。タイヤはほとんど動《うご》いていなかった。

そして光《ひかり》がルイスに追《お》いついた。ぶきみな冷《つめ》たい空気《くうき》が波《なみ》のように押《お》し寄《よ》せ、ルイスの歯《は》がカチカチと鳴《な》った。ルイスは目《め》をしばたたいた。気《き》がつくと、骸骨《がいこつ》のようにやせ衰《おとろ》え、目《め》が落《お》ちくぼんだ人間《にんげん》たちに囲《かこ》まれていた。骸骨人間《がいこつにんげん》たちはルイスをつかもうと長《なが》く骨《ほね》ばった指《ゆび》を伸《の》ばし、やせこけたあごをぱかっと開《ひら》いて歓迎《かんげい》の笑《え》みを浮《う》かべた。うしろに引《ひ》きずっている骨《ほね》ばった足《あし》の先《さき》は、地面《じめん》についていなかった。こいつらはみんな幽霊《ゆうれい》なんだ！

「気《き》をつけろ！」幽霊《ゆうれい》のひとりがささやくように言《い》い、骸骨《がいこつ》のような顔《かお》がすぐそばまで迫《せま》ってきた。歯《は》がカチリと鳴《な》り、ルイスはたじろいだ。ルイスは無我夢中《むがむちゅう》で自転車《じてんしゃ》の向《む》きを変《か》えると、一直線《いっちょくせん》に坂《さか》をくだりはじめた。氷《こおり》のような指《ゆび》が顔《かお》をなで、コートをひきむしろうとする。自転車《じてんしゃ》はどんどんスピードを増《ま》した。別《べつ》の幽霊《ゆうれい》がルイスの右腕《みぎうで》にしがみついて、また縁石《えんせき》にぶつけようとぐいっとひっぱった。まるで強風《きょうふう》にあおられたような強《つよ》い力《ちから》を感《かん》じたが、ルイスは倒《たお》れずに踏《ふ》みとどまった。

「あっちへいけ！」ルイスは金切《かなき》り声《ごえ》で叫《さけ》んだ。幽霊《ゆうれい》たちを引《ひ》き離《はな》したが、まだ少《すく》なくとも二人《ふたり》が、ルイスの腕《うで》と、コートの襟《えり》と背中《せなか》をつかんでいる。

「仲間《なかま》になれよ」耳元《みみもと》で邪悪《じゃあく》な声《こえ》がささやいた。「長《なが》い眠《ねむ》りにつくんだ！」

「彼《かれ》のしもべになれ」腕《うで》にしがみついた亡霊《ぼうれい》がささやいた。「抵抗《ていこう》しても無駄《むだ》だぞ」

「墓《はか》のなかは暗《くら》い」もうひとりの幽霊《ゆうれい》が言《い》った。ハロウィーンの夜《よる》の風《かぜ》にさざめく枯葉《かれは》のように、がさがさと乾《かわ》いた声《こえ》だった。「暗《くら》くて、せまくて、静《しず》かだぞ！」

「あきらめろ、あきらめろ」亡霊《ぼうれい》は唱《とな》えた。「彼《かれ》のしもべになれ！」

ぼくはほんとうに死《し》ぬんだ。ルイスは昼間《ひるま》でも出《だ》したことがないようなスピードで坂《さか》をくだっていたけれど、止《と》まったりスピードを落《お》としたりするつもりはなかった。そうしたら最後《さいご》、このおそろしい亡霊《ぼうれい》に捕《つか》まって、仲間《なかま》たちがくるまで押《お》さえつけられるにちがいない。そしてそのあとは……ぼくをどこかへ連《つ》れ去《さ》るつもりだろうか？　墓《はか》に引《ひ》っぱりこむつもりかもしれない。やつらの仲間《なかま》にされてしまうかもしれない。

大通《おおどお》りを飛《と》ぶように過《す》ぎ、いきなり自転車《じてんしゃ》はガタガタと線路《せんろ》を越《こ》えた。ルイスは倒《たお》れそうになった。「やめろ！」幽霊《ゆうれい》のひとりがほえた。そして怒《いか》りでルイスの顔《かお》を引《ひ》き裂《さ》こうとしたが、かぎ爪《づめ》は氷《こおり》のしずくのように肌《はだ》をかすめただけだった。自転車《じてんしゃ》はそのまま、おそろしい霧《きり》のなかにつっこんだ。

「消《き》えちまう！」幽霊《ゆうれい》はキィキィ声《ごえ》で叫《さけ》んだ。「霧《きり》に吸《す》い込《こ》まれちまう……」声《こえ》はどんどん高《たか》くなり、最後《さいご》には蚊《か》の鳴《な》くような音《おと》になっていつまでも響《ひび》き渡《わた》った。だがやがて、それも聞《き》こえなくなった。

ルイスは泣《な》いていた。そして自転車《じてんしゃ》を止《と》めると右足《みぎあし》で支《ささ》えた。胸《むね》は大《おお》きく上下《じょうげ》し、激《はげ》しく動悸《どうき》している。たまたま町《まち》を取《と》り囲《かこ》んでいる霧《きり》につっこんだことで、あのおそろしい亡《ぼう》霊《れい》は消《き》えた。だが、ぼくも迷《まよ》ってしまった？

ルイスは勇気《ゆうき》を奮《ふる》い起《お》こして、自転車《じてんしゃ》から降《お》りると、押《お》して進《すす》みはじめた。霧《きり》はじっとりと冷《つめ》たい巻《ま》きひげをからみつけてきた。なにもかもがどんよりとした闇《やみ》に包《つつ》まれ、まるで広大《こうだい》な無《む》のなかを漂《ただよ》っているようだ。もし戻《もど》れなかったらどうしよう？　この霧《きり》に閉《と》ざされた暗黒《あんこく》の世界《せかい》を死《し》ぬまでさまよいつづける運命《うんめい》なのだろうか？　もしあの生《い》きた石像《せきぞう》のようにおそろしいものが、霧《きり》にまぎれて忍《しの》び寄《よ》ってきたら？

まさにそのとき、前《まえ》のほうにぽつんと赤《あか》い光《ひかり》が見《み》えた。ルイスが自転車《じてんしゃ》を押《お》して線路《せんろ》を渡《わた》ると、真正面《ましょうめん》に信号機《しんごうき》があった。無駄《むだ》に赤《あか》から緑《みどり》へ点滅《てんめつ》している。ルイスはほっとして思《おも》わず大声《おおごえ》で笑《わら》いだしそうになった。町《まち》は眠《ねむ》っている。幽霊《ゆうれい》の姿《すがた》はなかった。

それでもルイスは遠回《とおまわ》りして、懸命《けんめい》に自転車《じてんしゃ》を漕《こ》いでハイ・ストリートのてっぺんまであがった。錬鉄《れんてつ》の門《もん》をくぐるとそのまま自転車《じてんしゃ》を放《ほう》り出《だ》し、転《ころ》がるように石段《いしだん》を駆《か》けあがって玄関《げんかん》に駆《か》けこみ、ばたんとドアを閉《し》める。そして幽霊《ゆうれい》たちが入《はい》ってこないように、ドアを背中《せなか》で押《お》さえるようにして立《た》った。

「ルイス？」ホルツ夫人《ふじん》だった。ホルツ夫人《ふじん》は顔《かお》をしかめて玄関《げんかん》ホールに入《はい》ってきた。

「いったいどうしたんです？」

「たしかに帰《かえ》りが遅《おそ》すぎますね」ホルツ夫人《ふじん》のうしろから滑《なめ》らかな声《こえ》がした。「おじ上《うえ》も、外出禁止《がいしゅつきんし》に賛成《さんせい》するのではありませんか、ハンナ？」

ルイスは気《き》を失《うしな》いかけた。なんとヘンリー・ヴァンダヘルムが、ここにいる！　おじさんの家《いえ》のなかに！　ヴァンダヘルムはホルツ夫人《ふじん》のうしろからやってくると、笑《え》みを浮《う》かべてルイスを見《み》たが、その笑顔《えがお》には親《した》しみのかけらもなかった。

「そうですねえ」ホルツ夫人《ふじん》は考《かんが》えこみながら言《い》った。「たしかにおっしゃるとおりかもしれません。ルイス、かわいそうだけど、わたしに行《い》き先《さき》を教《おし》えないのだったら、おじさんが戻《もど》ってくるまで家《いえ》から出《で》ないようにしてちょうだい」

「おお、そこまで厳《きび》しくしないでやってやってください」ヴァンダヘルムは満足《まんぞく》げに言《い》った。

「公演《こうえん》にはこさせてやってください。それくらいはいいと思《おも》いますよ」

「でも、そのときまでには、バーナヴェルトさんも帰《かえ》ってきますから」ホルツ夫人《ふじん》は言《い》った。

「帰《かえ》るかもしれない。だが、帰《かえ》らないかもしれない。ともかく見《み》るべきものがあるということはお約束《やくそく》できるよ、ルイスくん！　さあ、もうすぐきみが永遠《えいえん》にわたしたちの仲間《なかま》となることはまちがいない――オペラ愛好家《あいこうか》のね」

これ以上《いじょう》、耐《た》えられなかった。ルイスは叫《さけ》びも、逃《に》げもしなかった。気《き》を失《うしな》ったのだ。

第《だい》11章《しょう》　秘密《ひみつ》の歌《うた》

目《め》が覚《さ》めると自分《じぶん》の部屋《へや》だった。静《しず》まり返《かえ》っていて、真《ま》っ暗《くら》だ。ルイスははっと体《からだ》を起《お》こすと、枕《まくら》もとの明《あ》かりをつけた。なにもかもいつもどおりに見《み》えた。ウェストクロックスの時計《とけい》がカチカチと時《とき》を刻《きざ》んでいる。一時《じ》十五分《ふん》だ。それから、暖炉《だんろ》のそばの背《せ》の高い鏡《かがみ》に映《うつ》っている自分《じぶん》の姿《すがた》が目《め》に入《はい》った。金髪《きんぱつ》はぼさぼさで、こちらを見《み》つめ返《かえ》しているまるい顔《かお》は青《あお》ざめ、おびえきっている。ベッドカバーの上《うえ》で、上《うえ》から毛布《もうふ》だけかけられていた。だれかが部屋《へや》まで運《はこ》んで、靴《くつ》だけ脱《ぬ》がせて服《ふく》のままベッドに寝《ね》かせたのだ――ヴァンダヘルムがやったのだろうか？　ルイスは起《お》きあがると、寝室《しんしつ》の鍵《かぎ》をかけ、窓《まど》までいって外《そと》をのぞいた。お向《む》かいのハンチェットさんの家《いえ》が闇《やみ》に包《つつ》まれて眠《ねむ》っているのが見《み》える。丘《おか》の上《うえ》には、貯水塔《ちょすいとう》の影《かげ》がぼんやりと浮《う》かびあがっていた。街灯《がいとう》だけが、ポツンポツンと弱々《よわよわ》しげな黄色《きいろ》の光《ひかり》をまきちらしている。

ルイスは服《ふく》を脱《ぬ》ぐと、またベッドのなかにもぐりこんだ。それから長《なが》いあいだ、毛布《もうふ》の下《した》で縮《ちぢ》こまって震《ふる》えながら、教会《きょうかい》で侍者《じしゃ》をしていたときに覚《おぼ》えたお祈《いの》りを小声《こごえ》で唱《とな》えつづけた。もう眠《ねむ》れないようないやな予感《よかん》がしたけれど、いつしか疲《つか》れてうとうとしていたらしい。夢《ゆめ》のなかで、ルイスはまたあの気味《きみ》の悪《わる》い幽霊《ゆうれい》たちのじっとりとした手《て》にしがみつかれそうになって必死《ひっし》で逃《に》げていた。ようやく目《め》が覚《さ》めたときは、窓《まど》から朝日《あさひ》がふりそそいでいた。ぐったりしてベッドから這《は》い出《で》ようとすると、枕《まくら》の下《した》でなにかカサカサと音《おと》がする。不審《ふしん》に思《おも》って枕《まくら》の下《した》を探《さぐ》ると、折《お》りたたまれた厚《あつ》ぼったい紙切《かみき》れがでてきた。ルイスは開《ひら》いてみた。まるで紙《かみ》に刻《きざ》み込《こ》んだように真《ま》っ黒《くろ》い派手《はで》な文字《もじ》で、メッセージが書《か》いてあった。

少年《しょうねん》よ
無駄《むだ》な抵抗《ていこう》はやめよ。わがしもべはいたるところにいる。大《おお》いなる夜《よる》の前《まえ》にふたたびでかけるようなまねをしたら、おそろしい報《むく》いを受《う》けるであろう。
忠告《ちゅうこく》はしたぞ。

ルイスは震《ふる》えた。むごたらしい運命《うんめい》が自分《じぶん》を待《ま》ち受《う》けている。そしてそれを避《さ》ける手立《てだ》てはないのだ。ルイスのような想像力《そうぞうりょく》を持《も》つ者《もの》にとって〝おそろしい報《むく》い〟といったはっきりしない表現《ひょうげん》は、むしろありとあらゆる痛《いた》みや苦《くる》しみを想像《そうぞう》させた。ルイスは服《ふく》を着《き》ると、震《ふる》える足《あし》でそっと下《した》へおりていった。自分《じぶん》の家《いえ》にいるにもかかわらず、影《かげ》や音《おと》にいちいちびくびくした。恥《は》ずかしいという気持《きも》ちに押《お》しつぶされそうだった。ぼくこそ、世界《せかい》一《いち》の臆病者《おくびょうもの》だ。そう、シャーロック・ホームズを気取《きど》ったり、ローズ・リタとかイギリス人《じん》の友《とも》だちのバーティ・グッドリングみたいにほんとうに勇気《ゆうき》のある人間《にんげん》といっしょにいるときだけ、強《つよ》がってみせるんだ。だけどいざって時《とき》に――未知《みち》のものにひとりで立《た》ち向《む》かわなくちゃいけないときには、こわくてがたがた震《ふる》えてるんだ。

ホルツ夫人《ふじん》はもうでかけていたので、ルイスはひとりでチェリオスのシリアルとトーストを食《た》べた。塊《かたまり》になってのどにつかえたシリアルを、むりやり飲《の》みこむ。これからどうすればいいんだろう？　外《そと》は日《ひ》がさんさんと照《て》っていたけれど、こわくて表《おもて》の庭《にわ》にも出《で》られない。電話《でんわ》をするのさえこわい。ローズ・リタに電話《でんわ》したら、ヴァンダヘルムのしもべは気《き》づいて、襲《おそ》ってくるかもしれない？

ルイスは、屋敷《やしき》がアイザック・アイザードの魔法《まほう》にかけられていたときのことを思《おも》い出《だ》してみた。あのときジョナサンおじさんとツィマーマン夫人《ふじん》とルイスは、ルイスが編《あ》み出《だ》したばかばかしい呪文《じゅもん》を使《つか》って、世《よ》の終《お》わりを告《つ》げる時計《とけい》の隠《かく》し場所《ばしょ》を見《み》つけたのだ。もう一度《いちど》あれをできないだろうか。たしかにジョナサンとツィマーマン夫人《ふじん》はいないから、二人《ふたり》の魔法《まほう》の力《ちから》に頼《たよ》ることはできない。だけど、ツィマーマン夫人《ふじん》は、ニュー・ゼベダイには魔法《まほう》の鉱脈《こうみゃく》があるって言《い》ってたじゃないか。ルイスは歯《は》を食《く》いしばり、やってみるしかないと決意《けつい》した。そして書斎《しょさい》にいくと、ノートと鉛筆《えんぴつ》をひっぱりだし、思《おも》いつくかぎりばかばかしい儀式《ぎしき》をでっちあげようとした。どうなるかはわからないけれど、なにかしらヴァンダヘルムをやっつける手《て》がかりを得《え》られるかもしれない。

十二時二十分前《じにじゅっぷんまえ》に、つめ車装置《ぐるまそうち》で動《うご》く旧式《きゅうしき》のベルの音《おと》が屋敷中《やしきじゅう》にとどろいたとき、ルイスはまだおじさんの机《つくえ》に向《む》かっていた。ルイスはびっくりして跳《と》びあがりそうになった。そして本《ほん》を何冊《なんさつ》かひっつかむと、書《か》いていたノートを隠《かく》して、イスをひき、あわてて玄関《げんかん》にいった。もう一度《いちど》ベルが鳴《な》った。ルイスは勇気《ゆうき》を振《ふ》り絞《しぼ》って、「どなたですか？」とたずねた。すると、聞《き》きなれた声《こえ》が返《かえ》ってきた。「ちょっと、ルイス！　いるの？」

ローズ・リタだった。ルイスはほっとため息《いき》をついて、ドアを開《あ》けた。ローズ・リタはいつものP・F・フライヤーズのテニスシューズと、黒《くろ》いハイソックスと、赤《あか》と緑《みどり》の格子《こうし》縞《じま》のスカートに、パパのミシガン大学《だいがく》のロゴ入《い》りジャケットというかっこうで、立《た》っていた。頭《あたま》にかぶった毛糸《けいと》の緑《みどり》の帽子《ぼうし》を片手《かたて》で押《お》さえている。そのうしろに、厚手《あつで》の灰色《はいいろ》のロングコートを着《き》こみ、毛皮《けがわ》の帽子《ぼうし》をかぶったイェーガー夫人《ふじん》が立《た》っていた。空《そら》は晴《は》れていたけれど、冷《つめ》たい風《かぜ》が吹《ふ》き荒《あ》れている。「やっと出《で》たわね。もう少《すこ》しで吹《ふ》き飛《と》ばされそうだったわよ」ローズ・リタは不機嫌《ふきげん》そうに言《い》うと、ルイスを押《お》しのけてなかに入《はい》った。ルイスは脇《わき》によけてイェーガー夫人《ふじん》を通《とお》し、それからドアを閉《し》めてかぎをかけた。

「ねえ、こんなに風《かぜ》が強《つよ》いんだったら、霧《きり》は……」

「残念《ざんねん》でした」ローズ・リタはコートを脱《ぬ》ぎながら言《い》った。「調《しら》べたのよ。これだけ風《かぜ》が吹《ふ》いていても、びくともせずにカーテンみたいにたれこめてる」

「魔法《まほう》の霧《きり》なのよ」イェーガー夫人《ふじん》は、ルイスにコートを脱《ぬ》ぐのを手伝《てつだ》ってもらいながら言《い》った。「風《かぜ》は霧《きり》を通《とお》りぬけていくの。これっぽちもかき乱《みだ》さないでね」

ローズ・リタはジャケットをかけて、帽子《ぼうし》を棚《たな》の上《うえ》に置《お》いた。「そうね。もし……ちょっと！　どうしてわたしに言《い》わなかったのよ！」ローズ・リタは鏡《かがみ》を指《ゆび》さした。

ルイスは息《いき》を飲《の》んだ。鏡《かがみ》に、ジョナサンおじさんの顔《かお》が映《うつ》っていた。歯《は》を磨《みが》いている。

「おーい！」ルイスは叫《さけ》んで、必死《ひっし》で手《て》を振《ふ》った。「ジョナサンおじさん！」

遅《おそ》かった。ジョナサンおじさんは、こちらからは見《み》えない洗面台《せんめんだい》に向《む》かってぺっと水《みず》を吐《は》き出《だ》すと、うしろを向《む》いた。像《ぞう》はちらちらして薄《うす》れ、鏡《かがみ》はまたただの鏡《かがみ》に戻《もど》ってしまった。

「まあまあ！　ようやくわたしの呪文《じゅもん》が効《き》いたみたいね。あれは、おじさんにちがいないもの」イェーガー夫人が言った。

「どうかな。前《まえ》にもジョナサンおじさんとツィマーマン夫人《ふじん》が映《うつ》ったのを見《み》たことがあるんです」

イェーガー夫人《ふじん》は考《かんが》えこんだ。「なるほど。この鏡《かがみ》がジョナサンの姿《すがた》を見《み》せる方法《ほうほう》をわかっているなら、ちょっと手《て》を加《くわ》えてやれば役《やく》に立《た》つかもしれない」

「手《て》を加《くわ》えるってどんなふうに？」ローズ・リタがたずねた。

「ジョナサンは、向《む》こう側《がわ》で鏡《かがみ》に向《む》かっていたわけでしょ。歯《は》を磨《みが》くときはたいてい鏡《かがみ》を見《み》ているものよ」イェーガー夫人《ふじん》は唇《くちびる》をすぼめて考《かんが》えた。「次《つぎ》は準備《じゅんび》しておける。正《ただ》しい呪文《じゅもん》を使《つか》えば、ジョナサンが鏡《かがみ》をのぞいたときに、同時《どうじ》にこっちの鏡《かがみ》を見《み》ている人《ひと》の姿《すがた》が見《み》えるはずよ。つまり、こちら側《がわ》の人間《にんげん》が集中《しゅうちゅう》して、ジョナサンが見《み》るように一心《いっしん》に願《ねが》うの。ちょっとした呪文《じゅもん》をかけてみるから。ルイス、あなたは気《き》をつけてこの鏡《かがみ》を見張《みは》っていてちょうだい」

「わかった。一瞬《いっしゅん》の差《さ》で会《あ》いそこねたなんて」ルイスはみじめな調子《ちょうし》で答《こた》えた。

「よくあることよ。魔法《まほう》っていうのは、予測《よそく》がつかなくて油断《ゆだん》ならないものなの。ほんとうよ。ところで、金魚《きんぎょ》はとても元気《げんき》よ」イェーガー夫人《ふじん》はまたしばらく考《かんが》えてから、呪文《じゅもん》を唱《とな》えて、スプーンを振《ふ》った。「たぶんこれでいいと思《おも》う」

「どっちにしろ、きてくださってよかった」それからルイスはやろうとしていたことを手《て》短《みじか》に説明《せつめい》した。イェーガー夫人《ふじん》はうなずきながら、ルイスの話《はな》したことを慎重《しんちょう》に考《かんが》えているようすだった。「だから、もしこれがうまくいけば、どうすればヴァンダヘルムの魔法《まほう》を破《やぶ》ることができるか、はっきりしてくると思《おも》うんです」

「ずいぶんへんなやりかたね」ローズ・リタは言《い》った。そしてルイスがしゅんとしたのを見《み》て、ニッと笑《わら》った。「そんなこと関係《かんけい》ないわよ。そもそもすべてがへんなんだから。だからうまくいくかもしれない。やってみよう」

ルイスは書斎《しょさい》にいって、紙《かみ》を取《と》ってきた。読《よ》んでいるイェーガー夫人《ふじん》の唇《くちびる》に、笑《わら》いが見《み》え隠《かく》れした。それからローズ・リタに紙《かみ》を渡《わた》した。ローズ・リタは声《こえ》をだしてくすくすと笑《わら》った。「すごい。ばかみたいに見《み》えるよ、きっと！　やってみよう。ここでやってもいい？　そうしたら鏡《かがみ》も見張《みは》っていられるし」

「もちろん。だいたい、呪文《じゅもん》はジョナサンおじさんと連絡《れんらく》するためのものかもしれないんだ。やってみるまではわからないけどね」そして、ルイスは材料《ざいりょう》を集《あつ》めに走《はし》っていった。

数分《すうふん》で用意《ようい》は完了《かんりょう》した。ルイスは折《お》りたたみ式《しき》の小《しょう》テーブルを広《ひろ》げて、イスを三脚《きゃく》もってきた。三人《にん》とも、相手《あいて》の顔《かお》を見《み》て笑《わら》わずにはいられなかった。ルイスはポスターカラーを使《つか》って顔半分《かおはんぶん》を緑色《みどりいろ》に、残《のこ》りの半分《はんぶん》を黄色《きいろ》に塗《ぬ》っていた。いつもの服《ふく》の上《うえ》からおじさんのパジャマを着《き》て、派手《はで》なオレンジ色《いろ》のテントのようにひらひらさせている。ローズ・リタは髪《かみ》を二本《ほん》のおさげに編《あ》んで、アンテナみたいに立《た》てていた。パパのジャケットを裏返《うらがえ》しにして、帽子《ぼうし》を左足《ひだりあし》にかぶせ、左足《ひだりあし》の靴《くつ》は左《ひだり》の手《て》にはいている。イェーガー夫人《ふじん》は顔《かお》に小麦粉《こむぎこ》をはたき、口紅《くちべに》で鼻《はな》をピエロのように真《ま》っ赤《か》に塗《ぬ》っている。魔法《まほう》のスプーンは黒《くろ》いひもにつけて、ネックレスの代《か》わりにぶらさげていた。三人《にん》は手《て》と手《て》を握《にぎ》り合《あ》ってテーブルについた。

「それから？　霊《れい》と交流《こうりゅう》するの？　それともハロウィーンみたいにお菓子《かし》をねだりにいくのかしら？」イェーガー夫人《ふじん》は聞《き》いた。

「ううん。なにか助《たす》けになるしるしが現《あらわ》れるまで、秘密《ひみつ》の歌《うた》を歌《うた》うんだ」

「どんな歌《うた》？」ローズ・リタがたずねた。

「《さあ、舟《ふね》を漕《こ》ごう》だよ」ルイスはローズ・リタに言《い》った。「ただし、終《お》わりがないように歌《うた》うんだ。最初《さいしょ》から歌《うた》って、それが終《お》わったら今度《こんど》は逆向《ぎゃくむ》きに歌《うた》うんだよ！」

うまく歌《うた》えるようになるまで何度《なんど》か練習《れんしゅう》しなければならなかったけれど、最後《さいご》には三人《にん》とも、どちらの向《む》きもうまく歌《うた》えるようになった。ローズ・リタはまずまずのソプラノで、イェーガー夫人《ふじん》はちょっとはずれたアルト、ルイスはなんとかバリトンを歌《うた》った。一度《いちど》もまちがえずに三周目《しゅうめ》にきたとき、あることが起《お》こった。ルイスが逆《さか》さ向《む》きに「流《なが》れを下《くだ》れ、ゆっくり、舟《ふね》を、あなたの、漕《こ》ごう」と歌《うた》い終《お》わったそのとき、屋敷中《やしきじゅう》の時計《とけい》が同時《どうじ》に十三時《じ》を打《う》ったのだ。

ものすごい音《おと》だった。かつて、この館《やかた》には世《よ》の終《お》わりを告《つ》げる時計《とけい》の音《おと》を消《け》すためにたくさんの時計《とけい》があったが、そのときほどではないにしろ、ジョナサンはまだ、大《おお》きな振《ふ》り子時計《こどけい》からルイスの枕《まくら》もとにあるウェストクロックスまで十以上《いじょう》の時計《とけい》を持《も》っていた。その時計《とけい》が、ふだんは音《おと》を出《だ》さないものまで、いっせいに鳴《な》りだしたのだ。そして最後《さいご》の音《おと》が鳴《な》り終《お》わったとき、帽子《ぼうし》かけの鏡《かがみ》がぱっとひらめいた。

鏡《かがみ》はしばらくちかちか光《ひか》って、薄《うす》い青《あお》や白《しろ》やばら色《いろ》の閃光《せんこう》を放《はな》っていた。それから光《ひかり》が揺《ゆ》らめいて、テレビのような白黒《しろくろ》の画面《がめん》が現《あらわ》れた。まじめそうな男《おとこ》の人《ひと》が机《つくえ》に座《すわ》って、紙《かみ》を読《よ》みあげている。背《せ》の高《たか》い先《さき》の尖《とが》った帽子《ぼうし》に月《つき》や星《ほし》や惑星《わくせい》が輝《かがや》き、白《しろ》いひげは長《なが》く伸《の》びている。「魔法《まほう》の世界《せかい》のみなさん、こんにちは」男《おとこ》の人《ひと》は太《ふと》い声《こえ》で言《い》った。「世界魔法《せかいまほう》ニュースの時間《じかん》です。まず、ミシガン州《しゅう》ニュー・ゼベダイのニュースです。明日《あす》の夜《よる》、ヘンリー・ヴァンダヘルムが、魔法《まほう》にかけられた町《まち》の人《ひと》たちに魔法《まほう》の呪文《じゅもん》を歌《うた》わせ、死者《ししゃ》たちの王《おう》になろうとしています。このおそろしい惨事《さんじ》を食《く》い止《と》めることができるのは、真相《しんそう》を知《し》る者《もの》だけです。ヘンリー・ヴァンダヘルムの正体《しょうたい》を暴《あば》くことができるでしょう。ただし、とても危険《きけん》です！　どうか視聴者《しちょうしゃ》の皆《みな》さんも、よく考《かんが》えてみてください」そして鏡《かがみ》は暗《くら》くなった。

三人《にん》は座《すわ》ったまま、顔《かお》を見合《みあ》わせた。「たしかに、ツナサンドイッチが骨折《こっせつ》に効《き》く程度《ていど》には、役《やく》に立《た》ったわね」ローズ・リタはぶつぶつ言《い》った。

「大丈夫《だいじょうぶ》、本当《ほんとう》に役《やく》に立《た》ったわよ。これでわたしたちは、ヴァンダヘルムがいつ行動《こうどう》を起《お》こすかわかったんだから。とめることができるかもしれない。少《すく》なくとも、遅《おく》らせることはできるはず」イエーガー夫人《ふじん》が小《ちい》さな声《こえ》で言《い》った。

「遅《おく》らせる、か」ルイスは繰《く》り返《かえ》した。「それならできるかもしれない。劇場《げきじょう》になにか細《さい》工《く》することはできないかな？」

「たとえば？」ローズ・リタが、懸命《けんめい》に裏表《うらおもて》のジャケットを脱《ぬ》ごうとしながら聞《き》いた。

「火《ひ》をつけるとか？」

「まさか。だけど、もしスプリンクラー消火装置《しょうかそうち》が作動《さどう》したら？　それとか、楽器《がっき》が壊《こわ》されたら？　少《すこ》しは時間《じかん》をかせげる」

「やってみる価値《かち》はあるわね」ローズ・リタはゆっくりと言《い》った。「だけど、いつできる？」

「今夜《こんや》よ。リハーサルが終《お》わったあと」イェーガー夫人《ふじん》が言《い》った。

ルイスは恐怖《きょうふ》に震《ふる》えた。ルイスはよく考《かん》がえもせずに、自分《じぶん》の計画《けいかく》を口《くち》にしていた。今《いま》になってあの気味《きみ》の悪《わる》い真《ま》っ暗《くら》な劇場《げきじょう》に入《はい》っていくことを思《おも》うと、めまいがして気分《きぶん》が悪《わる》くなった。それだけはしたくない。

でも、やるしかなかった。

第《だい》12章《しょう》　舞台裏《ぶたいうら》

ジョナサン・バーナヴェルトがちょうど歯《は》を磨《みが》き終《お》わったとき、ツィマーマン夫人《ふじん》が部《へ》屋《や》から呼《よ》ぶ声《こえ》が聞《き》こえた。廊下《ろうか》に出《で》ると。部屋《へや》のドアが開《ひら》いている。ツィマーマン夫人《ふじん》は窓辺《まどべ》に座《すわ》って、紫《むらさき》のマフラーを編《あ》みながら、ラジオで全国《ぜんこく》のニュースを聴《き》いていた。外《そと》には、太陽《たいよう》の国《くに》フロリダの雲《くも》ひとつない真《ま》っ青《さお》な空《そら》が広《ひろ》がっていたけれど、ツィマーマン夫人《ふじん》は眉《まゆ》をひそめていた。「いったいなんだい。鬼《おに》ばあさん？」ジョナサンはからかうような調子《ちょうし》で言《い》った。「もしかして……」

ツィマーマン夫人《ふじん》は顔《かお》をしかめてジョナサンにシッと言《い》った。「聞《き》いてちょうだい。コマーシャルにいく前《まえ》、アナウンサーが次《つぎ》はニュー・ゼベダイのニュースです、って言《い》ったんです」

ラジオからは、イパナの歯磨《はみが》き粉《こ》のコマーシャルソングの最後《さいご》のところが流《なが》れていた。

それが終《お》わると、またニュースが始《はじ》まった。

愛想《あいそ》のいい明《あか》るい声《こえ》がニュースを読《よ》みあげた。「ミシガン州《しゅう》のある小《ちい》さな町《まち》を見《み》つけたという方《かた》はいらっしゃいますか？　というのも、アメリカの郵便局《ゆうびんきょく》をはじめ、その町《まち》を探《さが》している人《ひと》たちがいます。郵便局《ゆうびんきょく》によれば、ここ数日《すうじつ》というもの、配達用《はいたつよう》トラックはニュー・ゼベダイという町《まち》を探《さが》しまわっています。地元《じもと》の農家《のうか》からも、同《おな》じようにニュー・ゼベダイにいけないという声《こえ》があがっています。農家《のうか》の人《ひと》たちによれば、季節外《きせつはず》れの霧《きり》のせいだということです。みなさんも気《き》をつけてください。なにしろ、郵便局《ゆうびんきょく》が町《まち》をまるごと見失《みうしな》ってしまうなら、税金《ぜいきん》の払《はら》い戻《もど》し小切手《こぎって》をなくすのなんてあっという間《ま》かもしれません！」

アナウンサーは次《つぎ》のニュースを読《よ》みはじめた。ツィマーマン夫人《ふじん》は編《あ》み物《もの》を置《お》くと、ラジオのスイッチを切《き》った。「そろそろ帰《かえ》ったほうがよさそうね」

今度《こんど》はジョナサンも、ツィマーマン夫人《ふじん》をからかったりしなかった。ジョナサンはうなずいた。「空港《くうこう》に電話《でんわ》してみる。荷物《にもつ》をまとめておいてくれ。いちばん初《はじ》めに乗《の》れる飛行《ひこう》機《き》でデトロイトへ飛《と》ぼう」

「ジョナサン?」ツィマーマン夫人《ふじん》は呼《よ》びかけた。

「なんだね、フローレンス?」

「子《こ》どもたちはだいじょうぶですよね?」

「今《いま》から電話《でんわ》する」ジョナサンは急《いそ》いで出《で》ていった。ジョナサンとツィマーマン夫人《ふじん》はすでにルキウス・ミクルベリーの財産《ざいさん》の整理《せいり》をすませ、二日以内《ふつかいない》には戻《もど》る予定《よてい》でいた。ミクルベリーの魔法《まほう》の本《ほん》や護符《ごふ》のコレクションは三つの木箱《きばこ》に納《おさ》められ、船便《ふなびん》でニュー・ゼベダイに送《おく》られることになっている。ジョナサンは長距離電話《ちょうきょりでんわ》を申《もう》し込《こ》んだけれど、ニュー・ゼベダイへの回線《かいせん》はここ数日《すうじつ》つながっていないと言《い》われた。それから空港《くうこう》へ電話《でんわ》し、さらに航空会社《こうくうがいしゃ》に電話《でんわ》をし、急《いそ》いでツィマーマン夫人《ふじん》の部屋《へや》に戻《もど》った。

ツィマーマン夫人《ふじん》はブラインドを下《お》ろして、カーテンを閉《し》め、黒《くろ》い傘《かさ》を握《にぎ》りしめた。柄《え》についている、ゴルフボールくらいの大《おお》きさのクリスタルの握《にぎ》り玉《だま》が紫色《むらさきいろ》に光《ひか》っている。光《ひかり》は脈打《みゃくう》つように絶《た》えず強《つよ》さを変《か》え、不思議《ふしぎ》な模様《もよう》が壁《かべ》やツィマーマン夫人《ふじん》の顔《かお》の上《うえ》を飛《と》び交《か》った。まるで、水中《すいちゅう》メガネ越《ご》しに、水《みず》のなかでちらちらと揺《ゆ》れ動《うご》く光《ひかり》を見《み》ているようだ。ツィマーマン夫人《ふじん》はため息《いき》をつき、ちらちらと輝《かがや》く光《ひかり》は薄《うす》れていった。

「なにかわかったかい？」ツィマーマン夫人《ふじん》が立《た》ちあがって、カーテンとブラインドを開《あ》けると、ジョナサンは聞《き》いた。

「なにも。ほんとうに心配《しんぱい》になってきたわ。このクリスタルを水晶玉《すいしょうだま》にして占《うらな》うことはあまりないのだけれど、そのときはけっして失敗《しっぱい》することはないんです。ここにニュー・ゼベダイが映《うつ》らないということは、町《まち》にはなにか魔法《まほう》の壁《かべ》がめぐらされているにちがいない」ツィマーマン夫人《ふじん》は洋服《ようふく》ダンスを開《あ》けて、大《おお》きなスーツケースを取《と》り出《だ》し、ベッドの上《うえ》に投《な》げ出《だ》した。そしてスーツケースを開《あ》けると、引《ひ》き出《だ》しから服《ふく》を取《と》り出《だ》してつめはじめた。「そちらはなにかわかった？」

「たいしてわからん」ジョナサンは言《い》って、回線《かいせん》がつながらなかったことを話《はな》した。

「いやな予感《よかん》がする。空港《くうこう》には電話《でんわ》した？」ツィマーマン夫人《ふじん》は聞《き》いた。

「今日《きょう》の最終便《さいしゅうびん》がちょうどいっちまったところだった。明日《あす》の朝《あさ》八時《じ》の便《びん》がアトランタとルーイヴィルとデトロイトに降《お》りる。午後《ごご》四時《じ》にはデトロイトに着《つ》くから、明日《あす》の夜《よる》にはニュー・ゼベダイに戻《もど》れるだろう」

ツィマーマン夫人《ふじん》は、たたんだ紫《むらさき》のセーターをスーツケースにしまうと、ジョナサンを見《み》たが、その目《め》は恐怖《きょうふ》に満《み》ちていた。「なにが起《お》こっているのかしら？」
ジョナサンはただ身震《みぶる》いした。

その同《おな》じ夜《よる》、ローズ・リタとルイスは〈ファーマーズ飼料《しりょう》・種子販売《しゅしはんばい》〉の店《みせ》を入《はい》ったところに、窮屈《きゅうくつ》な思《おも》いをしながらしゃがみこんでいた。イエーガー夫人《ふじん》は、家《いえ》でヴァンダヘルムの計画《けいかく》を阻止《そし》するか遅《おく》らせるような魔法《まほう》の呪文《じゅもん》を考《かんが》え、ルイスとローズ・リタは劇場《げきじょう》にいって、なにか邪魔《じゃま》できることはないか探《さが》すことになっていた。寒《さむ》い戸口《とぐち》に肩《かた》を寄《よ》せ合《あ》って座《すわ》っていると、遠《とお》くから音楽《おんがく》と、合唱《がっしょう》の声《こえ》が聞《き》こえてきた。しょっちゅう中断《ちゅうだん》されて、長《なが》い沈黙《ちんもく》がはさまる。一度《いちど》、音楽《おんがく》が途切《とぎ》れたとき、ローズ・リタは「ヴァンダヘルムが説明《せつめい》しているんじゃない？」とささやいたが、ルイスは返事《へんじ》をしなかった。
十時《じ》くらいになってようやく、出演者《しゅつえんしゃ》たちは三々五々《さんさんごご》に帰《かえ》っていった。鼻歌《はなうた》を歌《うた》っている人《ひと》もいれば、おしゃべりしている人《ひと》たちや黙《だま》りこくっている人《ひと》もいる。ホルツ夫人《ふじん》とローズ・リタのママも出《で》てきた。出《で》てくる人《ひと》がいなくなると、二人《ふたり》は隠《かく》れ場所《ばしょ》からそっと這《は》い出《だ》し、ローズ・リタが試《ため》しにドアのノブを回《まわ》した。「鍵《かぎ》はかかってない。いくわよ」

階段《かいだん》のてっぺんに、ぼんやりとした光《ひかり》が見《み》えた。ルイスはローズ・リタのうしろを歩《ある》きながら、どくどくと脈《みゃく》が打《う》つのを感《かん》じた。塗《ぬ》ったばかりのペンキの臭《にお》いがぷんぷんしている。入《い》り口《ぐち》のホールに入《はい》ると、ルイスはその変《か》わりように息《いき》を飲《の》んだ。天井《てんじょう》の照明《しょうめい》が輝《かがや》き、新《あたら》しくペンキを塗《ぬ》った壁《かべ》や、丸洗《まるあら》いしたふかふかの赤《あか》いじゅうたんを照《て》らしている。なかはすべて片付《かたづ》けられ、初《はじ》めてきたときのような荒《あ》れ果《は》てておぞましい雰囲気《ふんいき》はほとんどなくなっていた。ローズ・リタは足早《あしばや》に観客席《かんきゃくせき》へ入《はい》っていった。「こっちは真《ま》っ暗《くら》よ」ローズ・リタは報告《ほうこく》した。「明《あ》かりがないか探《さが》してみよう」

しばらく探《さが》しまわってから、ルイスがクロークにいってみようと言《い》った。ドアを入《はい》ると、小部屋《こべや》があって、暗《くら》い観客席《かんきゃくせき》に面《めん》した窓《まど》がある。薄暗《うすぐら》い電球《でんきゅう》がひとつぽつんとついて、スイッチだらけのコントロールパネルを照《て》らしていた。「ここが照明室《しょうめいしつ》だな。だけど、どのスイッチだろう?」

「ぜんぶつけてみれば?」ローズ・リタは言《い》った。そして、いちばん近《ちか》くのスイッチに手《て》を伸《の》ばして、ぐいと下《お》ろした。ぱっとばら色《いろ》の照明《しょうめい》がついて、舞台《ぶたい》の右側《みぎがわ》を照《て》らし出《だ》した。

ルイスもいくつかスイッチを入《い》れてみた。次々《つぎつぎ》と舞台照明《ぶたいしょうめい》がついた。最後《さいご》にルイスは左《ひだり》側《がわ》に大《おお》きなスイッチがあるのに気《き》づいた。下《した》に〝客席《きゃくせき》〟と書《か》いたラベルが貼《は》ってある。そのスイッチを入《い》れると、観客席《かんきゃくせき》の高《たか》い天井《てんじょう》についているシャンデリアがついて、修理《しゅうり》してきれいになった座席《ざせき》が光《ひかり》の中《なか》に浮《う》かびあがった。「よかった。じゃあ、見《み》にいくわよ」ローズ・リタが言《い》った。

二人《ふたり》は、がらんとした広《ひろ》い観客席《かんきゃくせき》に入《はい》っていった。ルイスは恐怖《きょうふ》と嫌悪感《けんおかん》で、体《からだ》がむずむずした。観客席《かんきゃくせき》はきれいで清潔《せいけつ》だったけれど、まるでだれかが二人《ふたり》の一挙一動《いっきょいちどう》を見張《みは》っているような、いやな雰囲気《ふんいき》が漂《ただよ》っていた。とつぜん、ルイスはあることを思《おも》い出《だ》した。

「ねえ」ルイスはかすれた声《こえ》でささやいた。「やつを見《み》た？」

「だれを？」ローズ・リタはいらいらしたように聞《き》き返《かえ》した。二人《ふたり》は舞台《ぶたい》まできていた。舞台《ぶたい》の上《うえ》には、小《ちい》さな町《まち》の風景《ふうけい》を描《えが》いた幕《まく》がさがっている。下《した》のオーケストラボックスで、金管楽器《きんかんがっき》がきらりと光《ひか》った。驚《おどろ》いたことに、ボックスの床《ゆか》に楽譜《がくふ》が散乱《さんらん》している。まるで演奏家《えんそうか》たちが、リハーサルが終《お》わると楽譜《がくふ》を無造作《むぞうさ》に投《な》げ捨《す》てたようだ。「だれのことよ？」ローズ・リタはまわりを見回《みまわ》しながらもう一度《いちど》聞《き》いた。「だれのことを言《い》ってるの？」

「ヴァンダヘルムだよ。町《まち》の半分《はんぶん》の人《ひと》たちが出《で》てきたけど、ヴァンダヘルムがいたかどうか気《き》づかなかった。ローズ・リタは？」

「あのなかにいたんでしょ」ローズ・リタは肩《かた》をすくめた。「ねえ、いいことを思《おも》いついた。この楽譜《がくふ》をぜんぶ拾《ひろ》い集《あつ》めて、燃《も》やしたらどう？　楽譜《がくふ》なしにオペラを上演《じょうえん》できるかどうか、見《み》てやりたいわ！」

ルイスはためらった。この前《まえ》、オーケストラボックスにおりたときのことが忘《わす》れられなかったからだ。けれども、ローズ・リタはすでに階段《かいだん》をおりはじめていたから、ルイスは歯《は》を食《く》いしばってあとに続《つづ》いた。「この場所《ばしょ》はいやなんだ」ルイスはささやいた。

ローズ・リタは手《て》を腰《こし》にあてた。「いい？　すぐ出《で》るんだから。ひどい散《ち》らかりよう！ちょっと、手伝《てつだ》ってよ」ローズ・リタはかがんで楽譜《がくふ》をつかもうとした。ルイスもいっしょにかがんだ。

シュウウウ！　どこからともなく風《かぜ》が起《お》こり、ローズ・リタが驚《おどろ》いて悲鳴《ひめい》をあげた。ルイスはうしろへ飛《と》びのいたが、そのひょうしに階段《かいだん》につまずいて、下《した》から二段目《だんめ》に勢《いきお》いよくしりもちをついてしまった。あとずさりするローズ・リタの長《なが》い髪《かみ》の毛《け》を、風《かぜ》が舞《ま》いあげた。楽譜《がくふ》が飛《と》び散《ち》り、大量《たいりょう》の紙《かみ》が風《かぜ》にクルクルと舞《ま》う。バサバサと音《おと》をたててはためきながら、楽譜《がくふ》はものすごい勢《いきお》いで渦《うず》を巻《ま》いて人間《にんげん》くらいある円錐形《えんすいけい》になった。「逃《に》げるわよ」ローズ・リタが叫《さけ》んで、ルイスをひっぱって立《た》たせた。

ローズ・リタは、よろめくルイスをうしろむきのままひっぱって階段《かいだん》をかけあがった。ルイスは、その信《しん》じられないような光景《こうけい》から目《め》を離《はな》すことができなかった。風《かぜ》に舞《ま》いあげられた楽譜《がくふ》はさらに集《あつ》まって、人間《にんげん》の形《かたち》をとりはじめた。そして次《つぎ》の瞬間《しゅんかん》、ほんとうに人間《にんげん》に——紙《かみ》でできた人間《にんげん》になった。紙《かみ》のマントがたなびき、長《なが》い紙《かみ》の腕《うで》が伸《の》びてきて、なにもない紙《かみ》の顔《かお》が見《み》えない目《め》でルイスを見《み》た。ルイスは目《め》を疑《うたが》った。紙《かみ》の足《あし》がガサガサと鳴《な》り、紙《かみ》の幽霊《ゆうれい》が一歩前《いっぽまえ》に出《で》たのだ。すると、音符《おんぷ》を記《しる》したインクが流《なが》れるように合《あ》わさって、白《しろ》と黒《くろ》の模様《もよう》を作《つく》り出《だ》した。そして模様《もよう》は、ヴァンダヘルムになった。黒《くろ》い目《め》がぎらりと光《ひか》り、黒《くろ》い唇《くちびる》にあざけるような笑《わら》いが浮《う》かんで、筒状《つつじょう》の腕《うで》の先《さき》にもインクが流《なが》れこみ、長《なが》い指《ゆび》となる。もう一歩進《ぽすす》むと、色《いろ》が現《あらわ》れ、唇《くちびる》が動《うご》いてヴァンダヘルムの声《こえ》が響《ひび》き渡《わた》った。「ばかな子《こ》どもめ！　警告《けいこく》は一度《いちど》だ。二度目《にどめ》はない！」

ルイスはやみくもに腕《うで》を振《ふ》り回《まわ》したが、幽霊《ゆうれい》のがっしりとした手《て》につかまれた。階段《かいだん》の上《うえ》からローズ・リタがルイスの肩《かた》をひっぱって、観客席《かんきゃくせき》にひきあげようとしたが、ヴァンダヘルム、もしくはヴァンダヘルムに似《に》たものは、それよりも強《つよ》い力《ちから》でひっぱった。ルイスは下《した》に引《ひ》きずり込《こ》まれるのを感《かん》じた。「逃《に》げるんだ、ローズ・リタ！」ルイスは声《こえ》を振《ふ》り絞《しぼ》って叫《さけ》んだ。万力《まんりき》のような手《て》に押《お》さえつけられ、ルイスは気《き》が遠《とお》くなった。ローズ・リタの声《こえ》が、まるで遠《とお》くから響《ひび》いてくるように聞《き》こえた。「助《たす》けを呼《よ》んでくる！」

幽霊《ゆうれい》の手《て》が、ルイスを地面《じめん》から持《も》ちあげた。ヴァンダヘルムの姿《すがた》をした幽霊《ゆうれい》は信《しん》じられないほど怪力《かいりき》だった。ルイスはまるでぬいぐるみのようにぶらさげられ、恐怖《きょうふ》そのもののために死《し》ぬ、と思《おも》った。

冷酷《れいこく》な目《め》がルイスの目《め》をのぞきこんだ。「儀式《ぎしき》が完成《かんせい》するまで血《ち》を流《なが》すわけにはいかん」ヴァンダヘルムはぶつぶつと言《い》った。「もう少《すこ》し生《い》かしておいてやる。それまでのあいだ、どうするかな？」ヴァンダヘルムは一瞬黙《いっしゅんだま》り、それからずるがしこい笑《え》みを浮《う》かべた。「そうだ、それがいい。あの男《おとこ》も発見《はっけん》されなかったからな。あのとき、わが主人《しゅじん》がうまく隠《かく》したのだ。やつも、おまえのような厄介者《やっかいもの》だったな。そうだ、それがいちばんいい」

ヴァンダヘルムに抱《かか》えられ、ルイスはあえいだ。ヴァンダヘルムは階段《かいだん》をのぼって観客《かんきゃく》席《せき》から舞台裏《ぶたいうら》へまわったが、そこはわずかな光《ひかり》が漏《も》れているだけで重苦《おもくる》しい闇《やみ》に包《つつ》まれていた。「さて、わが若《わか》き友人《ゆうじん》も興味《きょうみ》を持《も》つかも知《し》れんぞ。この舞台裏《ぶたいうら》には、跳《は》ね上《あ》げ戸《ど》があるのだ。その下《した》は小《ちい》さな穴蔵《あなぐら》になっていて、完璧《かんぺき》な防音装置《ぼうおんそうち》がほどこされている。明日《あす》の晩《ばん》の演奏《えんそう》を聴《き》くことはできなくなってしまったな。残念《ざんねん》なことだ。だが、観客席《かんきゃくせき》の人間《にんげん》にもおまえの悲鳴《ひめい》は聞《き》こえない！」幽霊《ゆうれい》は前《まえ》にかがむと、床板《ゆかいた》の節穴《ふしあな》のようなもののなかに指《ゆび》をすべりこませた。そしてぐいっとひいて、跳《は》ね上《あ》げ戸《ど》を持《も》ちあげた。「短《みじか》いあいだだが、せいぜい楽《たの》しんでくるんだな！」ヴァンダヘルムの声《こえ》が響《ひび》き、ルイスはかんだかい悲鳴《ひめい》をあげながら穴《あな》に転《ころ》がり落《お》ちた。

ルイスは床《ゆか》にたたきつけられ、一瞬息《いっしゅんいき》がとまった。大《おお》きく胸《むね》を波打《なみう》たせながらよろよろと立《た》ちあがると、頭上《ずじょう》に二本《にほん》の足《あし》が見《み》えた。そしてぼんやりと長方形《ちょうほうけい》に見《み》える光《ひかり》がだんだんと狭《せば》まり、跳《は》ね上《あ》げ戸《ど》がさがってきた。ルイスははっと息《いき》を飲《の》んで、夢中《むちゅう》で首《くび》のマフラーをはずし、閉《し》まりかけた戸《と》に向《む》かって投《な》げあげた。ぐっとひっぱると、マフラーはうまくひっかかっていた。はしが跳《は》ね上《あ》げ戸《ど》からはみ出《で》ているはずだ。ヴァンダヘルムに気《き》づかれるだろうか？

しばらく待《ま》って、ルイスは気《き》づかれなかったと判断《はんだん》した。けれども、だれかが探《さが》しにこなければ、なんの役《やく》にも立《た》たない。ローズ・リタかイェーガー夫人《ふじん》が……ルイスは願《ねが》った。こういうことを、ツィマーマン夫人《ふじん》はいつも「むなしい望《のぞ》み」と呼《よ》んでいた。今《いま》になって、ルイスはツィマーマン夫人《ふじん》の言《い》っていた意味《いみ》を理解《りかい》した。

穴《あな》にはカビくさい空気《くうき》がこもり、完全《かんぜん》な暗闇《くらやみ》だった。ルイスはまわりを探《さぐ》ってみた。ざらざらしたレンガでできた井戸《いど》のような場所《ばしょ》にいるらしい。広《ひろ》さは一・二メートル四方《しほう》くらい、深《ふか》さは二・五メートルほどありそうだ。すり足《あし》で進《すす》んでいくと、なにかに足《あし》をひっかけた。カランと鈍《にぶ》い音《おと》がした。

ルイスはそろそろとかがんで手探《てさぐ》りで穴《あな》の隅《すみ》を探《さぐ》った。すると、割《わ》れた陶器《とうき》のかけらのようなものに手《て》が触《ふ》れ、ガタッと音《おと》をたてた。指《ゆび》で表面《ひょうめん》のカーブをなぞると、ひんやりしてすべすべしている。固《かた》くてまるいボールのようだ。それから指《ゆび》が歯《は》に触《ふ》れた。

ルイスは恐怖《きょうふ》で悲鳴《ひめい》をあげた。どこからあの幽霊《ゆうれい》が出《で》てきたか、ようやくわかったのだ。ルイスがいるのは、あのモーディカイ・フィンスターが最期《さいご》を迎《むか》えた場所《ばしょ》だった。

第《だい》13章《しょう》　暗《くら》い穴《あな》のなかで

ローズ・リタがぜいぜいしながら劇場《げきじょう》でなにがあったかを話《はな》すと、イェーガー夫人《ふじん》は気《き》を失《うしな》いそうになった。「まあまあ！　たいへんだわ」イェーガー夫人《ふじん》はつぶやいた。

「どうしたらいいですか？」ローズ・リタは聞《き》いた。二人《ふたり》はイェーガー夫人《ふじん》の家《いえ》の台所《だいどころ》で、熱《あつ》いココアを飲《の》んでいた。もう十一時前《じまえ》で、月《つき》のない暗《くら》い夜空《よぞら》に、星《ほし》だけが瞬《またた》いていた。とっくに寝《ね》る時間《じかん》は過《す》ぎていたけれど、ローズ・リタは家《いえ》に帰《かえ》るのがこわかった。ママはヴァンダヘルムの魔法《まほう》にかけられているから、なにも知《し》らずにあのおそろしい男《おとこ》を家《いえ》に連《つ》れてきてしまうかもしれない。あの邪悪《じゃあく》な音楽家《おんがくか》は、劇場《げきじょう》にルイスといっしょにいたのは自分《じぶん》だと気《き》づいたにちがいない。あいつに捕《つか》まったらなにをされるかわからない。それを言《い》うなら、今《いま》ごろルイスはどんな目《め》にあっているだろう。「お願《ねが》い、いっしょに考《かんが》えてください、イェーガー夫人《ふじん》。なんとかしなくちゃ」ローズ・リタは必死《ひっし》にたのんだ。

「もちろんよ」イェーガー夫人《ふじん》は不安《ふあん》げに眉《まゆ》をひそめて言《い》った。「ええと、まず警察《けいさつ》を呼《よ》ぶことはできない。じっさいおまわりさんのなかにはあのオペラに参加《さんか》している人《ひと》もいて、ヴァンダヘルムの魔法《まほう》にかかっているから。第二《だい》に、今夜《こんや》あの劇場《げきじょう》にいくことはできない。なぜならヴァンダヘルム……だれであれ、あのおそろしい男《おとこ》が見張《みは》っているにちがいないからね。それにもうすぐ妖術《ようじゅつ》の時間《じかん》よ。邪悪《じゃあく》な力《ちから》がいちばん強《つよ》くなるときなの。わたしの魔法《まほう》がどんなに弱《よわ》いかは知《し》っているでしょう。そう、ヴァンダヘルムがわたしの存在《そんざい》に気《き》づいていない以上《いじょう》、ここにいれば安全《あんぜん》なはずよ。わたしやわたしの家《いえ》を消《け》さなかったってことは、つまり、わたしのことを知《し》らなかったのだと思《おも》うの。でも、ただここでぐずぐずしているわけにもいかない。できれば……」

ローズ・リタはもどかしさのあまりうめいた。ローズ・リタはすぐ決《き》めてすぐ行動《こうどう》に移《うつ》すツィマーマン夫人《ふじん》のやり方《かた》に慣《な》れていた。イェーガー夫人《ふじん》のひとつひとつ入念《にゅうねん》に考《かんが》えていく方法《ほうほう》は、即行動《そくこうどう》を起《お》こすのが好《す》きなローズ・リタをいらだたせた。「なんですか？」

ローズ・リタは聞《き》いた。

イェーガー夫人《ふじん》はすまなそうに笑《え》みを浮《う》かべた。「つまり、ジョナサン・バーナヴェルトの家《いえ》にいけたらいいと思《おも》ったの。ヴァンダヘルムはジョナサンの屋敷《やしき》に魔法《まほう》をかけていないから、手出《てだ》しはできないはずよ」

「どうして？」ローズ・リタはこれまでいろいろと話《はな》してきて、イェーガー夫人《ふじん》は、魔法《まほう》はほとんど使《つか》えないけれど、魔法《まほう》の知識《ちしき》は豊富《ほうふ》なことに気《き》づいていた。

イェーガー夫人《ふじん》は一呼吸《ひとこきゅう》おいてよく考《かんが》えてから、答《こた》えた。「ちょっと複雑《ふくざつ》なのだけど、呪文《じゅもん》を芸術作品《げいじゅつさくひん》と考《かんが》えてほしいの。そうね、石《いし》に彫《ほ》られた彫刻《ちょうこく》のような。いったん作品《さくひん》が完成《かんせい》したら、それは完成品《かんせいひん》でしょ。少《すこ》しでも石《いし》を削《けず》ればできあがったものがすべてだいなしになってしまう。魔法《まほう》の呪文《じゅもん》も同《おな》じなの。呪文《じゅもん》を、魔法使《まほうつか》いのなかや周《まわ》りにある魔法《まほう》という石《いし》に彫《ほ》られたようなものだと思《おも》ってちょうだい。一度完成《いちどかんせい》すれば、変《か》えることはできない。変《か》えるなら、はじめからぜんぶやりなおすしかないわ。だから、ヴァンダヘルムがジョナサン・バーナヴェルトの屋敷《やしき》を消《け》すと決《き》めたら、できるかもしれないけど、それは最初《さいしょ》にかけた呪文《じゅもん》を変《か》えることになるから、そのときはニュー・ゼベダイのほかの魔法使《まほうつか》いの家《いえ》がすべて出《で》てきてしまうことになる。もちろん、魔法使《まほうつか》いたちも、家《いえ》といっしょに戻《もど》ってくるでしょうね。ヴァンダヘルムは彼《かれ》らに会《あ》いたくないでしょうから」

「なら、ルイスの家《いえ》にいれば安全《あんぜん》ってこと？」ローズ・リタはたずねた。

イェーガー夫人《ふじん》は不安《ふあん》そうな顔《かお》をした。「どこにいようと絶対安全《ぜったいあんぜん》かどうかはわからない。でも、ほかの場所《ばしょ》よりは安心《あんしん》できる。それに、あの玄関《げんかん》の鏡《かがみ》でジョナサンかフローレンスと話《はな》せるかもしれないしね。だけど、魔法《まほう》をかけるには、まずその場所《ばしょ》にいかなければ」

「鏡《かがみ》のこと忘《わす》れてた」ローズ・リタは認《みと》めた。イェーガー夫人《ふじん》に、ツィマーマン夫人《ふじん》がむかし持《も》っていた魔法《まほう》の鏡《かがみ》のことを話《はな》したほうがいいだろうか？　あの鏡《かがみ》のせいで、ツィマーマン夫人《ふじん》とローズ・リタは過去《かこ》に旅《たび》をして、おそろしい魔法使《まほうつか》いと対決《たいけつ》することになったのだ。けれども、すべて話《はな》すには長《なが》すぎるように思《おも》えたので、ローズ・リタはただこう言《い》った。「明日《あす》、ホルツ夫人《ふじん》が早《はや》くでかけたら、なかに入《はい》れる。ルイスは、ホルツ夫人《ふじん》はいつもドアに鍵《かぎ》をかけるって言《い》っていたけど、ジョナサンおじさんが予備《よび》の鍵《かぎ》を隠《かく》している場所《ばしょ》を知《し》っているの。今夜《こんや》はどうする？」

「寝《ね》ましょう」イェーガー夫人《ふじん》は答《こた》えた。「わたしたちがここで死《し》ぬほど心配《しんぱい》していたって、ルイスにもほかのだれにも、いいことはないわ。お客《きゃく》さま用《よう》の寝室《しんしつ》に泊《と》まってちょうだい。孫《まご》のパジャマにあなたに合《あ》うものがあると思《おも》う」

ローズ・リタは気《き》が進《すす》まなかったけれど、ベッドに入《はい》った。ルイスのことが心配《しんぱい》だった。あのヴァンダヘルムと称《しょう》しているおそろしい幽霊《ゆうれい》を、自分《じぶん》たちに止《と》めることができるだろうか。


そのころルイスは、ようやく正気《しょうき》を取《と》り戻《もど》していた。それまで一時間以上《じかんいじょう》、ルイスは恐怖《きょうふ》のあまりどうかなりそうだった。骸骨《がいこつ》といっしょに暗闇《くらやみ》に閉《と》じ込《こ》められるなんて耐《た》えられない。でも、どうしたってここから出《で》ることはできないのだ。そう腹《はら》を決《き》めると、ようやく少《すこ》し落《お》ち着《つ》いてきた。明《あ》かりさえあればまだましなのに。わずかな光線《こうせん》か、ろうそくの炎《ほのお》でもいい。そうしたら少《すこ》しは気分《きぶん》もよくなる。でも、明《あ》かりを出《だ》す方法《ほうほう》などなかったから、ルイスは暗闇《くらやみ》のなかに立《た》ったまま、ざらざらしたレンガの壁《かべ》にもたれ、なにか別《べつ》の方法《ほうほう》を考《かんが》えることにした。

するとあるアイディアが浮《う》かんできた。ある意味《いみ》でおそろしい考《かんが》えだけれど、それ以外《いがい》なにも思《おも》いつかない。ルイスは二、三回《かい》名前《なまえ》を呼《よ》ぼうとして、そのたびに勇気《ゆうき》がなくなってやめた。それでも最後《さいご》に、震《ふる》える手《て》を握《にぎ》り締《し》めて、目《め》をぎゅっと閉《と》じると、今《いま》にも泣《な》きそうなうわずった声《こえ》で呼《よ》んだ。「フィンスターさん」

答《こた》えはなかった。ルイスはあえいだ。まるでこの穴《あな》には空気《くうき》がないかのように、肺《はい》がゼイゼイいっている。でも、隅《すみ》のほうでかすかな風《かぜ》が感《かん》じられた。レンガにいくつかあいている丸《まる》い穴《あな》から、空気《くうき》が入《はい》ってくるのだ。息苦《いきぐる》しいような気《き》がするのは、恐怖《きょうふ》のせいだった。ルイスはありったけの勇気《ゆうき》をかき集《あつ》めると、言《い》った。「モーディカイ・フィンスターの幽霊《ゆうれい》さん、きてください。すべてのよきものの名《な》において、出《で》てくることを求《もと》めます」

いきなり部屋《へや》の温度《おんど》が十度近《どちか》く下《さ》がり、背筋《せすじ》を凍《こお》るような寒気《さむけ》が走《はし》った。ルイスはもう、ひとりではなかった。だれか、あるいは、人《ひと》でないものがいる。髪《かみ》が逆立《さかだ》ち、腕《うで》に鳥肌《とりはだ》が立《た》った。

「やめさせるのだ」低《ひく》い声《こえ》がひびいた。孤独《こどく》と苦悩《くのう》に満《み》ちた声《こえ》だった。

「ぼくも、と、とめようとしてるんです」ルイスはあえぎながら言《い》った。「た、ただ、ヴァンダヘルムは本物《ほんもの》じゃないんです。が、楽譜《がくふ》でできてるんです」

「あれは幻影《げんえい》だ」その声《こえ》のぶきみさに、ルイスの血《ち》は凍《こお》った。「本物《ほんもの》のヴァンダヘルムが、悪《あ》しき魔法《まほう》を用《もち》いて、自分《じぶん》の幻影《げんえい》を作《つく》り出《だ》したのだ。わしは死《し》ぬまえに、あの魔法《まほう》の楽譜《がくふ》を隠《かく》した。だが、おまえが見《み》つけてしまった。そのために、ヴァンダヘルムの邪悪《じゃあく》な分身《ぶんしん》が解《と》き放《はな》たれてしまったのだ。やつは死《し》んだ主人《しゅじん》の遺志《いし》を引《ひ》き継《つ》ぎ、死者《ししゃ》たちの王《おう》になろうとしている。やつをとめてくれ、ああ、とめるのだ！」

「あの、もう少《すこ》し別《べつ》のしゃべり方《かた》をしてくれませんか？　こわいんです」ルイスは言《い》った。

「ああ、すまん」もっと気《き》さくな調子《ちょうし》になって、フィンスター氏《し》の幽霊《ゆうれい》は言《い》った。「おまえさんをこわがらせるつもりはなかったんじゃ。幽霊《ゆうれい》でいるのにも、慣《な》れるもんでな。ヴァンダヘルムにこの暗《くら》い穴《あな》に閉《と》じ込《こ》められて、わしは容赦《ようしゃ》ないのどの渇《かわ》きとじりじりと迫《せま》る飢《う》えに苦《くる》しめられて死《し》んだ。それからというもの、ずっとこの劇場《げきじょう》にとりついてきたんだ」

気《き》がつくと、ルイスはまた息《いき》ができるようになっていた。フィンスター氏《し》の声《こえ》はさっきとはがらりと変《か》わって、ちょっととぼけた感《かん》じだけれど、明《あか》るく親《した》しげになっていた。おかげでルイスは少《すこ》し楽《らく》になった。「どうして劇場《げきじょう》にとりついているんですか？」

「呪文《じゅもん》が解《と》き放《はな》たれないようにじゃよ、もちろん。おまえさんときたら、これまたえらく早《はや》く見《み》つけたもんだ。長《なが》いあいだ姿《すがた》を見《み》せていなかったせいで、わしの腕《うで》も少々《しょうしょう》鈍《にぶ》っておってな。固体《こたい》になって、生《い》きている者《もの》に姿《すがた》を見《み》せたり、声《こえ》を届《とど》かせるのに、時間《じかん》がかかっちまったんだ。警告《けいこく》しようとしたんだが」

「ごめんなさい」ルイスは言《い》った。

「ああ、まあ、しょうがない」フィンスター氏《し》の声《こえ》が沈《しず》んだ。「わしは、おまえさんがなんとかして、あの音楽《おんがく》と呪文《じゅもん》を滅《ほろ》ぼしてくれると期待《きたい》しているんじゃよ。そうしたら、わしもようやく解放《かいほう》される」

ルイスは闇《やみ》のなかで目《め》をしばたたいた。「どういう意味《いみ》ですか？」

「わしは、ヴァンダヘルムの卑劣《ひれつ》な呪文《じゅもん》を世界《せかい》からなくそうと決心《けっしん》した。だから、この地上《じょう》から離《はな》れられないんじゃ。呪文《じゅもん》が破《やぶ》られれば、あの世《よ》へ旅立《たびだ》てる。だが、もし完成《かんせい》してしまったら……」声《こえ》はおびえたようなささやきになった。「もし完成《かんせい》してしまったら、わしもよみがえって、ヴァンダヘルムの呪《のろ》わしい奴隷《どれい》となってしまう。おまえさんのためにも、そんなことにならんといいが」

「ぼくを、き、傷《きず》つけたりしないでしょ？」ルイスはうわずった声《こえ》で言《い》った。

「もちろん」フィンスター氏《し》は言《い》った。「だがあのオペラが最初《さいしょ》から最後《さいご》まで歌《うた》われ、ヴァンダヘルムの呪文《じゅもん》が完成《かんせい》したら、死者《ししゃ》はよみがえり、やつの意《い》のままに動《うご》くことになる。そうなってしまったら最後《さいご》、禁制《きんせい》がとかれてしまう」

「き、禁制《きんせい》って？」ルイスはたずねた。

「血《ち》を流《なが》すことを禁止《きんし》した掟《おきて》だ」フィンスター氏《し》は言《い》った。「むかし、本物《ほんもの》のヴァンダヘルムがすぐにわしを殺《ころ》さなかったのは、それが理由《りゆう》だ。殺《ころ》したら最後《さいご》、やつのおそろしい呪文《じゅもん》を完成《かんせい》させることはできなくなってしまうからな。あの楽譜《がくふ》を楽屋《がくや》から盗《ぬす》み出《だ》し、急《いそ》いで逃《に》げようとしたとき、やつが階段《かいだん》をのぼってくる音《おと》が聞《き》こえた。わしはとっさに、やつがオーケストラボックスのピアノを交換《こうかん》すると言《い》っていたことを思《おも》い出《だ》して、なかに楽譜《がくふ》をつっこんだんじゃ。次《つぎ》の日《ひ》に運《はこ》び出《だ》されるよう願《ねが》ってな。だが運悪《うんわる》くヴァンダヘルムに見《み》つかり、なにかたくらんでいたと勘付《かんづ》かれた。やつは白状《はくじょう》させようとしたが、わしは頑《がん》として言《い》わなかった。するとやつは、わしをこの暗《くら》い穴《あな》に放《ほう》り込《こ》んだんだ。次《つぎ》の朝早《あさはや》く、友人《ゆうじん》のルキウス・ミクルベリーがヴァンダヘルムの運命《うんめい》を決《けっ》した。だが、残念《ざんねん》なことに、誰《だれ》もわしを見《み》つけてはくれなかった！　永遠《えいえん》にな！」

ルイスはまた震《ふる》えだした。「ど、どうすればいいんですか？」

「手《て》に入《はい》るものはなんでも使《つか》え！」幽霊《ゆうれい》は言《い》った。「わしが残《のこ》したものを使《つか》うのだ！　わしにはもう時間《じかん》がない。さらばだ、ルイス・バーナヴェルト！　ノックする者《もの》は入《はい》ることができるという！　そしてまた逆《ぎゃく》もしかりじゃ！」

闇《やみ》がわずかに暖《あたた》かくなった。フィンスター氏《し》の名前《なまえ》を一、二回呼《かいよ》んでみたが、返事《へんじ》はない。めまいがして、幽霊《ゆうれい》の別《わか》れ際《ぎわ》の言葉《ことば》が頭《あたま》で渦《うず》を巻《ま》いた。ルイスは骨《ほね》の山《やま》からできるだけ離《はな》れて、隅《すみ》に縮《ちぢ》こまった。どっと疲《つか》れが押《お》し寄《よ》せ、ようやくルイスは眠《ねむ》った。

第《だい》14章《しょう》　鏡《かがみ》の向《む》こう

次《つぎ》の朝《あさ》、夜《よ》が明《あ》けると、どんよりとして肌寒《はださむ》かった。ローズ・リタとイェーガー夫人《ふじん》は十時《じ》まで待《ま》った。いつもリハーサルが始《はじ》まる時間《じかん》だ。それからイェーガー夫人《ふじん》の黒《くろ》い一九三九年型《ねんがた》シボレーでバーナヴェルト屋敷《やしき》に向《む》かった。ホルツ夫人《ふじん》が使《つか》っている正面《しょうめん》の二階《かい》の寝室《しんしつ》に、明《あ》かりがついている。しばらくすると、ホルツ夫人《ふじん》が窓《まど》の前《まえ》を横切《よこぎ》るのが見《み》えた。ローズ・リタとイェーガー夫人《ふじん》は長《なが》いあいだ待《ま》ったけれど、ホルツ夫人《ふじん》はいっこうに出《で》てくるようすはない。とうとう二人《ふたり》はイェーガー夫人《ふじん》の家《いえ》に戻《もど》り、ローズ・リタは家《いえ》に電話《でんわ》をかけた。

「ローズ・リタ！」ローズ・リタのママは厳《きび》しい声《こえ》で言《い》った。「いったいどこにいるの？昨日《きのう》の夜遅《よるおそ》く帰《かえ》ってきて、とうぜんあなたは部屋《へや》で寝《ね》ていると思《おも》っていたら、今朝《けさ》、ベッドに寝《ね》た形跡《けいせき》がないじゃないの！」

「貸《か》して」イェーガー夫人《ふじん》は言《い》うと、打《う》ちのめされているローズ・リタから受話器《じゅわき》をとって、感《かん》じのいい声《こえ》で話《はな》しかけた。「ルイーズ？　こんにちは、ミルドレッド・イェーガーよ。ええ、元気《げんき》よ……ええ、ローズ・リタからあなたがオペラで歌《うた》っているって聞《き》いたわ。すばらしいでしょうね。それで、お話《はな》ししたいのは、ローズ・リタが昨日《きのう》の晩帰《ばんかえ》らなかったのはわたしのせいだってことなの。ローズ・リタはうちのことをちょっと手伝《てつだ》ってくれていてね、昨日《きのう》の晩《ばん》はそのあと、モノポリーをしたの。ゲームが終《お》わったら車《くるま》で送《おく》るつもりだったのだけど、気《き》がついたらぐっすり眠《ねむ》っていたのよ。ええ、二人《ふたり》とも。そのまま、今朝《けさ》まで目《め》が覚《さ》めなかったの。だからもちろん、急《いそ》いで電話《でんわ》させたのよ。心配《しんぱい》をおかけして、ほんとうにごめんなさい……ええ、もちろんよ、喜《よろこ》んで今晩連《こんばんつ》れていくわ。成功《せいこう》をお祈《いの》りしているわね」イェーガー夫人《ふじん》は電話《でんわ》を切《き》った。「ふう！」

「ありがとう」ローズ・リタは小《ちい》さな声《こえ》で言《い》った。ママをだますのはいやだったけれど、ほかにどうすればいいというのだろう？　「ママは公演《こうえん》のことなにか言《い》っていた？」

「ええ、今日《きょう》はリハーサルはないんですって。公演《こうえん》は今夜《こんや》七時《じ》からだから、みんな四時《じ》に劇場《げきじょう》に集合《しゅうごう》することになっているそうよ。それまで待《ま》つしかないわね」

「ルイスはどうなるの？」ローズ・リタは泣《な》き声《ごえ》で言《い》った。「ヴァンダヘルムのやつに捕《つか》まっているのよ！」

「わかってる。だけど、あの鏡《かがみ》を試《ため》すまで、ほかにできることはなにもないのよ」

「で、でも……」ローズ・リタは目《め》をしばたたいた。メガネの奥《おく》の目《め》が熱《あつ》くてむずむずした。「でも、な、なにかしないと」

イエーガー夫人《ふじん》は悲《かな》しそうな笑《え》みを浮《う》かべて言《い》った。「いい、あきらめちゃだめよ、ローズ・リタ。わたしが言《い》ったことを覚《おぼ》えているでしょう。ルイスはだいじょうぶ。少《すく》なくとも、あの忌《い》まわしいオペラの演奏《えんそう》が終《お》わるまでは。わたしたちがしなきゃいけないのは、正《ただ》しい時《とき》を選《えら》んで行動《こうどう》を起《お》こし、ルイスを助《たす》けるために全力《ぜんりょく》をつくすことよ」

「だけど、こんなのひどい！」ローズ・リタはなおも言《い》いはった。「そもそも昨日《きのう》の夜《よる》、オーケストラボックスに入《はい》ろうって言《い》ったのだって、ルイスじゃないのよ。わたしなの！ルイスになにかあったら、ぜんぶわたしの、せ、責任《せきにん》よ……」ローズ・リタは、むせび泣《な》いた。

イエーガー夫人《ふじん》の大《おお》きく広《ひろ》げた腕《うで》にローズ・リタは崩《くず》れ落《お》ちた。どうしようもない怒《いか》りとやるせなさと恐怖《きょうふ》で、熱《あつ》い涙《なみだ》がぽろぽろと流《なが》れた。

重苦《おもくる》しい一日《いちにち》が、耐《た》え切《き》れないほどの遅《おそ》さでのろのろと過《す》ぎていった。ローズ・リタは時計《とけい》を見《み》てから、別《べつ》のことをして、ずいぶんたったと思《おも》ってまた時計《とけい》を見《み》るのだけど、五分《ふん》しかたっていないのだ。一日中《いちにちじゅう》、ローズ・リタはルイスのことを心配《しんぱい》しつづけた。いつもだったら、心配性《しんぱいしょう》なのはルイスのほうだ。ルイスは、起《お》こりそうだけれどけっして起《お》こらないような、おそろしいことを考《かんが》え出《だ》すことにかけては天才《てんさい》だった。けれども今《いま》は、ローズ・リタがありとあらゆるおそろしい出来事《できごと》を想像《そうぞう》して、不安《ふあん》を募《つの》らせていた。

イエーガー夫人《ふじん》は、お昼《ひる》にグリルドチーズ・サンドイッチとトマトスープを作《つく》ったけれど、二人《ふたり》ともあまり食《た》べられなかった。そのうち外《そと》はだんだんと暗《くら》く、雲《くも》が多《おお》くなり、ぶきみな静《しず》けさがあたりを包《つつ》み込《こ》んだ。ニュー・ゼベダイが息《いき》をひそめて、なにかおそろしい出来事《できごと》が起《お》こるのを待《ま》っているようだ。とうとう四時十分前《じじゅっぷんまえ》になり、イエーガー夫人《ふじん》もローズ・リタもこれ以上《いじょう》待《ま》てなくなって、黒《くろ》いシボレーに乗《の》りこみ、ハイ・ストリートに向《む》かった。二人《ふたり》が着《つ》くと、ちょうどホルツ夫人《ふじん》が黒《くろ》いコートに重《おも》たいかばんをぶらさげて、あわただしくでかけていった。

ローズ・リタの指示《しじ》に従《したが》って、イェーガー夫人《ふじん》は車《くるま》を裏《うら》に回《まわ》し、ジョナサンの一九三五年型《ねんがた》マギンズ・サイムーンがとまっている車庫《しゃこ》のすぐ外《そと》に止《と》めた。ローズ・リタはぐるりとまわって玄関《げんかん》の前《まえ》までいくと、そわそわと左右《さゆう》を見《み》まわした。だれも見《み》ていない。正面《しょうめん》の庭《にわ》を囲《かこ》む鉄《てつ》の柵《さく》に〝一〇〇〟と番地《ばんち》を記《しる》した赤《あか》い反射板《はんしゃばん》がとりつけてあった。ローズ・リタが〝一〟の字《じ》をつかんでひっぱると、数字《すうじ》はぐっと持《も》ち上《あ》がった。それを右《みぎ》にひねると、八ミリほどの厚《あつ》さの反射板《はんしゃばん》のなかは空洞《くうどう》になっていて、予備《よび》の鍵《かぎ》が入《はい》っていた。ローズ・リタは数字《すうじ》をひねってもとの位置《いち》に戻《もど》すと、カチッと音《おと》がするまで押《お》しこんだ。それから玄関《げんかん》の鍵《かぎ》を開《あ》け、二人《ふたり》は玄関《げんかん》ホールに入《はい》った。

「今《いま》、何時《なんじ》？」ローズ・リタは聞《き》いた。

イェーガー夫人《ふじん》は時計《とけい》を見《み》た。「もうすぐ四時《じ》十五分《ふん》よ」

ローズ・リタはうめいた。オペラが始《はじ》まるまであと三時間《じかん》もない。ジョナサンかツィマーマン夫人《ふじん》と連絡《れんらく》をとれたとしても、なにができるというの？　二人《ふたり》ははるか遠《とお》く、フロリダにいる。邪悪《じゃあく》な魔法《まほう》と戦《たたか》うのに間《ま》に合《あ》うよう、帰《かえ》ってくることはできないだろう。

しかしそれでも、やってみるしかない。帽子《ぼうし》かけの前《まえ》に立《た》つと、イェーガー夫人《ふじん》は木《き》のスプーンを振《ふ》ってきっぱりと言《い》った。「自分《じぶん》が優《すぐ》れた魔法使《まほうつか》いでないことは知《し》っています。でもここにはよき魔法《まほう》の力《ちから》があるはず。どうかわたしたちを助《たす》けてください！　ジョナサン・バーナヴェルトかフローレンス・ツィマーマンを映《うつ》したまえ！」

ローズ・リタは唇《くちびる》をかんだ。鏡《かがみ》には、二人《ふたり》の心配《しんぱい》そうな顔《かお》以外《いがい》、なにも映《うつ》っていない。が、次《つぎ》の瞬間《しゅんかん》、鏡《かがみ》がちらちらと輝《かがや》きだし、色《いろ》が渦《うず》を巻《ま》いた。そしてそれが消《き》えると、ローズ・リタは驚《おどろ》いて目《め》をぱちくりさせた。奇妙《きみょう》な中世《ちゅうせい》の衣装《いしょう》をまとった太《ふと》った赤《あか》ひげの男《おとこ》の人《ひと》が、ブロンズか真《しん》ちゅうでできた人間《にんげん》の頭《あたま》のようなものを修理《しゅうり》している。男《おとこ》の人《ひと》は二人《ふたり》のほうを見《み》ると、驚《おどろ》いて跳《と》びあがった。「なんてこった！　いったいなにが映《うつ》ってるんだ？」

「ごめんなさい、ベーコン修道士《しゅうどうし》さん（魔術師《まじゅつし》と呼《よ》ばれた中世《ちゅうせい》の修道士《しゅうどうし》ロジャー・ベーコンのこと）。どうか続《つづ》けてちょうだい」イェーガー夫人《ふじん》は申《もう》し訳《わけ》なさそうに言《い》った。幻影《げんえい》は消《き》えた。「うまくできたためしがない」イェーガー夫人《ふじん》はつぶやいた。「わたしのせいでロジャー・ベーコンはこれからってときに気《き》が散《ち》ってしまって、だから、しゃべる頭像《とうぞう》が時間《じかん》のことしか話《はな》さなくなったのね（ものを言《い》う頭像《とうぞう》をめぐる喜劇《きげき》《ベーコンとバンガイ》から）。

「もう一度《いちど》やってみましょう」イェーガー夫人《ふじん》がふたたび呪文《じゅもん》を唱《とな》えると、また鏡《かがみ》はちらちらと光《ひかり》を放《はな》ちはじめた。今度《こんど》は、ローズ・リタは歓声《かんせい》をあげた。

鏡《かがみ》には、見慣《みな》れた金《きん》ぶちメガネの優《やさ》しそうな青《あお》い目《め》が映《うつ》っていた。しわの寄《よ》った、親《した》しげで物《もの》を知《し》った目《め》だった。「ツィマーマン夫人《ふじん》！」ローズ・リタは叫《さけ》んだ。

目《め》がぱちくりした。そして、脇《わき》を見《み》た。それからツィマーマン夫人《ふじん》が顔《かお》をうしろに下《さ》げたので、ようやく顔全体《かおぜんたい》が見《み》えるようになった。「驚《おどろ》いたわ！」ツィマーマン夫人《ふじん》の声《こえ》は小《ち》さいけれど、はっきりと聞《き》こえた。「ローズ・リタ、びっくりさせないでちょうだいな。もう少《すこ》しでベッシイを電柱《でんちゅう》にぶつけるところでしたよ！」ツィマーマン夫人《ふじん》は右側《みぎがわ》をちらりと見《み》て言《い》った。「ローズ・リタですよ、ひげじいさん。声《こえ》が聞《き》こえる？ええ、わたしは聞《き》こえてますし、バックミラーに顔《かお》が映《うつ》ってるのも見《み》えてますよ！」

それから、ジョナサン・バーナヴェルトがツィマーマン夫人《ふじん》のほうに頭《あたま》を傾《かたむ》けたのが見《み》えた。「ほんとうだ」今度《こんど》はローズ・リタにも、おじさんの声《こえ》が聞《き》こえた。「ローズ・リタ、いったいニュー・ゼベダイでなにが起《お》こってるんだ？車《くるま》でいこうとしたんだが、霧《きり》を通《とお》りぬけられなかったんだ」

「ニュー・ゼベダイにいるの？」ローズ・リタの胸《むね》は高鳴《たかな》った。

「近《ちか》くまできてるのよ」ツィマーマン夫人《ふじん》が言《い》った。「だけど、今《いま》は反対《はんたい》の方向《ほうこう》に走《はし》っているの。リヨン湖《こ》の別荘《べっそう》のほうへ。なにがあったか話《はな》してちょうだい」

ローズ・リタとイェーガー夫人《ふじん》は、急《いそ》いでヴァンダヘルムとオペラのことを話《はな》した。ルイスが楽譜《がくふ》から出《で》てきた亡霊《ぼうれい》に捕《つか》まったことを話《はな》すと、ジョナサンは今《いま》にも泣《な》きだすのではないかと思《おも》うほど、ひどくうろたえた顔《かお》をした。ツィマーマン夫人《ふじん》の顔《かお》に、固《かた》い決意《けつい》の色《いろ》が浮《う》かんだ。ようやく話《はなし》が終《お》わると、ツィマーマン夫人《ふじん》ははっきりと言《い》った。「ローズ・リタ、イェーガー夫人《ふじん》といっしょに隣《となり》のわたしの家《いえ》へいきなさい。鍵《かぎ》はドアマットの下《した》にあります。わたしがお守《まも》りや護符《ごふ》をしまっている部屋《へや》は知《し》っているでしょう。そこで特別《とくべつ》のを探《さが》すんです。さ、よく聞《き》いて」そしてツィマーマン夫人《ふじん》は、真珠《しんじゅ》の表面《ひょうめん》にヘブライ文字《もじ》が刻《きざ》まれているお守《まも》りのようすを詳《くわ》しく説明《せつめい》した。それから、二人《ふたり》にそれを使《つか》ってなにをすればいいか、細《こま》かいところまで正確《せいかく》に告《つ》げた。「七時《じ》きっかりに町《まち》の境界線《きょうかいせん》にいきますから。ぜんぶうまくいけば、なんとかなるわ。さあ、急《いそ》いで！」

イェーガー夫人《ふじん》とローズ・リタが外《そと》へ出《で》たのはまだ五時《じ》だったけれど、空《そら》はすでに夜《よる》のように暗《くら》かった。あたり一帯《いったい》に重苦《おもくる》しい空気《くうき》が立《た》ち込《こ》めている。隣《となり》へ急《いそ》ぎながら、ローズ・リタはツイマーマン夫人《ふじん》に必要《ひつよう》なものが見《み》つかるよう祈《いの》った。どうか間《ま》に合《あ》って邪悪《じゃあく》な魔法《まほう》を止《と》めて、ルイスの命《いのち》を救《すく》うことができますように！

ルイスは寒《さむ》くて、おなかがすいて、おびえていた。特《とく》に、こわいのだけはどうしようもなかった。でも、あまりに長《なが》いあいだこわがっていたので、今《いま》ではもう慣《な》れてしまったと言《い》ってもいいくらいだった。一日中《いちにちじゅう》、不安《ふあん》な気持《きも》ちで、なんとか落《お》とし穴《あな》から逃《のが》れる方法《ほうほう》を考《かんが》え出《だ》そうとしたけれど、なにひとつ浮《う》かばない。フィンスター氏《し》の幽霊《ゆうれい》は、あるものを使《つか》えと言《い》ったけれど、ルイスはたいしたものは持《も》ってなかった。身《み》につけているのは腕《うで》時計《どけい》とジャケットとシャツ、ジーンズ、下着《したぎ》、靴下《くつした》、ケッズの靴《くつ》。あとは、跳《は》ね上《あ》げ戸《ど》からぶらさがっているマフラー。シャツのポケットにはクシとシャープペン、ジーンズには財布《さいふ》が入《はい》っていたけれど、中身《なかみ》はおとうさんとおかあさんとジョナサンおじさんの写真《しゃしん》と、くたっとした一ドル札《さつ》が一枚《まい》きりだった。ひとつとして、使《つか》い道《みち》などなさそうだった。

せめて腕時計《うでどけい》の数字《すうじ》が蛍光《けいこう》だったらよかった。そうしたら時間《じかん》がわかるのに、とルイスは思《おも》った。もうかなり遅《おそ》いように思《おも》われた。もしかしたら、オペラの始《はじ》まる時間《じかん》かもしれない。けれども、判断《はんだん》する手立《てだ》てはなかった。すると、なにか物音《ものおと》がした。キイ。音《おと》は上《うえ》から聞《き》こえた。

「おーい！」ルイスは叫《さけ》んだが、のどがからからで、声《こえ》がかすれた。するとまた、床板《ゆかいた》のきしむ音《おと》が聞《き》こえた。だれかが跳《は》ね上《あ》げ戸《ど》の上《うえ》を歩《ある》いているのだ。ルイスはもう一度《いちど》叫《さけ》んだ。

それから、ヴァンダヘルムがこの落《お》とし穴《あな》は防音《ぼうおん》になっていると言《い》っていたのを思《おも》い出《だ》した。どんなに音《おと》をたてたところで、外《そと》には聞《き》こえないのだ。戸《と》を直接《ちょくせつ》たたくしかない。幽霊《ゆうれい》はなんて言《い》っていたっけ？　ノックする者《もの》は入《はい》ることができる、そしてまた逆《ぎゃく》もしかり……それだ！　でも、戸《と》ははるか頭上《ずじょう》で、届《とど》かない。

それからあることを思《おも》いついて、ルイスはぞくっとした。手《て》に入《はい》るものはなんでも使《つか》え、わしが残《のこ》したものを使《つか》うのだ――そう幽霊《ゆうれい》は教《おし》えてくれた。でも、ルイスが身《み》につけているもので役立《やくだ》ちそうなものはない。だけど、ほかに幽霊《ゆうれい》が残《のこ》していったものがあった。

骸骨《がいこつ》。

ルイスはガタガタ震《ふる》えながら、固《かた》くて干《ひ》からびた骨《ほね》の表面《ひょうめん》をなぞった。すると、腕《うで》の骨《ほね》らしい長《なが》い骨《ほね》に触《ふ》れたので、それを拾《ひろ》いあげた。そしてその骨《ほね》で頭《あたま》の上《うえ》を探《さぐ》った。ゴツッ！　長《なが》い骨《ほね》は跳《は》ね上《あ》げ戸《ど》に届《とど》いた。ルイスは思《おも》い切《き》り強《つよ》く戸《と》をたたきはじめた。音《おと》が閉《と》ざされた小《ちい》さな穴倉《あなぐら》にまるで銃声《じゅうせい》のように反響《はんきょう》した。ガン、ガン、ガン、ガン！

戸《と》を強《つよ》く押《お》すと、わずかに動《うご》いたのが感《かん》じられた。戸《と》の端《はし》が三センチほど開《ひら》いて、隙間《すきま》からぼんやりと光《ひかり》が見《み》える。でも、それ以上《いじょう》押《お》しあげることはできなかった。

「うわ！」だれかがわずかに持《も》ちあがった戸《と》につまずいて、びっくりして痛《いた》そうにうめいた。

「いったいこりゃなんだ……？」

跳《は》ね上《あ》げ戸《ど》を手《て》でこする音《おと》がした。ルイスは叫《さけ》んだ。「助《たす》けて！　閉《と》じ込《こ》められてるんだ！」

戸《と》が持《も》ちあげられ、ぼんやりとした光《ひかり》が少《すこ》しずつ入《はい》ってきた。ルイスは骨《ほね》を落《お》とした。暗《くら》い影《かげ》がルイスのほうをのぞきこんだ。「だれだね？」町《まち》の理髪店《りはってん》のマクギリスさんの声《こえ》だった。「べらぼうに暗《くら》くて見《み》えやしねえ！」

「マフラーが戸《と》のはしにはさまっていますから、ぼくがのぼるあいだ押《お》さえていてください」

マクギリスさんは大《おお》きくてがっしりした人《ひと》だった。マフラーをつかむと、ルイスがロープを伝《つた》うようにのぼってくるあいだ、押《お》さえていてくれた。ルイスは戸《と》のふちに這《は》いあがると、手足《てあし》をついたまま急《いそ》いで跳《は》ね上《あ》げ戸《ど》から離《はな》れた。マクギリスさんは戸《と》を離《はな》してばたんと戻《もど》した。「ルイス・バーナヴェルトじゃねえか。いったいぜんたい、あんなところでなにやってたんだね、ルイス？」

「助《たす》けて」ルイスはあえぎながら言《い》った。「ぼく……」

そのときとつぜん、ホルンの音《おと》が響《ひび》き、太鼓《たいこ》が鳴《な》り響《ひび》いた。「すまんな、ぼうず。ヴァンダヘルムさんが一時間早《じかんはや》く演奏《えんそう》を始《はじ》めることにしたんだ。最後《さいご》の幕《まく》が始《はじ》まった。おれも出《で》てるんだ。あとでな！」そしてマクギリスさんはカーテンのあいだをひょいと通《とお》りぬけていってしまった。

ルイスは腕時計《うでどけい》を見《み》た。もうすぐ七時《じ》だ。オペラが一時間半《じかんはん》なら、あと三十二分《ふん》で死者《ししゃ》たちが、よみがえることになる。

そしてヘンリー・ヴァンダヘルムを名乗《なの》るあの化《ば》け物《もの》が、永遠《えいえん》にその王《おう》の座《ざ》につくのだ。

第《だい》15章《しょう》　最後《さいご》の幕《まく》

霧《きり》がローズ・リタにまとわりつき、頬《ほお》や腕《うで》や足《あし》をなでまわす。ローズ・リタは息《いき》をするのもいやだった。こんな汚《けが》らわしいものを肺《はい》に吸《す》いこむと思《おも》うだけでぞっとする。ローズ・リタとイエーガー夫人《ふじん》は濃《こ》い霧《きり》のなかに入《はい》って、線路《せんろ》を越《こ》え、息詰《いきづ》まるような闇《やみ》のなかに立《た》っていた。灰色《はいいろ》の霧《きり》がゆらゆらと立《た》ちのぼって渦《うず》を巻《ま》き、夜《よる》の闇《やみ》よりもわずかに濃《こ》い、醜《みにく》い形《かたち》を作《つく》り出《だ》した。ローズ・リタはお守《まも》りを前《まえ》に掲《かか》げた。

お守《まも》りは、ビー玉《だま》くらいのなめらかな白《しろ》い球体《きゅうたい》で、いくつかの印《しるし》が刻《きざ》みつけてあった。この印《しるし》はヘブライ文字《もじ》で、太古《たいこ》のむかし、知識《ちしき》の宝庫《ほうこ》である秘教《ひきょう》カバラに通《つう》じたある偉大《いだい》な魔法使《まほうつか》いによって描《えが》かれたものだった。ツィマーマン夫人《ふじん》はその時《とき》がきたら唱《とな》える呪文《じゅもん》を教《おし》えたが、心配性《しんぱいしょう》のイエーガー夫人《ふじん》は何度《なんど》も何度《なんど》も小声《こごえ》で呪文《じゅもん》をつぶやいていた。

「時間《じかん》よ」ローズ・リタは言《い》った。「ツィマーマン夫人《ふじん》は、別荘《べっそう》で準備《じゅんび》をして七時《じ》にここにくるって言《い》ってた。今《いま》がちょうど七時《じ》よ」

深《ふか》く息《いき》を吸《す》い込《こ》むと、イェーガー夫人《ふじん》はひどく奇妙《きみょう》な詩《し》を唱《とな》えはじめた。詩《し》にはバスク語《ご》やフィン－ウゴル語《ご》、タガログ語《ご》、それからヘブライ語《ご》にラテン語《ご》にギリシャ語《ご》も含《ふく》まれていた。そして一行終《ぎょうお》わるごとに、鋭《するど》く「ヤ！」と叫《さけ》ぶ必要《ひつよう》があり、イェーガー夫人《ふじん》は心底《しんそこ》うれしそうに実行《じっこう》していたが、ただそのあと、また次《つぎ》の行《ぎょう》を唱《とな》えはじめる前《まえ》に小《ちい》さな声《こえ》で「まあまあ！」とつぶやいた。呪文《じゅもん》を唱《とな》えながら、魔法《まほう》の木《き》のスプーンを、まるでぐつぐつ煮立《にた》っているオートミールのなべをかき混《ま》ぜるようにぐるぐると回《まわ》す。とうとう最《さい》後《ご》に「ラックス」という言葉《ことば》をきっぱりと三回繰《かいく》り返《かえ》し、呪文《じゅもん》は完了《かんりょう》した。呪文《じゅもん》が食器用《しょっきよう》洗剤《せんざい》の名前《なまえ》で終《お》わるなんてへんだとローズ・リタは思《おも》ったけれど、どちらにしろ魔法《まほう》は専《せん》門外《もんがい》だった。

最後《さいご》の「ラックス！」という声《こえ》の反響《はんきょう》がかすかになり、やがて聞《き》こえなくなると、なにかが起《お》こった。ローズ・リタはお守《まも》りをぶらさげているヒモがぴんと張《は》ったのを感《かん》じ、お守《まも》りをぐっとつかんだ。

すると、お守《まも》りがまるでヨーヨーのように楽《たの》しげにピョンピョン跳《は》ねはじめた。「あの、イェーガー夫人《ふじん》、なにかまちがえたみたい。もう一度《いちど》、今度《こんど》は〝まあまあ!〟って言《い》うのはやめて唱《とな》えてみてくれませんか?」

「こうなると思《おも》ったわ」イェーガー夫人《ふじん》は鼻《はな》をすすった。それでも、もう一度《いちど》呪文《じゅもん》を唱《とな》えはじめた。すると、お守《まも》りはぴたりとふざけるのをやめた。イェーガー夫人《ふじん》はまた最初《さいしょ》から呪文《じゅもん》をやり直《なお》し、ふたたび最後《さいご》の言葉《ことば》が口《くち》から出《で》ると、真珠《しんじゅ》のような玉《たま》がヒモの先《さき》で小《こ》刻《きざ》みに震《ふる》えはじめた。

ローズ・リタはお守《まも》りのようすを見《み》ようと目《め》を凝《こ》らしたけれど、闇《やみ》と霧《きり》と四方《しほう》からぶきみに迫《せま》る影《かげ》のせいで、ほとんどなにも見《み》えない——いや、見《み》える。小《ちい》さな白《しろ》い玉《たま》がかすかに見《み》える。さっきよりも明《あか》るくなってないだろうか? ローズ・リタはまちがいないと思《おも》い、イェーガー夫人《ふじん》に確《たし》かめようとした。そのとき……

シューッ! 炎《ほのお》がほとばしるような音《おと》がして、お守《まも》りから目《め》もくらむような白《しろ》い光《ひかり》が放《はな》たれた。四方《しほう》を取《と》り囲《かこ》んでいた霧《きり》がすぅっとうしろに引《ひ》いた。その強烈《きょうれつ》な光《ひかり》にローズ・リタは思《おも》わず目《め》を細《ほそ》め、顔《かお》をそむけた。腕《うで》で目《め》をかばったイェーガー夫人《ふじん》の姿《すがた》が、まるでインクで描《えが》いたように、白黒《しろくろ》に浮《う》かびあがっている。ローズ・リタはお守《まも》りを見《み》ないようにしたが、それでも目《め》から涙《なみだ》があふれだした。お守《まも》りの魔力《まりょく》が働《はたら》きだしたのだ！　足《あし》もとの道路《どうろ》や、うしろの赤《あか》くさびた線路《せんろ》が見《み》えはじめた。だが、光《ひかり》は霧《きり》の向《む》こう側《がわ》まで届《とど》くだろうか？　そうでなければ、二人《ふたり》は迷《まよ》ってしまう。

「なにか聞《き》こえる！」イェーガー夫人《ふじん》が言《い》った。

心臓《しんぞう》が口《くち》から飛《と》び出《で》そうになりながら、ローズ・リタは耳《みみ》をすました。なにかが近《ちか》づいてくる。前《まえ》のほうからバリバリという音《おと》が聞《き》こえる。なにかとても大《おお》きいものがやってくるようだ。おなかをすかせた恐竜《きょうりゅう》か、獲物《えもの》に忍《しの》び寄《よ》るトラ、そうでなければ、こっそりと近《ちか》づいてくる灰色《はいいろ》グマ……

「車《くるま》よ！」イェーガー夫人《ふじん》が叫《さけ》んだ。「ヘッドライトが見《み》える」

「ベッシィ！」同時《どうじ》にローズ・リタも叫《さけ》んだ。十セント硬貨《こうか》のように小《ちい》さいヘッドライトの光《ひかり》がふたつ、じりじりと近《ちか》づいてきた。ローズ・リタはゆっくりと一歩下《ぽさ》がり、もう一歩下《ぽさ》がって線路《せんろ》を越《こ》えた。そして霧《きり》の境目《さかいめ》に立《た》ったが、それでもヘッドライトはお守《まも》りの発《はっ》する不思議《ふしぎ》な輝《かがや》きについてくる。とうとうツィマーマン夫人《ふじん》の愛車《あいしゃ》、ベッシィの紫色《むらさきいろ》の鼻《はな》が、まといつく霧《きり》から突《つ》き出《だ》した。そして次《つぎ》の瞬間《しゅんかん》、前《まえ》の座席《ざせき》からツィマーマン夫人《ふじん》とジョナサン・バーナヴェルトが転《ころ》がるように降《お》りてきた。役目《やくめ》を終《お》えると、お守《まも》りの光《ひかり》は薄《うす》れていった。ローズ・リタはツィマーマン夫人《ふじん》の腕《うで》のなかに飛《と》びこんだ。「ルイスが……。助《たす》けなくちゃ」ローズ・リタはあえいだ。

「そのためにきたんだ」ジョナサンはどうなるように言《い》った。「ミルドレッド、今回《こんかい》は実《じつ》にうまくやってくれた！　さあ、みんな車《くるま》に乗《の》るんだ。オペラ座《ざ》にいくぞ」

ツィマーマン夫人《ふじん》は全員《ぜんいん》が乗《の》るのを待《ま》って、ベッシィのギアを入《い》れた。四人《にん》はだれもいない通《とお》りを飛《と》ぶように走《はし》って、大通《おおどお》りに入《はい》り、オペラ座《ざ》の前《まえ》に止《と》まった。ジョナサンがドアを開《あ》けると、音楽《おんがく》と歌声《うたごえ》がかすかにもれ聞《き》こえてくる。ジョナサンは心配《しんぱい》そうにツィマーマン夫人《ふじん》を見《み》た。

「もう始《はじ》まっているようだな、フローレンス」ジョナサンは低《ひく》い声《こえ》で言《い》った。

「それなら、終《お》わらせるだけですよ！」ツィマーマン夫人《ふじん》はぴしゃりと言《い》い返《かえ》した。「みんな降《お》りて！　ミルドレッド、悪《あ》しきものを追放《ついほう》する呪文《じゅもん》は覚《おぼ》えている？」

「もちろんよ、フローレンス。だけど、呪文《じゅもん》を唱《とな》えるのはひどく苦手《にがて》で……」

「ひとりで唱《とな》えるんじゃない。ジョナサンとわたしもいっしょに唱《とな》えるから。だれかの身《み》になにが起《お》ころうと、必《かなら》ずひとりは呪文《じゅもん》を最後《さいご》まで唱《とな》えるのよ。それだけは忘《わす》れないで！」ツィマーマン夫人《ふじん》は傘《かさ》をぎゅっと握《にぎ》り締《し》めると、車《くるま》のドアを開《あ》けた。

「ローズ・リタ、あなたに車《くるま》にいろと言《い》っても無駄《むだ》なのはわかってる。だからきてもいいけれど、近《ちか》づきすぎてはだめ。魔法使《まほうつか》いの戦《たたか》いは危険《きけん》なの。このじいさんばあさんから離《はな》れていればいるほど、安全《あんぜん》よ。さあ、いきますよ！」

ジョナサンはすでに劇場《げきじょう》のドアの取《と》っ手《て》をガタガタと揺《ゆ》すっていた。「カギがかかってる」ジョナサンはぶつぶつ言《い》った。「そのくらい気《き》づくべきだったな。よし、蹴破《けやぶ》れるかどうか……」

「さあ、どいてちょうだい、ひげもじゃさん」ツィマーマン夫人《ふじん》はきびきびとした声《こえ》で言《い》った。それからなにかをつぶやくと、傘《かさ》にブロンズのグリフィンのかぎ爪《づめ》で取《と》り付《つ》けられたクリスタルの玉《たま》から、紫《むらさき》の光線《こうせん》がシューッという音《おと》とともに放《はな》たれた。光線《こうせん》がドアノブをかすめ、ドアノブは一瞬紫色《いっしゅんむらさきいろ》に輝《かがや》いた。「さあ、開《あ》けてみて」

ジョナサンがひっぱると、ドアは開《ひら》いた。「さすがだな、紫《むらさき》おばばどの。よし、じゃあ……」

ジョナサンの言葉《ことば》が途切《とぎ》れた。ドアからなにかが飛《と》び出《だ》してきたのだ。それはジョナサンをつかんで、しがみついた。「あ！」ツィマーマン夫人《ふじん》は思《おも》わず叫《さけ》び、イェーガー夫人《ふじん》は驚《おどろ》いて悲鳴《ひめい》をあげた。

が、ローズ・リタはほっとして笑《わら》いだした。

真《ま》っ暗《くら》な出口《でぐち》から飛《と》び出《だ》してきたのは、ルイスだった。ルイスは生《い》きていた！　無事《ぶじ》だったんだ！

ルイスはハアハアしながら、穴《あな》に閉《と》じ込《こ》められた話《はなし》を手短《てみじか》にした。話《はな》し終《お》わると、ジョナサンは怒《いか》りのあまり大声《おおごえ》でどなった。「なんてことだ。わたしは二流《にりゅう》の魔法使《まほうつか》いかもしれん。だが、甥《おい》にそんなまねをするやつは許《ゆる》さん。皆《みな》の者《もの》、用意《ようい》はいいな？　あのガリガリの悪魔《あくま》にわれわれが本気《ほんき》だというのを見《み》せつけてやる」

ルイスは列《れつ》のいちばんうしろについて、ローズ・リタと並《なら》んだ。「ほんとうに幽霊《ゆうれい》と話《はな》したの？」ローズ・リタは階段《かいだん》をのぼりながらささやいた。

「うん。最初《さいしょ》はこわかったけど、助《たす》けてくれようとしたんだ。あの人《ひと》の骨《ほね》のおかげで、おそろしい墓《はか》から出《で》られたんだよ」

閉所恐怖症《へいしょきょうふしょう》のローズ・リタはぶるっと震《ふる》えた。「わたしだったら、どうかなっちゃう」ローズ・リタは小《ちい》さな声《こえ》で言《い》った。

階段《かいだん》のてっぺんまでくると、ジョナサンは軍《ぐん》を指揮《しき》する将軍《しょうぐん》のように腕《うで》を振《ふ》って、ツィマーマン夫人《ふじん》を左《ひだり》の入《い》り口《ぐち》につかせた。そしてイェーガー夫人《ふじん》にささやいた。「わたしが入《はい》って十五数《かぞ》えてから、入《はい》ってきてほしい。だが、近《ちか》づきすぎないようにしてくれ」それからルイスとローズ・リタに向《む》かって言《い》った。「子《こ》どもたちは離《はな》れていたほうがいい。少《すく》なくとも、観客席《かんきゃくせき》のうしろにいるんだ。見《み》たものに惑《まど》わされてはだめだぞ。あの悪霊《あくりょう》がなにを呼《よ》び出《だ》そうと、魔法使《まほうつか》いにとっては危険《きけん》だが、ほかの人間《にんげん》にとっては幻《まぼろし》でしかない。信《しん》じなければ、危険《きけん》はないんだ」

「こっちよ」ローズ・リタはささやいた。そしてルイスの手《て》をとると、左《ひだり》の入《い》り口《ぐち》のほうにひっぱった。ツィマーマン夫人《ふじん》の姿《すがた》はもうなかった。ルイスはごくりとつばを飲《の》みこみ、ためらいながらもローズ・リタのあとを追《お》った。

観客席《かんきゃくせき》の入《い》り口《ぐち》に立《た》つと、ルイスは目《め》をぱちくりさせた。ツィマーマン夫人《ふじん》の姿《すがた》はすっかり変《か》わっていた。紫《むらさき》のコートと地味《じみ》な黒《くろ》い傘《かさ》は消《き》え、かわりに紫《むらさき》のローブをひるがえし、ひだというひだに真《ま》っ赤《か》な炎《ほのお》を燃《も》え立《た》たせ、目《め》もくらむような紫《むらさき》の星《ほし》を抱《いだ》いた長《なが》い黒檀《こくたん》の杖《つえ》を前《まえ》に掲《かか》げている。観客席《かんきゃくせき》の通路《つうろ》を舞台《ぶたい》に向《む》かって歩《ある》いていく姿《すがた》は、堂々《どうどう》として、迫力《はくりょく》があった。

ヴァンダヘルムは大勢《おおぜい》の出演者《しゅつえんしゃ》たちに囲《かこ》まれて、舞台《ぶたい》のまんなかで指揮《しき》をとっていた。ツィマーマン夫人《ふじん》の姿《すがた》を見《み》ると、目《め》をぎらりと光《ひか》らせ、動《うご》きを早《はや》めた。哀《あわ》れな俳優《はいゆう》たちもそれに合《あ》わせてどんどん早《はや》く歌《うた》いだし、歌詞《かし》のとぎれ目《め》でハアハアと息《いき》をついだ。ツィマーマン夫人《ふじん》は呪文《じゅもん》を唱《とな》えはじめたが、歌声《うたごえ》はどんどん大《おお》きくなっていく。そのとき、天《てん》井《じょう》から真《ま》っ黒《くろ》い羽《はね》のある生《い》き物《もの》が落《お》ちてきた。巨大《きょだい》なコウモリがかっと口《くち》を開《ひら》いて三センチもある鋭《するど》い牙《きば》をむきだし、細《ほそ》い目《め》を石炭《せきたん》のように赤々《あかあか》と燃《も》えあがらせ、一直線《いっちょくせん》につっこんでくる。ツィマーマン夫人《ふじん》はそれを見《み》て、さっと杖《つえ》を向《む》けた。コウモリは顔《かお》をゆがめ、音《おと》もなくはじけとび、ツィマーマン夫人《ふじん》の一メートルほど頭上《ずじょう》で紫《むらさき》の炎《ほのお》がぱっとひらめいた。しかし、ツィマーマン夫人《ふじん》はよろめき、ヴァンダヘルムの目《め》が勝利《しょうり》に輝《かがや》いた。

するとジョナサン・バーナヴェルトの太《ふと》い声《こえ》が響《ひび》き渡《わた》り、同《おな》じ呪文《じゅもん》を唱《とな》えはじめた。歌《うた》い手《て》たちはたじろぎ、声《こえ》は小《ち》さくなった。一瞬《いっしゅん》、ルイスはおじの勝利《しょうり》を信《しん》じた。

しかしそのとき、ヴァンダヘルムが歌《うた》いはじめた。冷酷《れいこく》な響《ひび》きのバリトンだった。するとジョナサンのうしろで、観客《かんきゃく》の座席《ざせき》がメリメリと床《ゆか》を離《はな》れ、鉄《てつ》の四本足《ほんあし》で歩《ある》きはじめた。座席《ざせき》は大《おお》きく膨《ふく》らんで、みるみるうちに姿《すがた》を変《か》え、鋭《するど》いかぎ爪《づめ》を持《も》った四本足《ほんあし》の怪物《かいぶつ》と化《か》して、ジョナサンに迫《せま》った。座席《ざせき》の部分《ぶぶん》が伸《の》びてぱっくりと割《わ》れ、よだれの滴《したた》る口《くち》に変《か》わり、尖《とが》った歯《は》がむきだしになって、先《さき》の割《わ》れた舌《した》がうごめいている。怪物《かいぶつ》がまさに飛《と》びかかろうと低《ひく》くかがんだ瞬間《しゅんかん》、ジョナサンは動《うご》きを感《かん》じ取《と》り、ぱっと振《ふ》りかえって杖《つえ》を向《む》けた。そして、鉄《てつ》のように鋭《するど》く冷《つめ》たい呪文《じゅもん》を投《な》げつけた。怪物《かいぶつ》はまるで車《くるま》に跳《は》ねられたようにうしろに吹《ふ》っ飛《と》んで通路《つうろ》に落《お》ち、イスに戻《もど》って転《ころ》がった。しかし、ヴァンダヘルムはまんまとジョナサンの呪文《じゅもん》を破《やぶ》り、またひとつ、声《こえ》が封《ふう》じられた。おじが苦《くる》しそうにゼイゼイしながらのどを押《お》さえてうしろに倒《たお》れるのを、ルイスは見《み》た。

「最後《さいご》のアリアよ！」ローズ・リタが叫《さけ》んだ。「これが終《お》わったら、死人《しにん》がよみがえってしまう！」

イエーガー夫人《ふじん》はうしろの列《れつ》のまんなかに立《た》ち、木《き》のスプーンを振《ふ》りながらおずおずと呪文《じゅもん》を唱《とな》えはじめた。が、ヴァンダヘルムはさっと動《うご》いただけで、その声《こえ》を封《ふう》じ、イエーガー夫人《ふじん》はうしろの座席《ざせき》に倒《たお》れこんだ。

　ヴァンダヘルムの声《こえ》はうねるように大《おお》きくなり、ますます声高《こえたか》らかに歌《うた》いながら勝《か》ち誇《ほこ》った目《め》でこちらを見《み》た。ツィマーマン夫人《ふじん》は杖《つえ》を振《ふ》ったが、片方《かたほう》の手《て》でのどを押《お》さえていた。ルイスはうしろを向《む》いて逃《に》げたい衝動《しょうどう》に駆《か》られた。が、そうはしないで、ローズ・リタに向《む》かって叫《さけ》んだ。「ぼくたちは〝真相《しんそう》を知《し》る者《もの》〟なんだ！　ぼくたちなら、やつを止《と》められる！　鏡《かがみ》でニュースを読《よ》んでいた魔法使《まほうつか》いが言《い》ってたじゃないか！」そして舞台《ぶたい》のほうへ走《はし》りだした。ローズ・リタも並《なら》んで走《はし》りだし、さっと二手《ふたて》に分《わ》かれてツィマーマン夫人《ふじん》の両《りょう》わきを走《はし》りぬけ、またルイスといっしょになって走《はし》った。「これがオペラ？」ルイスは声《こえ》を限《かぎ》りにどなった。「へ、最低《さいてい》だね！」

　ヴァンダヘルムはルイスを見《み》て目《め》をぱちくりさせたが、憎々《にくにく》しげに歯《は》をむきだしながら歌《うた》いつづけた。「ルイス！　どういうつもり？」ローズ・リタが金切《かなき》り声《ごえ》で叫《さけ》んだ。

「へたくそだから、お客《きゃく》なしで演奏《えんそう》してるんだぜ」ルイスはローズ・リタに向《む》かって声《こえ》をからして叫《さけ》んだ。「やじられるってわかってるから。たいした大根役者《だいこんやくしゃ》だな！」

　ローズ・リタも意味《いみ》を理解《りかい》した。「あー、つまらない！」ローズ・リタはかんだかい声《こえ》で叫《さけ》んだ。「音《おと》がはずれているのもわからないのかしら？　ちゃんと歌《うた》えないのね！　うへっ！　へたくそ！　どこで歌《うた》を習《なら》ったわけ？　サル小屋《ごや》？」

「やーい、やーい！」ルイスは大声《おおごえ》でやじった。「はらいたを起《お》こしたヘラジカみたいだ！」

「おまけに曲《きょく》も最低《さいてい》！」ローズ・リタがさらに言《い》う。「うちのおじいちゃんのほうがまだましな曲《きょく》が作《つく》れるわよ！　おじいちゃんはひどい音痴《おんち》だけどね！」

「なんだよこれ——《とんまのためのコンチェルト》とか？」ルイスはやじりつづけた。

「へぼ音楽家《おんがくか》のヴァンダヘルパッパラパー！」

「よくもそんなことを！」ヴァンダヘルムはもはや歌《うた》っていなかった。ヴァンダヘルムが声《こえ》を限《かぎ》りにどなりだしたので、オーケストラは混乱《こんらん》してちぐはぐになり、演奏《えんそう》をやめてしまった。「偉大《いだい》なる作品《さくひん》をちゃかすようなまねを……」

「今《いま》だ！」ジョナサンが叫《さけ》んだ。そして三人《にん》の魔法使《まほうつか》い——ジョナサンとツィマーマン夫人《ふじん》とイエーガー夫人《ふじん》は、激《はげ》しい怒《いか》りに満《み》ちた呪文《じゅもん》を唱《とな》えはじめた。その声《こえ》はうねるように大《おお》きくなり、観客席中《かんきゃくせきじゅう》に朗々《ろうろう》と響《ひび》き渡《わた》った。ルイスは、まるで巨大《きょだい》な波《なみ》が岩《いわ》にあたって砕《くだ》けるような、ものすごい衝撃《しょうげき》を感《かん》じた。

ヴァンダヘルムははっとしてふたたび歌《うた》おうとしたけれど、劇場《げきじょう》の外《そと》で強風《きょうふう》が起《お》こり、屋根《やね》がはがれるようなメリメリメリという音《おと》がした。バタン！　外《そと》のドアがすさまじい音《おと》をたてて開《ひら》き、蝶番《ちょうつがい》が半分《はんぶん》ひきちぎられ、ドウッと観客席《かんきゃくせき》に風《かぜ》が吹《ふ》きこんできた。巨大《きょだい》なシャンデリアがジャンジャン鳴《な》り、カーテンが激《はげ》しくはためいて、舞台《ぶたい》のセットがぐらりと揺《ゆ》れる。俳優《はいゆう》たちが悲鳴《ひめい》をあげて舞台《ぶたい》を飛《と》びおりると、金切《かなき》り声《ごえ》をあげて吹《ふ》いてきた風《かぜ》にあおられた背景幕《はいけいまく》が狂《くる》ったようにガボットを踊《おど》った。

「だめだ！」ヴァンダヘルムは叫《さけ》んだ。ヴァンダヘルムはボックスの演奏家《えんそうか》たちをにらみつけ、こぶしを振《ふ》り回《まわ》した。「演奏《えんそう》するんだ！　ばか者《もの》め！　演奏《えんそう》を続《つづ》けろ！」

しかし、演奏家《えんそうか》たちは先《さき》を争《あらそ》うようにオーケストラボックスから這《は》い出《で》ると、ルイスとローズ・リタの横《よこ》を走《はし》って逃《に》げていった。風《かぜ》はボックスのなかに入《はい》ると、バイオリンの弦《げん》をかき鳴《な》らし、ヴィオラからネコの悲鳴《ひめい》のような音《おと》をひき出《だ》し、テューバをプカプカブウブウやって、大太鼓《おおだいこ》で葬送行進曲《そうそうこうしんきょく》の拍子《ひょうし》までとった。すると、ボックスからばらばらになった楽譜《がくふ》が竜巻《たつまき》になって舞《ま》いあがり、はっとよろめいたヴァンダヘルムに降《ふ》りかかった。

ヴァンダヘルムはたじろぎながらも最後《さいご》の調《しら》べを歌《うた》おうとしたが、むだだった。

巨大《きょだい》なトランプを切《き》るような音《おと》をたてて、ヴァンダヘルムの姿《すがた》は溶《と》けて紙《かみ》とインクになり、空中《くうちゅう》を飛《と》び交《か》う楽譜《がくふ》と交《ま》じり合《あ》った。そして楽譜《がくふ》を飲《の》みこんだ風《かぜ》は、巨大《きょだい》なヘビのようにのたくりながら人々《ひとびと》の頭上《ずじょう》を越《こ》え、出口《でぐち》をくぐって階段《かいだん》を下《くだ》り、外《そと》の夜《よる》の闇《やみ》へと飛《と》び出《だ》していった。ガシャンという音《おと》がして背景幕《はいけいまく》が崩《くず》れ落《お》ち、オーケストラボックスに最後《さいご》まで残《のこ》っていた風《かぜ》がトライアングルをチンと鳴《な》らした。

そしてルイスは幻《まぼろし》を見《み》た。ルイスにはなぜかわかったのだ。オークリッジ墓地《ぼち》では眠《ねむ》っていた死者《ししゃ》たちが目《め》を覚《さ》ましてヴァンダヘルムの奴隷《どれい》になりかけていたが、今《いま》ほっとため息《いき》をついてふたたび眠《ねむ》りについた。そしてたった今《いま》、どこかで忌《い》まわしい石像《せきぞう》が粉々《こなごな》に砕《くだ》け、世《よ》の終《お》わりを告《つ》げる音楽《おんがく》の力《ちから》によって、舞台《ぶたい》の下《した》のレンガの穴《あな》のなかでカタカタと動《うご》きはじめていた古《ふる》い骨《ほね》の山《やま》も、疲《つか》れたように崩《くず》れ落《お》ちて、喜《よろこ》んで永遠《えいえん》の眠《ねむ》りについた。

一瞬間《いっしゅんま》をおいて、前舞台《まえぶたい》のへりから頭《あたま》がのぞいた。俳優《はいゆう》たちは重《おも》い足《あし》を引《ひ》きずるように舞台《ぶたい》にのぼってきて、めちゃくちゃになったセットのなかに立《た》ちつくした。そして、ウッドチャックの冬眠《とうみん》のような深《ふか》い眠《ねむ》りからたった今覚《いまさ》めたように、目《め》を大《おお》きく見開《みひら》いて交互《こうご》に顔《かお》を見合《みあ》わせた。「あらあら」フィーニィ夫人《ふじん》はマクギリスさんを指《ゆび》さして言《い》った。「マイク、たいしたかっこうね」

「いったいぜんたいこんなところでなにしてるんだっけ？」だれかが言《い》った。

「なにも思《おも》い出《だ》せないわ」別《べつ》の人《ひと》が言《い》った。

「ローズ・リタ？　ローズ・リタなの？」ポッティンガー夫人《ふじん》が言《い》って、目《め》の上《うえ》に手《て》をかざした。ビーズのドレスと高《たか》く結《ゆ》った銀髪《ぎんぱつ》のかつらをかぶっているので、まるで別人《べつじん》のようだけれど、ローズ・リタが腕《うで》に飛《と》びこむと、いつもの聞《き》きなれた声《こえ》で笑《わら》った。「まああ！　いったいなにが起《お》こったのかぜんぜんわからないけど、なんにしろ、ひどくばかばかしい気《き》がするわ！」

「破《やぶ》られたんだ」ジョナサンは言《い》って、ルイスの肩《かた》に手《て》を置《お》いた。「何年《なんねん》もむかしに始《はじ》まった邪悪《じゃあく》な魔法《まほう》が、今《いま》、われわれみんなの力《ちから》で破《やぶ》られたんだ。ようやくヴァンダヘルムの最期《さいご》を見届《みとど》けることができたのだ」

第《だい》16章《しょう》　春《はる》の訪《おとず》れ

　次《つぎ》の土曜日《どようび》の午後《ごご》、ローズ・リタとイェーガー夫人《ふじん》とツィマーマン夫人《ふじん》が、ジョナサンとルイスに会《あ》いにハイ・ストリートの屋敷《やしき》にやってきた。このところ、天気《てんき》がよくなり暖《あたた》かかったので、五人《にん》はツィマーマン夫人《ふじん》のとびきりおいしいクルミのファッジ入《い》りクッキーと牛乳《ぎゅうにゅう》を飲《の》みながら、裏庭《うらにわ》に出《だ》したイスに座《すわ》っていた。芝生《しばふ》はうっすらと色《いろ》づき、木々《きぎ》には新芽《しんめ》がつきはじめ、あたりには、芽生《めば》えつつあるもののすばらしい香《かお》りが漂《ただよ》っていた。ようやく春《はる》がきたのだ。

「さてと」ジョナサンは牛乳《ぎゅうにゅう》を飲《の》み終《お》わると言《い》った。「いい知《し》らせから始《はじ》められそうだ。まず、〈カファーナウム郡魔法使《ぐんまほうつか》い協会《きょうかい》〉の会員《かいいん》はひとり残《のこ》らず、ヴァンダヘルムに送《おく》りこまれたなにもない場所《ばしょ》から無事戻《ぶじもど》ってきた。全員《ぜんいん》から話《はなし》を聞《き》いたんだが、みんな言《い》うことは同《おな》じだ。あの霧《きり》で家《いえ》に閉《と》じ込《こ》められていたんだ。ニュー・ゼベダイの町《まち》と同《おな》じようにな」

「だけど、みんな魔法使《まほうつか》いなんでしょ。魔法《まほう》を使《つか》って逃《に》げる人《ひと》はいなかったの？」ローズ・リタが聞《き》いた。

「むりですよ」ツィマーマン夫人《ふじん》が答《こた》えた。「ヴァンダヘルムはかつて、おそろしく強力《きょうりょく》な魔法《まほう》を手《て》に入《い》れた。もちろん、魔法使《まほうつか》いは、ほかの魔法使《まほうつか》いのかけた魔法《まほう》に魔法《まほう》で対抗《たいこう》することもできるけれど、それにはかなりの力《ちから》と知識《ちしき》が必要《ひつよう》よ。それに、魔法《まほう》と戦《たたか》うには、それをかけた相手《あいて》がだれか知《し》る必要《ひつよう》があるんです。協会《きょうかい》の会員《かいいん》たちはみんな、ヴァンダヘルムはとっくに死《し》んだと思《おも》っていたから、ヴァンダヘルムの仕業《しわざ》だなんて思《おも》いもしなかったのよ」

ルイスは、次《つぎ》から次《つぎ》へと起《お》こったおそろしい出来事《できごと》からようやく立《た》ち直《なお》ったような気《き》がしていた。「ぼくも、ヴァンダヘルムは死《し》んだんだと思《おも》ってた。ルキウス・ミクルベリーとの魔法《まほう》の決闘《けっとう》に敗《やぶ》れて死《し》んだんだって」

ジョナサンは顔《かお》をしかめた。「みんな、そう信《しん》じていたんだ、ルイス。だが残念《ざんねん》なことに、正確《せいかく》にはそうではなかった。今《いま》から思《おも》えば、ヴァンダヘルムは自分《じぶん》の一部《いちぶ》を——言《い》ってみれば死者《ししゃ》たちの王《おう》になるという正気《しょうき》とは思《おも》えん野望《やぼう》を、呪文《じゅもん》に封《ふう》じ込《こ》めたのだろうな。そしてそれが、やつとそっくりの幽霊《ゆうれい》に命《いのち》を与《あた》えた。楽譜《がくふ》でできたやつの分身《ぶんしん》は、呪文《じゅもん》を完成《かんせい》させようとしたんだ。おまえさんが戦《たたか》ったものの正体《しょうたい》はそれだ」

ツィマーマン夫人《ふじん》はルイスに向《む》かってやさしく微笑《ほほえ》んだ。「もし自分《じぶん》のせいであの化《ば》け物《もの》が生《い》きかえったと思《おも》っているのなら、それはまったくのまちがいですよ。魔法使《まほうつか》いが死《し》ぬと、その魔法使《まほうつか》いのかけた呪文《じゅもん》は消《き》えてしまうんです。ルキウス・ミクルベリーは、おそらく決闘《けっとう》のあとでヴァンダヘルムになにかしら呪文《じゅもん》をかけたんじゃないかしら。あのぞっとするような歌《うた》を歌《うた》うじいさんが、なにかいやらしい置《お》きみやげをしていったかもしれないと疑《うたが》ったんでしょうね。本物《ほんもの》のヴァンダヘルムが死《し》んだ時点《じてん》で、すでにあの楽譜《がくふ》にかけた呪文《じゅもん》が完成《かんせい》してしまっていたのなら、それを破《やぶ》ることはできない。だけど、ルキウスは防御《ぼうぎょ》の呪文《じゅもん》をかけ、そのおかげでヴァンダヘルムの分身《ぶんしん》が生《い》きかえることはなかった。呪文《じゅもん》をかけたルキウスが死《し》んでしまうまではね」

イェーガー夫人《ふじん》がため息《いき》をついた。「ともかく、少《すく》なくともこの騒《さわ》ぎは終《お》わったわけね。春《はる》の霧《きり》のなかで行方不明《ゆくえふめい》になったなんて、外《そと》の人《ひと》たちには笑《わら》われてしまったけど、結局《けっきょく》はまるく収《おさ》まったのだから」

「みんなが笑《わら》ったわけじゃないよ。アルバートおじいさんは、おじさんに車《くるま》で送《おく》ってもらって帰《かえ》ってきてからずっと、おかしいって疑《うたが》ってる。みんなが話《はな》している以上《いじょう》のことがあったにちがいないって。だれもオペラのことを覚《おぼ》えていないなんてへんだって言《い》ってる」ローズ・リタが言《い》った。

「ちっともへんじゃないんだよ、ローズ・リタ」ジョナサンが答《こた》えた。「魔法《まほう》っていうのはそういうもんなんだ。肝心《かんじん》なのは、あのばかげたオペラに関《かか》わった人《ひと》たちはだれひとりとして、あの曲《きょく》を一行《ぎょう》たりとも覚《おぼ》えとらんってことだ。それはつまり、ヴァンダヘルムの呪文《じゅもん》は永遠《えいえん》に破《やぶ》られたということだ。まったくのところ、俳優《はいゆう》やオーケストラの人《ひと》たちは、なんとなくばかばかしいような気持《きも》ちがしてるだろうな。学校《がっこう》のホワイト先生《せんせい》は、季節外《きせつはず》れの五月病《がつびょう》みたいなものよって言《い》ってる。ニュー・ゼベダイの善良《ぜんりょう》な住人《じゅうにん》たちには、長《なが》く厳《きび》しい冬《ふゆ》のあとでちょっとばかしおかしくなっちまったと思《おも》わせとくのがいちばんいい。だからこのままにしておこう」

イエーガー夫人《ふじん》はうなずいて言《い》った。「劇場《げきじょう》は閉鎖《へいさ》されることになるかしら」

「だめですよ」ツィマーマン夫人《ふじん》はいつものはきはきした口調《くちょう》で言《い》った。「呪《のろ》いは解《と》けたんです。町《まち》のまわりの霧《きり》が晴《は》れたようにね。かわいそうなモーディカイ・フィンスター氏《し》の遺骨《いこつ》もきちんとオークリッジの墓地《ぼち》に葬《ほうむ》られた。だからもうこれから先《さき》、あのオペラ劇《げき》場《じょう》に幽霊《ゆうれい》がとりつくことはないでしょうよ。劇場《げきじょう》はもう安全《あんぜん》なんです。だから、わたしは今度《こんど》の教育委員会《きょういくいいんかい》で、あの劇場《げきじょう》を学校《がっこう》にゆずったらどうか提案《ていあん》してみようと思《おも》ってるんです。何年《なんねん》も前《まえ》から、劇《げき》や公演《こうえん》をする場所《ばしょ》がなくて困《こま》っていたんですよ。あそこならぴったりでしょ」

ルイスはため息《いき》をついた。「フィンスター氏《し》の幽霊《ゆうれい》はこわくて死《し》にそうだったけど、あの人《ひと》はぼくを助《たす》けてくれたかっただけなんだ。フィンスター氏《し》の霊《れい》が安《やす》らかに眠《ねむ》れるといいんだけど」

「そうだな、ルイス」おじさんが言《い》った。「地上《ちじょう》での目的《もくてき》が達成《たっせい》されれば、幽霊《ゆうれい》は安《やす》らかに眠《ねむ》れる。それに、同《おな》じようなことが二度《にど》と起《お》こらないように、念《ねん》のため友人《ゆうじん》たちと墓地《ぼち》にいって、モーディカイの墓《はか》をセメントで封《ふう》じておいたよ」

「どちらにしろ、すべて終《お》わったわ。多少《たしょう》なりともお手伝《てつだ》いできてよかった」イェーガー夫人《ふじん》が言《い》った。

ジョナサンの太《ふと》い笑《わら》い声《ごえ》が庭《にわ》じゅうに響《ひび》いた。「多少《たしょう》なりともだって？　たしかに、ルイスとローズ・リタが音楽評論家《おんがくひょうろんか》になってくれたおかげで、ヴァンダヘルムを打《う》ち破《やぶ》ることができた。あのいやらしい男《おとこ》のうぬぼれをついてやったことで、それがまるで呪文《じゅもん》のように働《はたら》いて、やつの魔法《まほう》を破《やぶ》ることができたんだからな。だがな、ミルドレッド、今回《こんかい》のことではおまえさんが英雄《えいゆう》だ！　もう話《はな》してもいいかね、もじゃもじゃ頭《あたま》どの？」

ツィマーマン夫人《ふじん》の目《め》がいたずらっぽくきらめいた。「いいと思《おも》いますよ、縮《ちぢ》れ毛《げ》さん。どちらにしろ、会議《かいぎ》は今夜《こんや》なんですから」

ジョナサンは満面《まんめん》の笑《え》みを浮《う》かべて言《い》った。「ミルドレッド、〈カファーナウム郡魔法使《ぐんまほうつか》い協会《きょうかい》〉の会員《かいいん》に選《えら》ばれるには、じっさいにひとりで魔法《まほう》を使《つか》えることを証明《しょうめい》する必要《ひつよう》がある。わたしは月《つき》を欠《か》けさせて会員《かいいん》になったし、ここにいる紫《むらさき》ばあさんは……まあ、それはまた別《べつ》のときに話《はな》そう。ともかく、あんたは鏡《かがみ》に魔法《まほう》をかけ、光《ひかり》の呪文《じゅもん》を成功《せいこう》させたことで、資格《しかく》があることを証明《しょうめい》してみせた。そのことをほかの魔法使《まほうつか》いたちに話《はな》したら、みんな納得《なっとく》していたよ。おめでとう。あんたは〈カファーナウム郡魔法使《ぐんまほうつか》い協会《きょうかい》〉のいちばん新《あたら》しい会員《かいいん》だ」

イエーガー夫人《ふじん》はさっと手《て》を頬《ほお》にやった。うれしさと恥《は》ずかしさで真《ま》っ赤《か》だった。「まあまあ、なんて言《い》ったらいいんでしょう！」

「なにも言《い》う必要《ひつよう》はないわ、ミルドレッド。今夜《こんや》の会議《かいぎ》にくるだけでいいのよ。正式《せいしき》なお祝《いわ》いの会《かい》があるから」ツイマーマン夫人《ふじん》は言《い》った。

「そういう集《あつ》まりには一度《いちど》もいったことがないの。まあまあ、なにを着《き》ていこうかしら？」

ジョナサンはにっこりした。「ああ、なんだって好《す》きなもんでいい。ふだんのくつろいだ、いつもどおりのかっこうでいいんだ。だがひとつだけ……」ジョナサンは黙《だま》りこみ、おびえたように目《め》を見開《みひら》いた。「あれはなんだ？」

ルイスは心臓《しんぞう》がどきっとした。かんだかいぶきみな調《しら》べが響《ひび》いてきたのだ。遠《とお》くからかすかに流《なが》れてくる音楽《おんがく》は、刻一刻《こくいっこく》と大《おお》きくなっていく。みんなはぱっと立《た》ちあがり、家《いえ》の角《かど》を見《み》つめた。

次《つぎ》の瞬間《しゅんかん》、ネコのジェイルバードがぶらぶらと現《あらわ》れ、裏庭《うらにわ》に入《はい》ってきた。口笛《くちぶえ》で《バッファロー・ギャルズ》を吹《ふ》いているけれど、あまりにひどいので、葬送歌《そうそうか》のようだった。

イエーガー夫人《ふじん》は顔《かお》をしかめた。「少《すく》なくとも、わたしはこの気《き》の毒《どく》なネコに魔法《まほう》をかけた魔法使《まほうつか》いよりはましね！」

ツィマーマン夫人《ふじん》は笑《わら》いだした。ジョナサンおじさんは真《ま》ピンクになったけれど、それからやはりクスクスと笑《わら》いだした。ジェイルバードは満足《まんぞく》げに曲《きょく》を吹《ふ》き終《お》わると、イエーガー夫人《ふじん》とローズ・リタとルイスが大笑《おおわら》いしている横《よこ》で、前足《まえあし》をなめはじめた。春《はる》の最初《さいしょ》の訪《おとず》れを告《つ》げる暖《あたた》かい日《ひ》ざしのなかで、楽《たの》しげな笑《わら》い声《ごえ》が響《ひび》き渡《わた》った。

訳者《やくしゃ》あとがき

日本語版初版《にほんごばんしょはん》によせて（二〇〇三年《ねん》二月《がつ》）

シリーズ六作目《さくめ》の本書《ほんしょ》では、久《ひさ》しぶりにルイスとローズ・リタがそろって活躍《かつやく》します。舞台《ぶたい》もペンシルヴァニアやイギリスのサセックスから、懐《なつ》かしいミシガン州《しゅう》のニュー・ゼベダイに戻《もど》ってきました。そして、今回《こんかい》は〈カファーナウム郡魔法使《ぐんまほうつか》い協会《きょうかい》〉の会員《かいいん》も登《とう》場《じょう》します。といっても、正確《せいかく》には、イェーガー夫人《ふじん》はむかし会員《かいいん》になりそこねてしまった、いわばツィマーマン夫人《ふじん》の対極《たいきょく》にいるようなおばあさんです。魔法《まほう》は苦手《にがて》、気《き》が弱《よわ》くて、お人《ひと》よし。即実行《そくじっこう》をモットーとするローズ・リタなどは、イェーガー夫人《ふじん》の慎重《しんちょう》なやり方《かた》にいらいらしてしまいますが、ツィマーマン夫人《ふじん》とジョナサンおじさんが遠《とお》く離《はな》れたフロリダにいるとなれば、わずかでも魔法《まほう》を使《つか》えるイェーガー夫人《ふじん》に頼《たよ》るほかありません。

イェーガー夫人《ふじん》は「まあまあ」という口《くち》ぐせをつぶやきながら、ルイスとローズ・リタといっしょに、オペラ座《ざ》に現《あらわ》れた謎《なぞ》の怪人《かいじん》に立《た》ち向《む》かうことになります。

物語《ものがたり》には、おなじみの場所《ばしょ》がたくさん登場《とうじょう》します。かつてルイスがアイザック・アイザードの妻《つま》の幽霊《ゆうれい》を呼《よ》び出《だ》してしまったオークリッジの墓地《ぼち》、凝《こ》った昔風《むかしふう》の建物《たてもの》が並《なら》ぶニュー・ゼベダイの中心街《ちゅうしんがい》、南北戦争《なんぼくせんそう》の記念碑《きねんひ》、噴水《ふんすい》。ニュー・ゼベダイが、作者《さくしゃ》ベレアーズの生《う》まれたミシガン州《しゅう》のマーシャルという町《まち》をモデルにしていることは以前《いぜん》お話《はな》ししましたが、今回《こんかい》の舞台《ぶたい》となった古《ふる》いオペラ座《ざ》やバーナヴェルト屋敷《やしき》はすべて実在《じつざい》します。ベレアーズの作品《さくひん》を網羅《もうら》したコンプリート・ベレアーズ（http://www.compleatbellairs.com/）というホームページのJohn Bellairs Walkというページを開《ひら》くと、地図《ちず》を見《み》ながらマーシャルの町《まち》を巡《めぐ》ることができますので、ぜひ試《ため》してみてください。噴水《ふんすい》をはじめ、いくつかの建物《たてもの》の写真《しゃしん》もご覧《らん》になれます。

しかし、そんな美《うつく》しい町《まち》の景色《けしき》とは裏腹《うらはら》に、物語《ものがたり》のほうはどんどん不気味《ぶきみ》さを増《ま》していきます。美《うつく》しく着飾《きかざ》った首《くび》のない貴婦人《きふじん》や、だんだんと姿《すがた》を変《か》えながら忍《しの》び寄《よ》る墓地《ぼち》の石《せき》像《ぞう》、町《まち》を取《と》り囲《かこ》むじっとりと冷《つめ》たい濃霧《のうむ》など、悪夢《あくむ》に出《で》てきそうなおそろしいイメージがそこかしこに登場《とうじょう》します。いわくいいがたい、潜在的《せんざいてき》な恐怖《きょうふ》を描《えが》くというシリーズの伝統《でんとう》は、本書《ほんしょ》にもしっかりと受《う》け継《つ》がれています。

また物語中《ものがたりちゅう》でさりげなく触《ふ》れられている人物《じんぶつ》も、人間《にんげん》たちが魔法《まほう》というものにひきつけられてきた歴史《れきし》を伝《つた》えています。イェーガー夫人《ふじん》が呼《よ》び出《だ》してしまったフランシスコ会《かい》の修道士《しゅうどうし》ロジャー・ベーコンは、十三世紀《せいき》のイギリスで活躍《かつやく》した自然哲学者《しぜんてつがくしゃ》で、オクスフォードで近代自然科学《きんだいしぜんかがく》につながる先駆的《せんくてき》な研究《けんきゅう》をした人物《じんぶつ》ですが、錬金術《れんきんじゅつ》や占星術《せんせいじゅつ》にも深《ふか》い興味《きょうみ》を示《しめ》しました。火薬《かやく》、プロペラ推進式船舶《すいしんしきせんぱく》、レンズなどを発明《はつめい》した一方《いっぽう》で、ものを言《い》う青銅《せいどう》の首《くび》を作《つく》ったという言《い》い伝《つた》えもあり、魔術師《まじゅつし》ロジャー・ベーコンとしての伝説《でんせつ》も数多《かずおお》く残《のこ》っています。またヴァンダヘルムが参考《さんこう》にしたという、ジョン・ディーという人物《じんぶつ》は、十六世紀《せいき》にケンブリッジを卒業《そつぎょう》し、イギリスの数学《すうがく》の復興《ふっこう》に貢献《こうけん》した学者《がくしゃ》です。が、やはり占星術《せんせいじゅつ》にも興味《きょうみ》を持《も》ち、やがて魔術師《まじゅつし》として投獄《とうごく》されます。その後《ご》エリザベス一世《せい》の寵愛《ちょうあい》を受《う》けて王室付《おうしつつ》きの占星術師《せんせいじゅつし》となり、天使《てんし》からもらったという水晶《すいしょう》を用《もち》いた霊《れい》との交信《こうしん》をはじめ、様々《さまざま》なオカルトに手《て》を染《そ》めました。彼《かれ》らがオクスフォードやケンブリッジを卒業《そつぎょう》した学者《がくしゃ》であったことからも、中世《ちゅうせい》のヨーロッパでは、魔術《まじゅつ》と科学《かがく》が表裏一体《ひょうりいったい》であったことがわかります。ベレアーズはこうした「魔術《まじゅつ》」に深《ふか》い造詣《ぞうけい》を持《も》ち、現代《げんだい》という合理的《ごうりてき》な時代《じだい》にあえて非合理《ひごうり》を追求《ついきゅう》し、おどろおどろしい世界《せかい》を構築《こうちく》したのでした。そして、その意図《いと》をよく理解《りかい》していたストリックランドは、最高《さいこう》の後継者《こうけいしゃ》と言《い》えるでしょう。

次作《じさく》『橋《はし》の下《した》の怪物《かいぶつ》』（仮題《かだい》）にも、そうした非合理《ひごうり》と心《こころ》の奥底《おくそこ》に潜《ひそ》む恐怖《きょうふ》を追求《ついきゅう》する精神《せいしん》は受《う》け継《つ》がれています。第一作《だいさく》『壁《かべ》のなかの時計《とけい》』で、ルイスたちがアイザードの妻《つま》の霊《れい》に追《お》いかけられたときのことを覚《おぼ》えているでしょうか？　あの時《とき》、ジョナサンの運転《うんてん》する〝マギンズ・サイムーン〟に乗《の》ったルイスたちは、ワイルダークリークにかかる橋《はし》を渡《わた》ったことで危《あや》うく難《なん》を逃《のが》れたのでした。この橋《はし》に隠《かく》された謎《なぞ》を巡《めぐ》って、ふたたびルイスとローズ・リタが二人《ふたり》で活躍《かつやく》しますので、ご期待下《きたいくだ》さい。

文庫版《ぶんこばん》によせて（二〇一九年《ねん》十一月《がつ》）

『オペラ座《ざ》の幽霊《ゆうれい》』は、「ルイスと不思議《ふしぎ》の時計《とけい》」シリーズ第六巻《だいかん》になります。第一巻《だいかん》のあとがきでご紹介《しょうかい》したように、シリーズの作者《さくしゃ》ベレアーズは、ゴシック・ファンタジーの名手《めいしゅ》と言《い》われた人《ひと》です。ゴシック小説《しょうせつ》というのは、『フランケンシュタイン』や『ドラキュラ』などに代表《だいひょう》される、暗《くら》く、おどろおどろしい、今《いま》で言《い》えばホラー的《てき》な雰囲気《ふんいき》を持《も》った作品《さくひん》のこと。たしかに、このシリーズには、ぞくぞくするようなシーンや、思《おも》わず背筋《せすじ》が寒《さむ》くなるような出来事《できごと》がたびたび出《で》てきます。今回《こんかい》も、劇場支配人《げきじょうしはいにん》の幽霊《ゆうれい》はもちろん、廃墟《はいきょ》のようになっていたオペラ座《ざ》や、霧《きり》におおわれた墓地《ぼち》の動《うご》く石像《せきぞう》などが描《えが》かれ、おそろしい雰囲気《ふんいき》をぞんぶんに味《あじ》わえる物語《ものがたり》になっています。

しかし、わたしが、そうした道具立《どうぐだ》てよりさらにおそろしかったのは、自分《じぶん》たち以外《いがい》の全員《ぜんいん》が、なにか変《へん》だということに気《き》づいていない、という設定《せってい》です。ルイスとローズ・リタがいくら町《まち》のようすがおかしいと訴《うった》えても、大人《おとな》たちはわかってくれません。ローズ・リタの両親《りょうしん》はすっかりオペラに夢中《むちゅう》ですし、ルイスが大好《だいす》きなホルツ夫人《ふじん》も、悪人《あくにん》ヴァンダヘルムのことをいい人《ひと》だと信《しん》じこんで、ルイスがなにを言《い》っても耳《みみ》を貸《か》そうとしないのです。自分《じぶん》があたりまえだと思《おも》っていること、正《ただ》しいと思《おも》っていること――そうしたことが通《つう》じない。それって、とても怖《こわ》い状況《じょうきょう》だと思《おも》いませんか？

そんな状況《じょうきょう》の中《なか》、ルイスとローズ・リタは自分《じぶん》たちでどうにかするしかないと決意《けつい》し、ちょっと（だいぶ？）頼《たよ》りないけど唯一《ゆいいつ》の味方《みかた》であるイェーガー夫人《ふじん》を説得《せっとく》して、悪《あく》に立《た》ち向《む》かいます。

まわりの人《ひと》とちがう意見《いけん》でも、正《ただ》しいと思《おも》うことを貫《つらぬ》くのは、とても勇気《ゆうき》がいることだと思《おも》います。でも、ルイスとローズ・リタのように、そうしなければならないときもあるのです。このシリーズは、そんな大切《たいせつ》なことも教《おし》えてくれるからこそ、読《よ》み継《つ》がれているのだと思《おも》っています。次巻《じかん》もどうぞお楽《たの》しみに。

三辺律子《さんべりつこ》

本書は、
二〇〇三年三月アーティストハウスから刊行された「ルイスと
魔法使い協会」第6巻『オペラ座の幽霊』を改題・再編集し、
二〇一九年十一月に静山社ペガサス文庫より刊行したものの
図書館版です。

ジョン・ベレアーズ 作

『霜のなかの顔』(ハヤカワ文庫FT)など、ゴシックファンタジーの名手として知られる。1973年に発表した『ルイスと不思議の時計』にはじまるシリーズで、一躍ベストセラー作家となる。同シリーズは、“ユーモアと不気味さの絶妙なバランス”“魔法に関する小道具を卓妙に配した、オリジナリティあふれるストーリー”と絶賛され、作者の逝去後は、SF作家ブラッド・ストリックランドによって書き継がれた。

三辺律子《さんべりつこ》 訳

東京生まれ。英米文学翻訳家。聖心女子大学英語英文学科卒業。白百合女子大学大学院児童文化学科修士課程修了。主な訳書に『龍のすむ家』(竹書房)、『モンタギューおじさんの怖い話』(理論社)、『インディゴ・ドラゴン号の冒険』(評論社)、『レジェンド―伝説の闘士ジューン&デイ―』(新潮社)など多数。

ルイスと不思議の時計 6

オペラ座《ざ》の幽霊《ゆうれい》

2020年2月15日　初版発行

作者　ジョン・ベレアーズ
訳者　三辺律子

発行者　松岡佑子
発行元　株式会社静山社
〒102-0073 東京都千代田区九段北1-15-15
電話・営業 03-5210-7221
https://www.sayzansha.com

発売元　株式会社ほるぷ出版
〒101-0051 東京都千代田区神田神保町3-2-6
電話・営業 03-6261-6691
https://www.holp-pub.co.jp

装画　まめふく
装丁　田中久子
印刷・製本　図書印刷株式会社

本書の無断複写複製は著作権法により例外を除き禁じられています。
また、私的使用以外のいかなる電子的複写複製も認められておりません。
落丁・乱丁の場合はお取り替えいたします。

© Ritsuko Sambe NDC933 224P　ISBN 978-4-593-10106-1　Printed in Japan
Published by HOLP SHUPPAN Publications Ltd.

リック・リオーダンが贈る傑作シリーズ

舞台は、アメリカ・ニューヨーク。ヤンシー学園に通う12歳のパーシー・ジャクソンは、母親との二人暮らし。ところがある日、自分がギリシャ神話の神ポセイドンと人間とのあいだに生まれた半神半人の「ハーフ」であることを告げられる。ギリシャ神話の神々や怪物たちは不死の存在で、21世紀の現在も、アメリカ合衆国で暮らしているというのだ。

ハーフとしての運命を背負ったパーシーは、最高神ゼウスの武器を盗んだ疑いをかけられ、アテナの娘アナベスとともに雷撃《ライトニングボルト》を取り戻す冒険の旅にでる。冥界の王ハデスや軍神アレスとの戦いなど、数々の苦難を乗り越えたパーシーは、ついに雷撃を取り戻すが、それは長い冒険の始まりにすぎなかった——。

④迷宮の戦い

世界を滅ぼすのか、救うのか——。ハーフ訓練所を守るため、パーシー、アナベス、グローバー、タイソンの4人は迷宮ラビュリントスへ足を踏み入れた。パーシーパーシー、名工ダイダロスの工房を見つけだすことができるのか？

⑤最後の神

世界の運命が決まる、パーシーの16歳の誕生日まであと、一週間。
総攻撃をかけるクロノスは、タイタン族最強の怪物テュポンをも目覚めさせた。ついに、オリンポスの神々すべてを巻き込んだ、壮絶な戦いが始まる！

外伝・ハデスの剣

ハデスの剣を探して冥界を冒険するパーシー、タレイア、ニコの3人の姿を描く「ハデスの剣」ほか、クロノスと最後の戦いを迎える前のパーシーたちの物語3編を収めた、シリーズ外伝。

新感覚のミステリー・ファンタジー

PERCY JACKSON AND THE OLYMPIANS

エドガー賞受賞作家

・シーズン1・

パーシー・ジャクソンとオリンポスの神々

全5巻完結＋外伝1巻

リック・リオーダン 作　金原瑞人・小林みき 訳

＊金原瑞人 訳

①盗まれた雷撃＊

オリンポスの神々の戦争をとめるため、盗まれたゼウスの武器を探す旅にでた12歳の少年パーシー。冒険の途中で神話上の怪物につぎつぎと襲われ——。映画「パーシー・ジャクソンとオリンポスの神々」の原作。

②魔海の冒険

ハーフ訓練所を守る結界の「タレイアの松」が、毒で枯れてしまった。パーシーと仲間たちは、松を復活させる魔法の道具を探しに、「魔の海」へと向かった。映画「パーシー・ジャクソンとオリンポスの神々／魔の海」の原作。

③タイタンの呪い

ハーフのきょうだい、ビアンカとニコと出会ったパーシーは、怪物に襲われ危機一髪のところを女神アルテミスに救われた。ところが、戦いの最中、アナベスが姿を消し、さらにアルテミスまでもが行方不明になってしまう。

全世界で、シリーズ累計5000万部突破！

ルイスと不思議の時計
シリーズ

❶ ルイスと不思議の時計

ルイスは、シャイな 10 歳の男の子。両親を亡くして、ジョナサンおじさんといっしょに大きな屋敷で暮らすことになった。そして—

「壁のなかから聞こえる、
あの音はなに？」

魔法使いたちの秘密の扉が開き、ワクワクドキドキのマジカル・アドベンチャーがはじまる！

● ジョン・ベレアーズ 作　三辺律子 訳

❷ 闇にひそむ影
❸ 魔法の指輪
❹ 鏡のなかの幽霊
❺ 魔女狩り人の復讐
❻ オペラ座の幽霊

（続刊予定）